Kontaktadresse nach EU-Produktsicherheitsverordnung:
produktsicherheit@droemer-knaur.de

Über die Autorin:
Jule Vesterlund ist das Pseudonym der Autorin Anja Behn. Neben ihrer Leidenschaft für Küstenkrimis widmet sie sich auch dem Schreiben von gefühlvollen Liebesromanen. Als waschechte Rostockerin liegt es für sie auf der Hand, dass die Wahl ihrer Settings auf die mecklenburgische Ostseeküste fällt. »Wolkenblau« – ihr Erstling bei *Feelings* – spielt vor der romantischen Kulisse Hiddensees.

Jule Vesterlund

Wolkenmeer

Roman

Bitte besuchen Sie uns im Internet:
www.facebook.de/feelings.ebooks

© 2019 Verlagsgruppe Droemer Knaur GmbH & Co. KG, München.
© 2019 der E-Book-Ausgabe Feelings – emotional eBooks
Ein Imprint der Verlagsgruppe Droemer Knaur GmbH & Co. KG, München.
Alle Rechte vorbehalten. Das Werk darf – auch teilweise – nur mit
Genehmigung des Verlags wiedergegeben werden.
Redaktion: Anna Feldkamp
Covergestaltung: ZERO Werbeagentur, München
Coverabbildung: © FinePic°, München
Printed in Germany
ISBN 978-3-426-21707-8

3 5 4 2

Benedikt

Ein lautes Rumpeln schreckte ihn aus seinem Dämmerschlaf. Benedikt Kirchner öffnete die Augen und ließ den noch verschwommenen Blick über den Vitter Bodden gleiten. In seichten, gleichmäßigen Wellen schlug das Wasser gegen die Bordwand der *Blauen Anna*. Eine leichte Brise strich ihm durch das dichte dunkelblonde Haar. Schläfrig hob er den Kopf, beobachtete einen Möwenschwarm, der vor einem makellosen Himmel kreischend dahinsegelte. Nach drei tiefen Atemzügen spürte er, wie die jodhaltige Luft, die seine Lungen füllte, eine ungeahnte Energie in seinen müden Körper pumpte. Rauschend pulsierte das Blut in seinen Adern. Lange hatte Benedikt sich nicht mehr so lebendig gefühlt.

Er wandte sich zur Seite um. Erst jetzt bemerkte er, was ihn so unsanft aus seinem Halbschlaf gerissen hatte. Das Fährschiff hatte am Hafen von Kloster angelegt, und die ersten Fahrgäste drängten bereits von Bord. Rasch erhob auch er sich von der Sitzbank. Er fasste nach dem Griff seiner braunen ledernen Reisetasche und mischte sich unter den Menschenstrom.

»Junger Mann!«

Benedikt zögerte. Galt der Ruf ihm? Suchend spähte er in die Richtung, aus der er die sonore Stimme vernommen hatte. Am Kabinenhaus entdeckte er die hagere Gestalt des alten Fährmanns. Auch an diesem milden, sonnigen Herbsttag trug er eine schwere Öljacke. Er war aus der Tür getreten und blickte Benedikt aus grauen Augen freundlich an. In seinem schmalen, kantigen Gesicht hatten Wind und Sonne tiefe Furchen gegraben.

»Den werden Sie bestimmt brauchen.« Der Fährmann ruckte den Kopf herum. Dorthin, wo Benedikt noch vor wenigen Minuten gesessen hatte. Sein Herz schien für einen winzigen Moment stillzustehen. Unter der Sitzbank stand sein schwarzer Pilotenkoffer. Der Grund, warum er die Reise nach Hiddensee überhaupt angetreten hatte.

»Allerdings.« Benedikt seufzte erleichtert. Nicht auszudenken, wenn ihm das Gepäckstück abhandengekommen wäre. Nur, weil er für einige Sekunden unachtsam gewesen war.

Der Fährmann nickte bedächtig, als wüsste er, wie viel von dessen Inhalt abhing. Für Benedikt. Für die Firma. Und für diese Insel. Benedikt ging zur Bank, bückte sich nach seinem Koffer und zog den Griff heraus. Das Gestänge rastete mit einem geräuschvollen Klacken ein.

»Sie haben etwas gut bei mir«, sagte er über die Schulter hinweg, aber der alte Fährmann war bereits von Bord gegangen. Er stand unweit der Kaimauer in einen Plausch mit einer Gruppe Urlauber vertieft. Eiligen Schrittes verließ auch Benedikt die Fähre. Auf dem Anleger blieb er neben einem Hafenpoller stehen. Er stellte Reisetasche und Koffer ab und angelte das Smartphone aus der Innentasche seines dunkelgrauen Jacketts. Swantje, seine neue Assistentin, wollte ihm die Anschrift des Hotels mailen, in dem sie ihren Chef für die nächsten sieben Tage einquartiert hatte. *Sieben Tage!* Was glaubte Swantje, wie lange er bräuchte, um den Hiddenseer Bürgermeister von ihrem Firmenkonzept zu überzeugen? Spätestens übermorgen wollte Benedikt zurück in Lüneburg sein. Das Millionenangebot, das Monique und er der Gemeinde für den Kauf eines ihrer Grundstücke in Kloster unterbreitet hatten, war unübertrefflich. Zudem würde die Ansiedlung einer angesagten Coffeeshop-Kette der Insel auf Jahre sprudelnde Steuereinnahmen bescheren.

Trotzdem war Benedikt mit einem mulmigen Gefühl an die Ostsee gereist. In der Vergangenheit hatten die Baupläne ihrer neuen Coffeeshops häufig für Unmut bei Anwohnern und Gewerbetreibenden gesorgt. Insbesondere die ansässigen Gastronomen wehrten sich oft mit heftigem Widerstand. Und in dieser beschaulichen Inselgemeinde dürfte ihr Vorhaben eine Lawine der Empörung unter den Einheimischen ausgelöst haben. In drei Tagen wollten die Gemeindevertreter über den Grundstücksverkauf abstimmen, und sehr wahrscheinlich würden darunter nicht nur Befürworter zu finden sein. Wenngleich er davon ausging, dass sich der Bürgermeister der finanziellen Vorteile eines Coffeeshops für seine Haushaltskasse bewusst war, würde bei ihrem morgigen Treffen viel Fingerspitzengefühl nötig sein. Benedikt musste auch die allerletzten Zweifel zerstreuen, damit die Expansion nach Hiddensee nicht wie eine rosa Seifenblase zerplatzte. Über Wochen hatten Monique und er auf dieses Ziel hingearbeitet. Vor allem Monique hatte endlose Stunden Arbeit in das lukrative Geschäft investiert. Allein ihretwegen durfte Benedikt es nicht vermasseln. Außerdem wollte er sie ungern auch noch als Geschäftspartner enttäuschen.

Er hatte schon als Ehemann auf ganzer Linie versagt.

Dem ständigen Druck, der seit der Gründung ihrer Coffeeshop-Kette *Semaro* auf ihnen lastete, hatte ihre Ehe nicht standhalten können. Der pausenlose Streit über die Ausrichtung der Firma, finanzielle Engpässe und letztlich die bloße Angst vor dem Versagen hatten dazu geführt, dass Benedikt eine kurze, bedeutungslose Affäre eingegangen war. Monique war tief verletzt und er mit zweiunddreißig ein geschiedener Mann gewesen. Das war jetzt knapp drei Jahre her.

Allein dem Zureden seines ehemaligen Schwiegervaters hatte Benedikt es zu verdanken, dass sie beide wenigstens als Geschäftspartner weiter an einem Strang zogen. »Wegen einem Liebes-Aus schmeißt man nicht alles hin, was man sich mühsam zusammen aufgebaut hat«, hatte er gesagt. Ein Mann, der eines der größten Bäckereiunternehmen Norddeutschlands führte und drei gescheiterte Ehen hinter sich hatte, wusste vermutlich, wovon er sprach. Geschäft und Privatleben trennte man eben. Seine Idee war es auch gewesen, auf die Insel Hiddensee zu expandieren. Die Eröffnung eines weiteren Coffeeshops in einer Urlauberhochburg an der Ostsee würde *Semaros* Umsatz explosionsartig in die Höhe schießen lassen. Was der Kauf eines Grundstücks dort kostete, war Nebensache. Der Alte hatte gut reden. Er brauchte die Millionen dafür ja nicht auf den Tisch zu blättern.

Benedikt öffnete sein Postfach. Nichts. Leise stöhnte er auf. Swantje Krusendorf war ein liebes Mädchen, das nach bestandener Prüfung zur Kauffrau für Bürokommunikation ihre neue Aufgabe als Assistentin der Geschäftsführung durchaus engagiert anging. Die Zubereitung seines innig geliebten Espresso beherrschte sie im Handumdrehen, und mittlerweile las sie ihm am Augenaufschlag ab, wann er seinen Koffeinspeicher auffüllen musste. Einen Geschäftsvertrag tippte Swantje schneller, als Usain Bolt die hundert Meter lief, und selbst Überstunden tat sie lediglich mit einem gleichmütigen Schulterzucken ab. Aber eines war an Swantje während ihrer Ausbildung irgendwie vorbeigegangen: Kommunikation. Kurze E-Mails, WhatsApp-Nachrichten oder einfach eine klassische SMS zu senden, um ihren Chef über Termine oder schlichtweg die Adresse eines gebuchten Hotels in Kenntnis zu setzen, bekam sie nicht auf die Reihe. Verstimmt wählte Benedikt die Nummer seines Lüneburger Büros.

»Hallo, Herr Kirchner«, piepste Swantje so leise, dass ihre feine Stimme in dem zänkischen Möwengeschrei über ihm beinahe unterging.

»Swantje! Hatten wir beide nicht etwas ausgemacht?« Benedikt schob die freie Hand in die Gesäßtasche seiner Bluejeans und richtete den Blick auf den Bodden, wo sich am Horizont die Silhouette Rügens abzeichnete.

»*Semaro* ... Swantje Krusendorf ... Guten Tag ...«, spulte sie die offizielle Begrüßungsformel zögernd herunter.

»Nicht, wenn *meine* Nummer auf dem Display steht.« Er atmete tief durch. »Zumal ich auf die Adresse des Hotels warte.«

»Ach, das!« Seine Assistentin schien hörbar erleichtert. »Hätte ich Ihnen noch geschickt, Herr Kirchner, aber weil Sie eh immer anrufen ... «

»Warum wohl, Swantje«, dachte Benedikt und knurrte: »Die Adresse!«

»Hab ich gleich.« Am anderen Ende vernahm er das Rascheln von Papieren. »Eine Buchungsbestätigung konnte man mir nicht mailen, darum hab ich sie aufgeschrieben. Warten Sie ...«

Keine Bestätigung per E-Mail? In was für eine Absteige hatte Swantje ihn da einquartiert? Er sehnte sich nach einem anständigen Espresso und verspürte keine Lust, sich dafür extra in eins der Cafés im Ort zu begeben. Doch irgendwie überkam ihn die dunkle Vorahnung, dass das unumgänglich sein würde.

»Birkenweg«, hörte er Swantje triumphieren.

»Ist das alles?«

»Jaaa ...«

»Kein Name?«

»Muss ich noch mal nachschauen.« Erneut raschelte es für einige Sekunden in der Leitung. »Da steht's ... *Haus Helene*.«

Benedikt schloss die Augen. *Haus Helene*. Alles, wonach dieser Name klang, war lauwarmer Kaffee aus einer Thermoskanne.

Insa

»Wann genau wollte dein neuer Gast eintreffen?«, fragte Insa, während sie ihrer Tante Doris drei Gläser Pfefferminztee auf das Tablett stellte.

»Seine Sekretärin meinte, mit der Fähre um eins.« Doris hob den Kopf und blickte zu der Uhr über dem gusseisernen Kaminofen. Ihr kurz geschnittenes graues Haar schimmerte silbern im Licht der Mittagssonne, das in hellen Streifen durch die Fenster fiel.

»Oh, nein!« Voller Entsetzen sah die ältere Frau ihre Nichte an. »Die *Blaue Anna* dürfte längst eingelaufen sein.«

»Dann mache ich mich besser gleich auf den Weg.« Insa legte zu jedem Glas noch einen Haferkeks auf den Unterteller und löste im Rücken den Knoten ihrer blauen Schürze. »Kommst du allein zurecht?«

»Natürlich, mein Mädchen«, versicherte Doris und strich ihr kurz über die Wange. »Momentan ist nicht viel los im Café, und ich bin froh, dass du mir den Weg zum Ferienhaus abnimmst.«

»Ich nehme das Rad. So bin ich schnell zurück«, versprach Insa und hängte ihre Schürze an den Haken neben der Tür.

»Lass dir genügend Zeit für meinen neuen Gast«, mahnte Doris eindringlich, griff nach dem Tablett und steuerte auf den Fensterplatz zu, wo drei ältere Herren in Wanderkleidung auf ihren Tee warteten.

Noch einmal schweifte Insas besorgter Blick durch ihr kleines Café. Es stimmte. Heute war kaum Betrieb. Außer den fitten Wanderern in der Fensterecke hockte nur noch ein verliebt blickendes Pärchen an einem der Tische. Und jetzt, in der Nebensaison, blieb auch der nachmittägliche Ansturm für gewöhnlich aus. Sie konnte Doris ruhigen Gewissens ein Weilchen allein lassen. Und irgendwie war sie auch froh, endlich einmal etwas für ihre Tante tun zu können. Denn seit Insa Anfang des Jahres das Café im Kirchweg gepachtet hatte, unterstützte Doris sie, wo es nur ging. Ohne die unermüdliche Hilfe ihrer Tante hätte sie den Gästeansturm in den vergangenen Monaten niemals bewältigen können. Doris war stets ihr rettender Anker gewesen, obwohl sie mit der Vermietung ihres Ferienhäuschens selbst genug um die Ohren hatte und mit bald siebzig nicht mehr die Jüngste war. Jede freie Minute hatte Doris in Insas Café verbracht. Zusammen hatten sie im Akkord Torten und Kuchen gebacken, Berge an schmutzigem Geschirr gespült und im Laufschritt die Gäste bedient. Vor allem in den Sommermonaten war ihnen kaum Zeit zum Luftholen geblieben. Insa hätte an so manchen Abenden im Stehen einschlafen können. Doch sie war glücklich, dass ihre erste Saison als Gastronomin auf Hiddensee so fantastisch gelaufen war.

Die Entscheidung, das Café in Kloster zu pachten, hatte Insa vor einem guten halben Jahr spontan aus dem Bauch heraus gefällt. Ihr Bauch siegte meistens über den Kopf. Nach ihrem Master in Geschichte war Insa unsicher gewesen, ob einsame Stunden hinter dem Schreibtisch eines Instituts oder maulende Schüler durch ein Museum zu führen, sie für den Rest ihres Lebens ausfüllen würde. Ihr Bruder Christian hatte fassungslos den Kopf geschüttelt, als er gehört hatte, dass sie ihr erfolgreich absolviertes Studium in den Wind schreiben und auf Hiddensee ein Café betreiben wollte. Mit neunundzwanzig sollte man schließlich wissen, wo der eigene Platz im Leben war. Doch Insa wusste es nicht. Zumindest damals. Heute spürte sie, dass ihr Bauchgefühl sie nicht getrogen hatte und die Entscheidung, auf ihre Heimatinsel zurückzukehren, die richtige gewesen war.

Was vielleicht auch ein wenig an Steffen Facklam lag.

»Insa!« Doris' mahnende Stimme riss sie aus ihrer Tagträumerei. »Mein Gast.«

»Bin doch schon weg, Tantchen«, erwiderte sie neckend und langte nach Schlüssel und Anmeldeformular auf dem Tresen, wo

Doris die Sachen am Vormittag abgelegt hatte. Schnell streifte Insa noch ihre grüne Strickjacke über das weiße T-Shirt und eilte durch den Hintereingang aus dem Café. Ihr altes Hollandrad, das Steffen liebevoll für sie aufgemöbelt hatte, lehnte an der rot verklinkerten Hauswand. Insa knotete mit drei Handgriffen ihr blondes, schulterlanges Haar zusammen, stieg aufs Rad und bog in den Kirchweg ein. Doris' Ferienhäuschen lag am nördlichen Ortsrand von Kloster. In drei Minuten war sie dort. So lange würde der neue Gast ihrer Tante sich noch gedulden müssen.

Insa radelte gemächlich durch den herbstlichen, sonnenbeschienenen Ort. Die Mittagssonne brannte warm auf ihren Oberschenkeln, die in einer roten Röhrenjeans steckten. Als sie Steffen heute früh am Fähranleger verabschiedet hatte, war der Oktoberhimmel noch wolkenverhangen gewesen. Ein kühler Wind war über sie hinweggeweht, und er hatte seine Arme schützend um ihren Körper geschlungen. Nichts hatte darauf hingedeutet, dass es so ein traumhafter Herbsttag werden würde. Wie auch bei Steffen und ihr nichts darauf hingedeutet hatte, dass sie zwei einmal ein Paar werden würden.

Die viel besagten Schmetterlinge hatte Insa beim ersten Aufeinandertreffen nicht verspürt. Ende März, als sie sich in Kloster zum ersten Mal begegnet waren. Christians Frau Kathi hatte die Eröffnung ihrer dritten Modeboutique gefeiert, und Steffen, der im Ort einen Fahrradverleih betrieb, war auch unter den Gästen gewesen. Denn nach Kathis unbestrittener Meinung gehörte es zum guten Ton, benachbarte Geschäftsleute an seinem Erfolg teilhaben zu lassen. Nach zwei florierenden Boutiquen in Vitte und Neuendorf war es Kathi endlich gelungen, hier im Ort einen dritten Laden zu eröffnen. Inzwischen hegte Insa allerdings den Verdacht, dass diese Einladung nur darauf abgezielt hatte, Steffen und sie zu verkuppeln. Was eindeutig auf Christians Konto ging. Ihr Bruder war neben seiner eigentlichen Tätigkeit als Rohrdachdecker auch der Inselbürgermeister, und Steffen und er kannten sich aus dem Gemeinderat. Mit der Zeit waren sie enge Freunde geworden. Da Insa Hiddensee unmittelbar nach der Schule verlassen und nur an den Feiertagen ihre alte Heimat besucht hatte, war sie Steffen Facklam nie begegnet, obwohl er seit Ewigkeiten auf Hiddensee lebte. Auf Kathis Feier waren sie auf Anhieb ins Gespräch gekommen. Über die anstehende Neueröffnung ihres Cafés. Über seinen Fahrradverleih. Über das Glück, in diesem wunderbaren Landstrich leben zu dürfen. Insa hatte sofort gespürt, dass Steffen fasziniert von ihr gewesen war, und seine Art, um sie zu werben, hatte ihr irgendwie geschmeichelt: ihr rostiges, klappriges Hollandrad, das kurz darauf aufgemöbelt und fahrtüchtig vor ihrem Café stand, die ofenfrischen Brötchen, die jeden Morgen an ihrer Türklinke hingen, und die Reparaturarbeiten im Café und im Haus ihrer Tante, nach denen er förmlich Ausschau gehalten hatte. Sechs Wochen später war sie Steffens Avancen erlegen. Dabei hätte Insa sich früher nie vorstellen können, mit einem sechzehn Jahre älteren Mann zusammen zu sein. Doch Steffens ruhige, abgeklärte Art gab ihr Halt. Sicherheit. Ein Gefühl, das sie in dieser Phase ihres Lebens dringend brauchte.

Das Klingeln des Handys holte sie aus ihren Erinnerungen. Insa bremste ab und zog das Telefon aus der Hosentasche. Vicky Wolff, ihre Verpächterin. Bevor Vicky im Frühjahr die Pension *Dünenrose* in Kloster übernommen hatte, hatte sie das Café im Kirchweg viele Jahre selbst betrieben. Aber dann war Vicky schwanger geworden, und die moderaten Arbeitszeiten einer Frühstückspension ließen sich mit einem Baby nun mal besser vereinbaren. Daher hatte Vicky das Café zur Pacht angeboten.

Vor einigen Wochen waren sie und ihr Freund Tobias stolze Eltern einer Tochter geworden.

»Hallo Vicky! Wie geht's der kleinen Luise?«, erkundigte sich Insa sofort.

»Sie hält ihre Eltern mächtig auf Trab. Vor allem ihren Vater. Manchmal schläft Tobias sogar beim Wickeln ein.« Vicky kicherte aufgekratzt. »Aber für nichts in der Welt möchten wir tauschen.«
»Das glaube ich dir gern.«
Vicky räusperte sich. »Sag mal Insa, bist du zufällig bei Steffen?«
»Nein. Auf dem Weg zu Doris' Ferienhaus. Ein neuer Gast checkt gleich ein.«
Insa schielte auf ihre Armbanduhr. Sie sollte sich endlich sputen, bevor der Mann noch bei der Konkurrenz Zuflucht suchen würde.
»Schade.« Vicky klang enttäuscht
»Was ist denn los?«, horchte Insa auf.
»Ach, nichts Dramatisches. An meinem Fahrrad springt nur dauernd die blöde Kette runter. Ich dachte, du könntest Steffen bitten, sich die Sache heute noch anzuschauen.«
»Steffen ist nicht da. Er ist zur Fahrradmesse nach Hannover gefahren.«
»Zum Siebzigsten deiner Tante kommt er aber schon, oder?«, fragte Vicky gespielt ungläubig.
»Vicky, die Geburtstagsparty ist morgen.«
»Eben«, entgegnete diese vorwurfsvoll, »und Steffen lässt dich auf den ganzen Vorbereitungen sitzen.«
»Es ging nicht anders. Ein renommierter Radhersteller hat ihn spontan eingeladen, und gute Kontakte muss man schließlich pflegen, wie Kathi sagen würde.«
Vicky gluckste. »Na, wenn Kathi es sagt, kann er sich diese Chance selbstverständlich nicht entgehen lassen.«
Insa lachte ebenfalls. Dabei war sie schon enttäuscht gewesen, als Steffen ihr vor zwei Tagen von dem Termin in Hannover erzählt hatte. Dass Doris ihren siebzigsten Geburtstag im Café feiern wollte, stand seit Langem fest, und halb Kloster hatte sich dazu eingeladen. Insa hatte Steffens Hilfe fest eingeplant. Doch für Steffen bedeuteten Fahrräder mehr, als nur seinen Lebensunterhalt damit

zu verdienen. Eine Messehalle mit Rädern, so weit das Auge reichte, war für ihn vermutlich das Paradies auf Erden. Für Insa war ein Rad lediglich ein bequemes und hier auf der Insel unentbehrliches Fortbewegungsmittel.

»Im Übrigen hat Steffen für die Party ein Spanferkel bestellt«, versuchte Insa ihren Freund in Schutz zu nehmen, obwohl sie deshalb anfangs ein wenig verstimmt gewesen war. Er hatte es einfach über ihren und auch Doris' Kopf hinweg entschieden. Dabei wusste Steffen, dass ihre Tante die Vorbereitungen für Familienfeste nur ungern in fremde Hände gab.

»Das ist wohl das Mindeste, wenn er sich schon vor der ganzen Arbeit drückt«, hörte sie Vicky wieder am anderen Ende. »Und Kathi? Bindet die sich wenigstens eine Schürze um?«

»Sorry, Doris!«, ahmte Insa die Stimme ihrer Schwägerin nach. »Aber Kochen und Backen ist einfach nicht meins.«

»Ja, ich erinnere mich dunkel an die verkohlten Fleischklopse, die sie uns zu ihrer Boutique-Eröffnung kredenzt hat. Ich kriege heute noch Magenschmerzen, wenn ich daran denke.«

»Wir alle.« Insa wechselte das Handy an das andere Ohr. »Außerdem ist Kathi ohnehin unterwegs. Ein Termin mit einem dänischen Modelabel.«

»So en vouge, liebe Doris«, imitierte nun Vicky Kathis affektierten Tonfall. »Das kann ich unmöglich absagen.«

»Unmöglich.«

Beide verfielen in schallendes Gelächter. Insa beruhigte sich als Erste. »Dank Steffens Spanferkel ist der Rest zum Glück ein Kinderspiel. Noch ein paar Salate und Aufläufe heute Abend in Doris' Küche, und wir sind fertig.«

»Wieso bei deiner Tante? Im Café hättet ihr doch wesentlich mehr Platz.«

»Da blockieren bereits Berge von Kuchen alles.«

»Kuchen?« Vicky horchte auf. »Auch Doris' *Hiddenseer Welle?*«

»Gleich drei davon.« Insa musste grinsen. Doris' Blechkuchen aus Biskuitteig, Sahne und Sanddornfrüchten war eine kleine Berühmtheit auf der Insel, der nicht nur ihre Verpächterin verfallen war.

»Also, wenn ihr Unterstützung braucht: Sag Bescheid!«

»Das ist lieb von dir. Aber du hast selbst genug mit der Pension um die Ohren. Und außerdem sollst du deine freie Zeit mit Luise genießen.«

»Tobias ebenso«, sagte Vicky lachend. »Ruf an, wenn es eng wird, okay?«

»Versprochen.«

Unweigerlich erinnerte sich Insa an ihr eigentliches Vorhaben. Doris würde ihr den Kopf abreißen, wenn sie sich verquatschte und der Feriengast die Tür verschlossen vorfand.

»Vicky, ich muss dringend weiter«, drängelte sie.

»Ja, ja, dein mysteriöser Inselgast, ich weiß«, feixte diese. »Sieh zu, dass du weiterkommst.«

Sie verabschiedeten sich, und Insa steckte das Handy zurück in die Tasche. Zügig trat sie in die Pedale. Bis zum Ferienhaus ihrer Tante waren es noch gut fünfhundert Meter. Als sie jedoch auf der rechten Seite das verlassene, zugewucherte Grundstück mit dem Zu-verkaufen-Schild passierte, drosselte sie unwillkürlich wieder das Tempo. Seit Monaten kursierte auf der Insel das Gerücht, dass die Coffeeshop-Kette *Semaro* das unbebaute Grundstück, das der Gemeinde Hiddensee gehörte, erwerben wollte. Und nun war es für Insa bittere Gewissheit geworden. Steffen hatte kurz vor seiner Abreise von Christian erfahren, dass die Interessenten ihr millionenschweres Angebot noch einmal kräftig erhöht hatten und die Gemeinde in den nächsten Tagen über den Verkauf entscheiden würde. Insa vermochte sich nicht vorzustellen, was ein positives Votum für die Existenz ihres kleinen Cafés bedeuten könnte. Das, wofür der Name *Semaro* stand, würden die Leute dann auch auf

Hiddensee bekommen: Kuchen- und Gebäckstücke, die so verlockend aussahen wie ihre Dumpingpreise, dazu verführerische Macchiato- und Caffè-Latte-Variationen, von denen Insa nicht im Entferntesten eine Ahnung hatte, wie man sie aussprach, ohne sich die Zunge zu brechen. Wen verlangte da noch nach einem hausgemachten Filterkaffee oder klassischen Cappuccino? Sollte die Coffeeshop-Kette sich in Kloster niederlassen, bedeutete das auf kurz oder lang die Schließung ihres Cafés. Und dass es sehr wahrscheinlich dazu kommen würde, davon war Insa überzeugt. Ein Unternehmen wie *Semaro* war für jede Gemeinde ein Segen. Kommunalverwaltungen waren immer knapp bei Kasse. Natürlich wusste sie, dass Steffen als Gemeinderatsmitglied niemals einem Verkauf zustimmen würde. Das hatte er ihr versprochen. Genau wie ihr Bruder dagegen entscheiden würde. Auch wenn sie mit Christian noch nicht über die Angelegenheit gesprochen hatte, ging Insa davon aus, dass er diesem Plastikirrsinn nie zustimmen würde. Aber konnten sie allein den Verkauf aufhalten? Nach Steffens Worten schien so mancher im Ort der hippen Kaffeehaus-Kette nicht abgeneigt. Vermutlich in der stillen Hoffnung, dass das eigene Geschäft von einer Filiale *Semaros* profitieren würde. Dabei interessierte es die Leute offenbar auch nicht, dass dieser Coffeeshop, der mehr einem seelenlosen Fast-Food-Restaurant glich als einem beschaulich romantischen Inselcafé, einfach nicht nach Kloster passte.

Am Ende des Sandwegs konnte Insa mittlerweile die windgebeugten Kiefern ausmachen, die Doris' reetgedecktes Häuschen umsäumten. Energisch schob sie die hässlichen Gedanken an *Semaro* beiseite. Der Tag war viel zu schön, um sich Sorgen über etwas zu machen, das noch nicht einmal amtlich abgesegnet war. Und vielleicht würden die Eigentümer von *Semaro* doch die Erfahrung machen müssen, dass auf Hiddensee nicht alles käuflich war. Millionen hin oder her.

Als das *Haus Helene* endlich in Sichtweite kam, stockte ihr kurz der Atem. Das Gartentor stand sperrangelweit offen, aber von Doris' neuem Gast fehlte jede Spur. Insa stieg vom Rad, lehnte es gegen den niedrigen Lattenzaun und schaute sich um. Vor dem weiß verputzten Haus mit den braunen Sprossenfenstern konnte sie nirgends Gepäck entdecken. Ihr Blick wanderte noch einmal zurück in die Richtung, aus der sie eben gekommen war. Selbst wenn sie sich um ein paar Minuten verspätet hatte, hätte sie dem Mann begegnen müssen. Schließlich war der unbefestigte Trampelpfad der einzige Weg, der zum Ferienhaus führte. Doch aus irgendeinem Grund musste sie ihn um ein Haar verpasst haben. Vermutlich war er längst zur Tourist-Information am Hafen marschiert, um sich eine andere Bleibe in Kloster zu suchen. Was ihm keine allzu großen Schwierigkeiten bereiten dürfte. Anfang Oktober waren für gewöhnlich weniger Ferienhäuser belegt als in der Hochsaison. Erst an Weihnachten kamen die Touristen wieder in Scharen auf die Insel, um sich zum Jahresausklang die raue, kalte Ostseeluft um die Nasen wehen zu lassen. Insa fluchte leise. Doris wäre unter Garantie enttäuscht, wenn sie von dem Schlamassel erfuhr. Immerhin hatte er das Haus für eine ganze Woche gebucht. Da kam ihr ein Gedanke. Mit viel Glück konnte sie den Mann vielleicht noch telefonisch davon abhalten, anderswo einzuchecken. Schnell angelte Insa das Anmeldeformular aus ihrer Hosentasche und faltete es auseinander. Aber ihre Tante hatte keine Telefonnummer notiert. Nur seinen Namen. Krusendorf.

Nachdenklich blickte Insa zum Ferienhaus zurück. Machte es Sinn, noch länger auf ihn zu warten? Sicher nicht. Aber wenn sie schon einmal hier draußen war, konnte sie gleich im Häuschen nach dem Rechten sehen, und der betagte Kühlschrank musste die Stromkosten nun auch nicht mehr unnötig in die Höhe treiben. Schnellen Schrittes lief Insa den mit roten Klinkersteinen gepflasterten Weg entlang. Das erste Herbstlaub raschelte unter ihren

Füßen. Als sie gerade den Schlüssel ins Schloss schieben wollte, schallte eine aufgebrachte Stimme zu ihr herüber. Sie reckte den Kopf und lauschte. Erneut hörte sie ein lautes Fluchen. Sie hatte sich nicht getäuscht. Es war jemand im rückseitigen Garten. Erleichtert atmete sie auf. Offensichtlich war Doris' Feriengast noch hier. Insa ging um das Haus herum und stoppte an der Ecke, als sie auf der Terrasse die hochgewachsene Gestalt eines Mannes erspähte. Dunkelgraues Jackett, Bluejeans, braune Lederschuhe. Fraglos alles sündhaft teure Designerstücke. Insa hatte während des Studiums ihr Studiendarlehen als Verkäuferin in einem Outlet-Center aufgestockt und daher einen Blick dafür entwickelt.

Er stand mit dem Rücken zu ihr, am rechten Ohr ein Handy.

»Herrgott, Swantje! Was soll ich in einer Gartenlaube?«

Insa wurde hellhörig. Gartenlaube? War das etwa sein Eindruck von Doris' kleinem Schmuckstück?

»Ich brauche irgendein Hotel ... WLAN, eine gekühlte Minibar und einen flauschigen Bademantel ... Heute noch!«

»Arroganter Schnösel«, dachte Insa empört und kreuzte die Arme vor der Brust.

»Nein, Swantje! *Ich* rufe nicht noch mal an ... Bis gleich.« Mit einem tiefen Stöhnen legte er auf. Er fuhr sich nervös durch die dunkelblonden Haare und ließ die Hände im Nacken liegen. Für ein paar Sekunden verharrte er wie versteinert in dieser Haltung, den Blick auf Doris' alte Hollywoodschaukel unter dem Kirschbaum gerichtet. Insa befürchtete schon, dass ihn der Anblick des antiken Relikts aus den Neunzigern endgültig in einen Schockzustand versetzt hatte, doch dann atmete er hörbar aus und drehte sich um. Abrupt hielt er in seinen Bewegungen inne und starrte sie mit schreckgeweiteten Augen an. Es war ihm deutlich anzumerken, dass es ihm zutiefst peinlich war, weil sie seine Fluchtpläne belauscht hatte.

»Oh ... hallo«, stieß er schließlich hervor.

Seine Stimme hatte sich verändert, war zurückhaltender. Weicher. Dabei überraschte es Insa, dass sie ihren Klang irgendwie mochte, obwohl sie sich eben noch gewaltig über sein anmaßendes Verhalten geärgert hatte.

»Guten Tag«, entgegnete sie förmlich, die Arme noch immer vor der Brust verschränkt.

Allmählich schien der Mann sich von seinem Schrecken zu erholen. Langsam kam er näher, während er sich das leicht zerzauste Haar glatt strich. Insa betrachtete ihn genauer. Mitte dreißig. Sportliche, eher schmale Statur. Und er überragte sie um eine halbe Kopflänge. Zwei Schritte von ihr entfernt blieb er mit betretener Miene stehen.

»Etwas nicht in Ordnung mit dem Haus?«, fragte Insa herausfordernd. Seine peinliche Lage amüsierte sie.

»Alles bestens«, wehrte er entschieden ab.

»Sicher?« Sie wies auf das Smartphone in seiner Hand.

Verlegen wanderte sein Blick zum Handy und wieder zu ihr zurück. »Ach, das ... Meine Assistentin hat nur etwas gründlich missverstanden.«

»Na dann ...« Insa streckte den Arm vor. »Willkommen auf Hiddensee, Herr Krusendorf.«

»Krusendorf?« Er hob die Augenbrauen.

»So steht es auf dem Anmeldeformular ...«

Jetzt war sie es, die betreten dreinschaute. Verwundert zog Insa den Zettel aus der Hosentasche. Als sie sich vergewissern wollte, ob sie nur flüchtig gelesen hatte oder die falsche Person vor ihr stand, ergriff er ihre Hand und schüttelte sie.

»Diesen Namen habe ich nie gemocht. Wie wäre es einfach nur mit Benedikt?«

»Gut ...«, erwiderte sie zögernd. »... Benedikt.«

Doch er hielt sie weiter fest, musterte sie abwartend aus blaugrauen Augen. Ein schwaches Ziehen durchfuhr ihren Magen. Was war bloß los mit ihr?

»Doris. Richtig?«

»Bitte?«

»Dein Name.« Erst jetzt registrierte sie, wie er auf das Anmeldeformular in ihrer linken Hand schielte. Im Briefkopf stand Doris' Anschrift.

»Doris ist meine Tante. Ihr gehört das *Haus Helene*«, erklärte Insa und wollte sich seinem Händedruck entziehen. Aber er ließ sie nicht los, den Blick nach wie vor fest auf sie gerichtet. »Muss ich wirklich Doris fragen, oder verrätst du mir doch noch deinen Namen?«

»Insa.«

»Klingt auch viel hübscher als Doris«, erwiderte er mit Schalk in den Augen.

»Danke«, hauchte sie.

Sie spürte, wie sein Griff sich lockerte. Schnell zog sie ihre Hand aus der seinen. Betriebsam blickte Insa sich um. »Wo ist dein Gepäck?«

Mit dem Kinn deutete er zu der flachen Feldsteinmauer, die das Grundstück auf der rechten Seite begrenzte. Dahinter erstreckte sich die sanfte Hügellandschaft Hiddensees. Insa erblickte vor der Mauer eine lederne Reisetasche und einen schwarzen Pilotenkoffer. *Zum Ausspannen ist dieser Benedikt offensichtlich nicht auf die Insel gekommen,* dachte sie.

Dann setzte Insa ein verschmitztes Lächeln auf und bedeutete ihm mit einer Kopfbewegung, ihr zu folgen. »In die Laube geht es vorn rein, Benedikt.«

* * *

Insa streifte ihre Strickjacke ab und legte sie auf die Kommode. Anschließend zog sie die blauen Leinenvorhänge beiseite und öffnete eines der bodentiefen Fenster, die hinaus auf die Terrasse führten. Augenblicklich erfüllte der Geruch von Salz und Algen das Wohnzimmer. Nach einer kurzen Führung durch das Ferienhaus waren sie wieder in dem lichtdurchfluteten Raum angelangt. Die weiß getünchten Wände und das dunkel gebeizte Kiefernholz der Möbel strahlten eine behagliche Gemütlichkeit aus. Wenigstens empfand Insa das so. Was Benedikt Krusendorf betraf, war sie sich nicht sicher. Denn dass er einen anderen – *luxuriöseren* – Standard bevorzugte, hatte ihr sein schockierter Gesichtsausdruck verraten, als er einen Blick in Doris' etwas antiquierte, eher zweckmäßig eingerichtete Küche geworfen hatte.

Fragend drehte sie sich zu ihm um. »Eine Woche ohne WLAN und flauschige Bademäntel? Denkst du, du schaffst das?«

Breit grinsend lehnte Benedikt am gemauerten Kamin. Seine Augen funkelten spöttisch. »Den Bademantel werde ich vermissen.«

»Als Alternative könnte ich dir einen täglichen Handtuchwechsel anbieten«, sagte Insa trocken und ging zum Couchtisch, wo das Anmeldeformular neben einem Windlicht lag. »Wie jeder Gast es wünscht. Ich muss es nur ankreuzen.«

Er setzte an, um etwas zu erwidern, doch das Klingeln seines Handys hielt ihn davon ab. Er holte es aus seiner Gesäßtasche und blickte auf das Display. Nach kurzem Zögern nahm er das Gespräch entgegen.

»Hallo, Swantje!«

Insa schmunzelte in sich hinein. Vermutlich hatte seine Assistentin sich die Finger blutig gewählt, um ihren Fehler mit der falschen Buchung wieder auszubügeln.

»Das mit dem Hotel hat sich erledigt. Ich bleibe, wo ich bin«, sagte Benedikt und warf Insa dabei einen reuigen Blick zu. »Sie können das Zimmer wieder stornieren.«

Ohne die Antwort seiner Assistentin abzuwarten, beendete er das Telefonat. Insa vermutete allerdings, dass die gute Swantje jetzt noch verunsicherter sein dürfte als vorher.

»Gründlich missverstanden, ja?« Provokativ hob sie ihr Kinn.

Seelenruhig schälte Benedikt sich aus seinem Jackett und ließ es auf das helle, beigefarbene Sofa fallen. Ein kaum merklicher Bauchansatz zeichnete sich über dem Gürtel seiner Jeans ab. Während er die Hemdsärmel hochkrempelte, steuerte er gemächlich auf sie zu. Die abgewetzten Dielenbretter knarrten leise unter seinen Schritten.

»Okay, ich bekenne mich schuldig«, sagte er und nahm ihr den Zettel aus der Hand. Insa machte unweigerlich einen Schritt zurück, als ihr der herbe Duft seines Aftershaves durch die Nase strömte. Nicht, weil sie ihn als unangenehm empfand, sondern, weil sie das wohlige Gefühl verstörte, das er in ihr auslöste.

»Wie kann ich es wiedergutmachen?« Benedikt blickte sie durchdringend an.

»Holz hacken?« Insa zeigte auf den Brennholzhaufen, den Steffen vor einigen Tagen im Garten abgeladen hatte, mit der Absicht, die dicken Kloben spätestens in dieser Woche zu spalten. Doch die Messe war ihm dazwischengekommen.

»Völlig talentfrei.« Unbeholfen wedelte Benedikt mit den Händen in der Luft. »Stadtkind.«

Insa tat, als überlege sie angestrengt. »Doris braucht dringend Hilfe bei der Quartalsabrechnung. Wie wäre es damit?«

»Sterbenslangweilig.«

»Dann bleibt dir als Wiedergutmachung nur noch ein saftiges Trinkgeld für meine Tante.« Sie wandte sich zum Gehen um.

»Abendessen?«, hörte sie Benedikt nun fast flehentlich hinter sich.

»Mit Doris?«

»Bring sie mit, wenn du willst.«

Insa lachte, ging in den angrenzenden Flur und schlüpfte nach draußen, wo die Sonne immer noch von einem makellos blauen Himmel strahlte. Augenblicke später tauchte auch Doris' Gast in der Haustür auf, die Hände in die Vordertaschen seiner Jeans vergraben.

»Du darfst auch das Restaurant aussuchen«, startete er einen erneuten Versuch.

Er ließ nicht locker. Insa musste sich eingestehen, dass seine Hartnäckigkeit ihr schmeichelte. Aber so sehr ihr der Gedanke, ihn wiederzusehen, auch gefiel: Es war Zeit für die Wahrheit.

»Aus unserem Abendessen wird nichts, Benedikt.«

Enttäuschung spiegelte sich auf seinem Gesicht. Oder waren es nur die Schatten der windschiefen Kiefern, die sich sacht im lauen Oktoberwind wiegten?

»Freund? Ehemann?«, wollte er wissen.

Insa schluckte. Sie wusste, dass es klüger wäre, genau an dieser Stelle pflichtgetreu zu nicken, flugs auf ihr Fahrrad zu steigen und zu verschwinden. Doch aus einem ihr unerfindlichen Grund konnte sie es nicht.

»Nur die Geburtstagsvorbereitungen meiner Tante«, antwortete sie stattdessen kopfschüttelnd und überlegte im gleichen Atemzug, ob sie wohl rot beim Lügen wurde. Wenn ja, war es Benedikt nicht aufgefallen. Er schien sichtlich erleichtert.

»Runder Geburtstag?«

»Ja.« Seltsam, wie einfach ihr das Wort nun über die Lippen kam. »Doris wird morgen siebzig, und eine Menge Leute haben ihr Kommen angekündigt. Ich habe alle Hände voll in der Küche zu tun.«

»Du hast Glück.« Er grinste. »Jamie Oliver wird blass neben mir. Wann soll ich bei dir sein?«

»Um acht wäre schön.«

Hatte sie das wirklich gesagt?

Insa konnte kaum glauben, was sie da tat. Hastig drehte sie sich um und rannte den Pflasterweg hinunter.

»Deine Adresse ...?«, hörte sie ihn rufen, als sie bereits am Gartentor angelangt war.

»Steht auf dem Anmeldeformular. Ich wohne bei meiner Tante.«

Eilig stieg Insa auf ihr Fahrrad. Das Rad, das Steffen für sie vor nicht einmal sechs Monaten liebevoll repariert und damit ihr Herz erobert hatte. Und kaum war er für eine Nacht weg von der Insel, lud sie einen wildfremden Mann zu sich ein.

Was hatte sie sich nur dabei gedacht?

Benedikt

»Du übernachtest *wo?*«

Benedikt lehnte in der offenen Terrassentür. Er wusste genau, welcher Ausdruck auf Moniques Gesicht lag, nachdem er ihr eben offenbart hatte, wo auf der Insel er untergekommen war. Niemanden kannte er besser.

Und niemanden hatte er mehr verletzt.

»In einem Ferienhaus«, wiederholte er. »Reetdach. Kaminofen. Ist eigentlich ganz nett.«

»Aber ohne WLAN«, echauffierte sich seine Ex-Frau. »Was ist, wenn ich dir etwas Wichtiges schicken muss?«

»Ich bin auf Hiddensee, Monique. Nicht in Transsilvanien. Das Mobilfunknetz funktioniert auch hier.«

»Du weißt genau, was ich meine.«

»Was soll passieren?«, versuchte er sie zu beruhigen, vielleicht auch mehr sich selbst. »Alle nötigen Kaufunterlagen liegen der Gemeinde vor. Und sollte sich bei meinem morgigen Gespräch mit dem Bürgermeister herausstellen, dass irgendetwas fehlt, kannst du es immer noch per Kurier auf die Insel schicken. Die Abstimmung im Gemeinderat ist erst in drei Tagen.«

»Es darf nichts schiefgehen, Benedikt.«

»Daran musst du mich nicht erinnern.«

Hinter seiner Stirn kündigte sich das Pochen an, das ihn seit Wochen in regelmäßigen Abständen drangsalierte. Schwach. Im Moment noch kaum zu spüren. In einer Stunde würde der Kopfschmerz jedoch unerträglich sein. Ungeduldig wanderte sein Blick zu der Schachtel Schmerztabletten auf dem Couchtisch. Sobald der Kaufvertrag unterzeichnet war, würde er hoffentlich wieder ohne die verfluchten Dinger auskommen.

»Christian Brüsehaver könnte das Zünglein an der Waage sein«, vernahm er nun Moniques alarmierende Stimme.

»Ausgerechnet der Bürgermeister?« Benedikt war überrascht. »Für jede Gemeinde ist unser Coffeeshop der Jackpot. Mit einem Schlag wäre er aller Sorgen ledig.«

»Ich habe vorhin mit ihm telefoniert. Euphorisch klingt anders.«

»Was genau war denn der Wortlaut?«

»Genauestens abwägen und an die Belange aller denken.«

»Er pokert wegen der Kaufsumme«, warf Benedikt ein.

»Nein, der Mann scheint in irgendeiner Zwickmühle zu stecken«, fabulierte Monique. »Die Sache ist privat.«

»Hat er das gesagt?«

»Nicht direkt. Sein Tonfall ... er klang ... wie mit Skrupel behaftet.«

»Skrupel?«

»Ja, es war die Art, wie er es betont hat. So, als müsste er eine Entscheidung treffen, die ihn in einen persönlichen Konflikt stürzt.«

»Und das hast du mal eben so *herausgehört?*«, spottete er, obgleich ihm nicht zum Lachen zumute war. Seit Tagen nicht. Aber seine Ex-Frau schien sich regelrecht in etwas hineinzusteigern. Die permanente Anspannung zerrte offenkundig auch an ihren Nerven.

»Benedikt, ich meine es ernst!«, schnaubte Monique ungehalten. »Brüsehavers Stimme hat Gewicht in der Gemeinde. Du musst bei eurem morgigen Termin noch einmal ganze Überzeugungsarbeit leisten. Mach ihm mit Nachdruck verständlich, was für ein Zugewinn der Verkauf des Grundstücks an uns ist. Nicht nur für die Gemeindekasse. Auch für ihn als Geschäftsmann.«

»Hattest du nicht gemeint, Brüsehaver sei Rohrdachdecker?«, entgegnete er verwirrt. »Welchen Vorteil sollte er durch einen Coffeeshop haben?«

»Er nicht, aber seine Ehefrau. Frau Brüsehaver besitzt auf der Insel drei Modeboutiquen. Erst im Frühjahr hat sie eine dritte Filiale in Kloster eröffnet. Allerdings sind Rentner und Familien, die nun mal den Großteil der Gäste auf Hiddensee ausmachen, nicht unbedingt die Kundschaft, die der Frau für ihre Designerklamotten vorschwebt. Die junge Klientel, die zwangsläufig mit uns auf die Insel kommen wird, dürfte schon eher nach ihrem Geschmack sein. Vor allem nach einem miserablen Sommergeschäft wie dem letzten. Noch so eine Saison, und sie kann dichtmachen.«

»Du hast Erkundigungen über ihre Finanzen eingezogen?«, fragte er konsterniert.

»Ich weiß gern vorher, mit wem ich es zu tun habe.«

Benedikt wollte lieber nicht daran denken, wie sie an diese sehr persönlichen Informationen gekommen war. Obwohl er eine Ahnung hatte. Über die unlauteren Geschäftsgebaren seines ehemaligen Schwiegervaters hatten Monique und er sich des Öfteren in den Haaren gelegen.

»Hör zu, ich hab gleich einen dringenden Termin«, drängelte sie nun. »Wir telefonieren morgen, einverstanden?«

»In Ordnung, am besten du rufst gegen …« Doch Monique hatte bereits aufgelegt. Verwundert schaute er auf das Smartphone in seiner Hand. Kurz angebundene Verabschiedungen passten so gar nicht zu seiner Ex-Frau. Vor allem nicht, wenn es, wie eben, um die geplante Filiale auf Hiddensee ging. Ihr Termin schien tatsächlich dringend zu sein.

Benedikt wandte sich von der Terrassentür ab und ging in die Küche. Sie war so schmal geschnitten, dass gerade einmal Spüle, Gasherd und ein Kühlschrank aneinandergereiht hineinpassten. Geschirrspüler und Mikrowelle: Fehlanzeige. Die winzigen Pantrys in *Semaros* Etagenbüros hatten weitaus mehr Komfort zu bieten.

Noch immer war es Benedikt unbegreiflich, warum er in dem spartanisch eingerichteten Haus geblieben war. Wie wollte er, der es auf Reisen gewohnt war, sich Espresso und Frühstück aufs Zimmer bringen zu lassen, ohne die Annehmlichkeiten eines gut funktionierenden Rund-um-die-Uhr-Service auskommen? Über die morgigen Rückenschmerzen, die ihm das Probeliegen auf der harten Matratze im Schlafzimmer angekündigt hatte, wollte Benedikt gar nicht erst nachdenken. Und doch war er hier. Er, der nichts dem Zufall überließ, seinen Tag auf die Minute durchtaktete und immer einen Plan B im Hinterkopf hatte. Und Letzterer wäre gewesen, in dem Hotel einzuchecken, das Swantje ihm vorhin am Telefon hatte durchgeben wollen. Wann hatte er sich das letzte Mal so irrational, so kopflos verhalten? Die Antwort darauf konnte Benedikt nicht geben. Nur die Antwort, warum es heute passiert war: Insa. Noch nie war er einer Frau begegnet, die ihn vom ersten Moment an so fasziniert hatte. Mit dem allerersten Blick in ihre Augen. Und noch nie hatte er sofort gespürt, dass sein Gegenüber genauso empfand.

Trotzdem war Benedikt unentschlossen, ob er am Abend zu ihr gehen sollte. Wer wusste schließlich besser als er, dass unkontrollierte Gefühle zu etwas führten, das am Ende niemand wollte? Irgendjemand blieb immer verletzt zurück. Er, Insa oder der Mann an ihrer Seite. Sie hatte zwar versucht, ihm auf diese Frage geschickt auszuweichen, doch die leichte Röte auf ihren Wangen hatte sie verraten. Vermutlich hatte Insa ihre Gründe dafür. Aber bedeutete ihre kleine Lüge automatisch, dass die Liebe in dieser Beziehung auch erloschen war? Vielleicht steckten die zwei nur in einer Phase, in der jedes Handeln, jedes Wort, jeder unbedacht ausgesprochene Gedanke des anderen auf den Prüfstand gestellt wurde. Nur, weil man mit seinem Leben unzufrieden war und der eigene Partner als Sündenbock die bequemste Lösung schien. An so einem Punkt fiel es nicht schwer, sich in die Arme eines Fremden fallen zu lassen, die berauschende Leichtigkeit und süße Gedankenlosigkeit versprachen. Wollte ausgerechnet er derjenige sein, der Insa in diesen unentwirrbaren Strudel hineinriss?

Die Frau, mit der er Monique betrogen hatte, hatte ihm nichts bedeutet. Er mochte ihren Humor, ihre Schlagfertigkeit und ja, er mochte auch den Sex mit ihr. Aber Liebe war nie im Spiel gewesen. Das dachte er zumindest. Bis ihre Affäre nach vier Monaten durch einen Zufall aufgeflogen war. Monique hatte sich verraten und gedemütigt gefühlt und wie ein Hund gelitten. Der Mann seiner Affäre ebenso. Auch wenn beide keine tiefen Gefühle füreinander empfunden hatten, getäuschte Partner liebten trotzdem. Liebe war immer Spiel.

Benedikt nahm ein Glas aus dem Regal über der Spüle, füllte es mit Leitungswasser und ließ sich anschließend im Wohnzimmer auf dem Sofa nieder. Mit der freien Hand drückte er zwei Schmerztabletten aus der Packung und spülte sie hinunter. Mittlerweile wusste er aus leidvoller Erfahrung, dass er sich in zwanzig Minuten besser fühlen würde. Aber wie sollte er den Rest des Tages ohne seinen heiß geliebten Espresso überstehen?

Ein Lächeln umspielte Benedikts Mundwinkel, als sein Blick an der Strickjacke auf der Kommode hängen blieb. Unweigerlich dachte er an die Frau, für die er dieses Opfer auf sich genommen hatte. Ihre schlanken, endlos scheinenden Beine in der roten Jeans. Die aschblonden Strähnen, die das schmale Gesicht umrahmten. Und das Grün ihrer Augen, das so klar und doch so unergründlich war. Dabei wusste er eigentlich nichts von ihr. Nur eines wusste Benedikt in diesem Augenblick. Er wollte Insa wiedersehen. Mit allen Konsequenzen, die es mit sich bringen würde.

Insa

Blutrot versank die Sonne hinter dem Küstenwald und warf lange Schatten über die Insel. In den Nachbarhäusern flammten die ersten Lichter auf. Insa, die am offenen Giebelfenster ihres Dachzimmers stand, lehnte sich ein Stück nach vorn und schloss die Augen. Beim Einatmen schmeckte sie das feine Salz auf ihren Lippen, das der kühle Abendwind vom Wasser herüberwehte. In den Jahren, in denen sie fort gewesen war, hatte Insa oft versucht, sich den Geruch und den Geschmack der Ostsee in Erinnerung zu rufen. Seit sie wieder auf Hiddensee lebte, hatte sie dennoch kaum Zeit gefunden, die befreiende Wirkung des Meeres zu genießen. Selbst mit Steffen war sie in den zurückliegenden Monaten nur wenige Male am Strand gewesen.

Steffen. Schlagartig schlug Insa die Augen auf und spähte verschämt zu ihrem Bett hinüber. Ihr halber Kleiderschrank türmte sich dort zu einem wilden Durcheinander auf. Allerdings war das Chaos keinem romantischen Date mit ihrem Freund geschuldet. Benedikt Krusendorf, er war der Grund, warum sie nach Feierabend in jede Jeans, jede Bluse, jedes Shirt geschlüpft und unschlüssig vor dem Spiegel herumgehüpft war. Ganz zu schweigen von der Zeit, die sie im Badezimmer verbracht hatte. Und das alles für einen Mann, den sie erst seit wenigen Stunden kannte.

Insa wusste, dass sie sich vollkommen unangemessen verhielt. Auch wenn die hartnäckige Stimme in ihrem Kopf ihr einreden wollte, diese Einladung wäre doch bloß eine höfliche und durchaus übliche Geste. Ihre Tante lud schließlich häufig Stammgäste aus dem *Haus Helene* auf ein Glas Wein oder zum Abendessen bei sich ein. Aber es war nun einmal nicht Doris, die Benedikt eingeladen hatte, der weder ein Stammgast war, noch irgendein Interesse an ihrer Tante hegte. Sie, die in einer festen Beziehung war, traf sich mit einem Mann, dessen erwartungsvolle Blicke eindeutige Signale ausgesandt hatten.

Wie wollte sie Steffen morgen noch in die Augen sehen?

Insa nahm ihr Handy von der Fensterbank und tippte auf das Display. Neunzehn Uhr einundvierzig. In knapp zwanzig Minuten würde Benedikt unten an der Haustür klingeln. Noch konnte sie alles rückgängig machen. Ihn und die verworrenen Gedanken, die sie seit dem Nachmittag plagten, auf Nimmerwiedersehen loswerden. Doris würde keine Fragen stellen, wenn sie sie darum bitten würde, Benedikt Krusendorf mit einer fadenscheinigen Ausrede abzuwimmeln. Genauso wie ihre Tante Insas seltsame Einladung als selbstverständlich hingenommen hatte.

»Warum soll ich etwas dagegen haben? Wir können jede erdenkliche Hilfe gebrauchen.«

»Du findest es nicht ... unpassend?«

Mit einem schelmischen Funkeln in den trüben Augen hatte sie Insa angeschaut. »So unpassend, wie seine hübsche Freundin mit den ganzen Vorbereitungen allein zu lassen.«

Doris mochte Steffen. Und auch nicht seine kurzfristigen Reisepläne hatten ihre Tante zu dieser Antwort hinreißen lassen. Vielmehr schien Doris wohl schon länger zu ahnen, dass ihre Nichte sich bei Steffen Facklam zwar geborgen fühlte, aber nicht verliebt in ihn war. Das, was ihr eigenes Herz in den vergangenen Monaten erfolgreich verdrängt hatte. Denn seit ihrer Begegnung mit Benedikt Krusendorf fragte Insa sich unentwegt, ob ihre Gefühle für Steffen vielleicht doch nicht tief genug waren. Aufrichtig, ja. Aber leidenschaftlich? Wie sonst sollte sie sich ihr Verhalten erklären? Wieder musste Insa lächeln, als sie an das Aufeinandertreffen in Doris' Ferienhaus dachte. Benedikts verlegener Blick, seine Stimme, die plötzlich ganz sanft wurde, und der Duft seines Aftershaves, der sie wie eine warme Welle durchströmt hatte.

Das Piepsen ihres Handys riss sie aus ihren Gedanken. Noch

bevor Insa auf das Display schaute, ahnte sie, dass die Nachricht von Steffen war. Bei seinem letzten Anruf, der sie auf ihrem Rückweg vom *Haus Helene* erreicht hatte, hatte Insa ihn gebeten, sich am Abend besser per WhatsApp bei ihr zu melden. Sie hätte mit den Vorbereitungen für Doris' Geburtstag zu tun und keine Zeit zum Telefonieren. Steffens Verwunderung darüber war ihr nicht entgangen. Ebenso seine Enttäuschung. Und noch immer fühlte sich Insa wegen dieser Lüge entsetzlich. Aber ein Telefonat mit Steffen, während Benedikt neben ihr Zwiebeln und Kartoffeln schälte, hatte sie um jeden Preis umgehen wollen. Ihr schlechtes Gewissen war auch so kaum zu ertragen.

Mit einem flauen Gefühl im Magen drückte Insa auf die eingegangene Nachricht:

Lass den Abwasch stehen. Ich kümmere mich morgen darum.

Insa schluckte. Sie wusste, dass Steffen nicht scherzte. Ständig machte er sich Gedanken. Gedanken darüber, ob es ihr gut ging, ob ihr die Arbeit im Café nicht über den Kopf wuchs, ob es ihr an etwas fehlte. Und was tat sie?

So verlockend dein Vorschlag auch klingt, Doris dürfte das wenig gefallen. Wann kommst du morgen zurück?

Insa wartete. Dabei wanderte ihr Blick zur Zeitanzeige im Display. Neunzehn Uhr einundfünfzig. Keine zehn Minuten mehr. Noch war es nicht zu spät. Noch konnte sie entscheiden. Kopf oder Bauch.

Mit der Fähre um vier. Ich habe eine Überraschung für dich.

Heiratsantrag war das Erste, woran Insa dachte. Und das Zweite, ob sie diesen heute Morgen, als sie am Fähranleger in Steffens Armen gelegen hatte, noch ohne Zögern angenommen hätte.

Du weißt, dass ich keine Überraschungen mag.

Zumindest nicht die Art von Überraschungen.

Diese wirst du mögen :) Ich liebe dich.

Wie ein Stromschlag durchfuhr Insa das Läuten an der Haustür. Sie schleuderte das Handy auf den Kleiderberg und eilte zu dem langen Spiegel neben der Kommode. Zittrig strich sie über ihr offenes Haar und überlegte zum wiederholten Mal an diesem Abend, ob sie es nicht doch zu einem Knoten zusammenstecken sollte. Aber ein erneutes lang gezogenes Klingeln nahm ihr die Entscheidung ab. Noch einmal zupfte sie am Kragen ihrer flaschengrünen Leinenbluse und wandte sich zur Tür. Als sie die Klinke umfasste, fiel ihr ein, dass sie Steffen noch nicht geantwortet, seine innigen Worte nicht erwidert hatte. Ihre Augen schweiften zu ihrem Handy, das nun stumm zwischen ihren Kleidern lag. »Drei kleine Worte, Insa!«, dachte sie schwermütig. »Ist das wirklich so schwierig?« Unschlüssig kaute sie auf ihrer Unterlippe, bis sie beim dritten Läuten entschlossen die Türklinke hinunterdrückte.
Sie würde Steffen eine Antwort geben.
Aber nicht heute.
Morgen.
Vielleicht.
Sobald ihr Herz wusste, was es wollte.

* * *

»Ich werde Ihnen den Mietpreis für das *Haus Helene* erlassen müssen«, lachte Doris und nahm Benedikt die karierte Schürze aus den Händen. »Ohne Ihre tatkräftige Unterstützung wären wir noch immer beim Gemüseputzen.«

Insa, die auf der anderen Seite des Tisches Geschirr und Töpfe in der Anrichte verstaute, blickte zu den beiden hinüber. Sie konnte Doris nur beipflichten. Benedikt hatte sich als Küchenjunge recht passabel angestellt. Nachdem er mit einer Flasche Rotwein und einem umwerfenden Lächeln durch die Tür getreten war, hatte er kurzerhand sein Jackett abgelegt, anstandslos eine von Doris' Schürzen übergestreift und mit routinierten Handgriffen das erledigt, was ihm aufgetragen wurde. Und genau diese Ungezwungenheit hatte Insas wild pochendes Herz nach wenigen Minuten ruhiger schlagen lassen.

»Um ehrlich zu sein, meine spontane Hilfe war eher unfreiwilliger Natur«, erwiderte Benedikt und schaute mit einem frechen Grinsen zu Insa hinüber. »Ich bin Ihrer Nichte etwas schuldig.«

Doris schmunzelte, hängte die Schürze über einen der gebeizten Küchenstühle und reichte ihm die Hand. »Was auch immer Sie angestellt haben, Benedikt: vielen Dank!«

Er und Doris hatten sich gleich bei der Begrüßung darauf geeinigt, sich beim Vornamen zu nennen.

»Nicht dafür«, meinte Benedikt.

»Trotzdem«, ihre Tante schüttelte entschieden den Kopf, »ich möchte mich Ihnen erkenntlich zeigen. Haben Sie morgen Abend schon etwas vor?«

Insa erstarrte. Benedikt und Steffen gemeinsam auf der Party? Was dachte Doris sich nur dabei, ihn einzuladen?

Benedikt machte eine vage Handbewegung. »Außer einer Menge Papierkram eigentlich nichts.«

Doris lachte beherzt. »Dann sehen wir uns auf meiner Geburtstagsfeier.«

»Ich weiß nicht, ob ich wirklich Zeit …«

»Eine Ausrede lasse ich nicht gelten, Benedikt.«

Er schielte kurz zu Insa hinüber und musterte sie eingehend aus seinen blaugrauen Augen. So, als läge die Entscheidung bei ihr.

»Ich komme sehr gern«, sagte er schließlich und wandte sich wieder Doris zu.

»Wunderbar.« Sie griff nach einem Stapel schmutziger Geschirrtücher. »Meine Nichte erklärt Ihnen noch den Weg ins Café.«

»Du willst schon ins Bett?«, fragte Insa erstaunt und sah zur Küchenuhr über der Spüle. Dreiundzwanzig Uhr acht.

»Morgen wird ein langer Tag, und ich denke, ihr zwei schafft den Rest auch ohne mich«, erwiderte Doris augenzwinkernd.

Mit schlurfenden Schritten durchquerte sie die Küche. An der Tür hielt sie noch einmal inne. »Ach, Insa! Bevor ich es vergesse: Dein Bruder war hier.«

Irritiert blickte Insa ihre Tante an. »Wann denn?«

»Vorhin, als du unter der Dusche standst.« Doris warf einen kurzen, zögernden Blick zu Benedikt. »Ich habe ihm gesagt, dass es heute … ungünstig wäre.«

»Hat Christian gesagt, worum es ging?«

»Nur, dass es wichtig sei.«

Insa drehte den Kopf zum Fenster. Obwohl ihr Bruder wie sie in Kloster lebte, sahen sie sich nur selten. Als ehrenamtlicher Bürgermeister und selbstständiger Rohrdachdeckermeister blieb für Familie und Freizeit wenig Raum. Er kam niemals unangemeldet zum Plaudern. Weder zu Doris nach Hause noch zu ihr ins Café. Der Grund seines Besuchs schien also sehr dringend zu sein. Aber warum hatte Christian sie nicht auf dem Handy angerufen, wenn er etwas auf dem Herzen hatte? Im gleichen Moment erinnerte Insa sich jedoch daran, dass ihr Telefon seit Stunden oben in ihrem Zimmer lag und ihr Bruder womöglich genauso sehnsüchtig auf ihren Rückruf wartete wie Steffen.

Ein freundliches »Gute Nacht« riss sie aus ihrer Grübelei. Als Insa sich umwandte, um den Gruß ihrer Tante zu erwidern, war Doris bereits verschwunden. Nur Benedikt war noch da. Er hatte sich mit dem Rücken gegen die Spüle gelehnt, die Hände seitlich daran abgestützt. In seinen Augen, die im matten Küchenlicht so dunkel wie das Blau seines Hemdes schimmerten, lag ein Blick, den sie nicht deuten konnte.

Unsicher lächelte sie ihn an. »Du hast dich wacker geschlagen.«

»Du auch«, kam es leise über seine Lippen.

Insa spürte, wie es ihr heiß in die Wangen schoss. Wie am Nachmittag, als sie ihm auf seine Frage zu ihrem Beziehungsstatus kopfschüttelnd ausgewichen war. Hatte er ihre Lüge durchschaut?

»Ich denke, du hast dir eine kleine Belohnung verdient«, versuchte sie einen lockeren Plauderton anzuschlagen, um ihre Verlegenheit zu kaschieren. Geschäftig umrundete Insa den Tisch und griff nach seinem Rotwein, der auf Doris' altem Küchenbüfett stand. »Woher hast du den guten Tropfen überhaupt?«

»In der Nähe des Fähranlegers gibt es einen hübschen Laden. Das Angebot ist sehr vielfältig.«

Die Art, wie er die Worte hübsch und vielfältig aussprach, erinnerte Insa an den entsetzten Blick, mit dem er vor einigen Stunden Doris' Ferienhäuschen inspiziert hatte. Das bunt gemischte Sortiment des *Lütt Ecks*, das von Angelhaken über Friesennerze bis zur Zahnbürste reichte, war für Benedikt vermutlich ein Kulturschock gewesen.

»Das *Lütt Eck* ist für Insulaner und Urlaubsgäste häufig die letzte Rettung.« Mit einem Schmunzeln schwenkte sie den Wein. »Und heute meine, um dich damit fürstlich zu entlohnen.«

Benedikt trat einen Schritt näher und nahm ihr die Flasche aus der Hand. Insa zuckte unter der flüchtigen Berührung seiner Finger zusammen.

»Ich muss gestehen, dass mir nicht unbedingt Rotwein dafür

vorschwebt.« Er stellte die Flasche auf dem Tisch ab, ohne den Blick von ihr abzuwenden.

»Sondern?«

Ihr Herz schlug bis zum Hals.

»Ein kräftiger Espresso wäre nicht schlecht.«

»Espresso?«

Hatte sie etwas anderes erwartet? Sich *erhofft*?

»Schlafen kann ich ohnehin nicht. Zu viele Geister, die mich wach halten.«

Allmählich begann Insa, sich wieder zu sammeln. »Tut mir leid. Doris und ich trinken zu Hause nur Tee.« Sie öffnete die oberen Türen vom Büfett und deutete auf die bunten Blechdosen. »Sanddorn, Pfefferminz, Hagebutte, Rooibos ...«

»Irgendwas mit Koffein?«

»Fehlanzeige.«

»Dann wähl du.«

»Gut. Also Sanddorn.«

Insa holte die orangegelb bedruckte Dose aus dem Schrank und füllte Wasser in den Teekessel. Ihre Tante liebte diese alte, herkömmliche Art der Zubereitung. Modernen Schnickschnack suchte man in ihrer Küche vergebens. Es hatte einiger Überzeugungskunst bedurft, Doris wenigstens im Café die Unentbehrlichkeit eines dreitausend Watt starken Wasserkochers nahezubringen.

»Deine Familie?«, hörte sie Benedikt fragen, als sie den Kessel auf den Gasherd stellte.

Insa blickte sich zu ihm um. Er betrachtete die Fotogalerie über der Anrichte. Liebevoll eingerahmte Schnappschüsse, denen Doris in unregelmäßigen Abständen immer wieder neue hinzufügte. Taufen. Konfirmationen. Grüne, silberne und goldene Hochzeiten. Jeder denkbar wichtige Familienevent wurde dort präsentiert. Auch ein Bild von der Eröffnung ihres Cafés war darunter. Und ein Foto von ihr und Steffen. Arm in Arm auf Kathis vierzigstem Geburtstag im vergangenen Monat.

»Der Großteil schon«, bejahte Insa und stellte sich vor ihn, wobei ihr nicht entging, wie seine Augen für Sekunden forschend an ihr hinunterwanderten. Sie tippte auf die Einschulung ihrer Nichte, wenngleich das Mädchen schon lange keine Rüschenkleider und geflochtenen Zöpfe mehr trug. Aber es war nun einmal das Foto, das am entferntesten von Kathis Vierzigstem hing.

»Doris kennst du ja. Die anderen sind meine Nichte Emily, mein Bruder Christian, seine Frau Kathi …« Insa hielt kurz inne, bevor sie mit einem Grinsen weitersprach. »Pardon … Meine Schwägerin hasst es, wenn wir diese Abkürzung benutzen. Katharina.«

»Katharina die Große.«

»Richtig. Als Frau des Bürgermeisters entspricht das genau ihrer Fasson.«

»*Dein Bruder* ist der Bürgermeister von Hiddensee?«

Insa schaute zu ihm auf. »Ja, Christian Brüsehaver. Kennt ihr euch?«

»Nein …« Benedikt betrachtete wieder das Foto. Mit regloser Miene starrte er auf das Konterfei ihres Bruders. Nur sein Adamsapfel bewegte sich unter seinem stoßweisen Atem auf und ab.

»Benedikt?«

Ruckartig wandte er ihr das Gesicht zu. »Hm?«

»Du guckst, als wäre dir einer deiner Geister erschienen«, witzelte Insa. Wobei sie das Gefühl nicht loswurde, dass irgendwie ein Funken Wahrheit in diesem Satz lag.

Benedikts Augen blitzten auf. »Mein Lieblingsgeist hat nur einen vollständigen Namen bekommen.«

»Der da lautet?«

»Insa Brüsehaver.«

Der Wasserkessel pfiff. Insa ging zum Büfett hinüber. Erleichtert, seinen durchdringenden Blicken zu entkommen. Sie stellte

Teekanne und Tassen auf den Tisch, indessen widmete Benedikt seine Aufmerksamkeit erneut den Fotos. Inzwischen schien er sich für die Hochzeit ihrer Mutter zu interessieren, die Doris gottlob in sicherer Entfernung zu Kathis Vierzigstem platziert hatte.

»Das sind meine Mutter und ihr Mann Joachim.« Insa häufte zwei Löffel Tee in die Kanne. »Leider hat sie sich vor drei Tagen einen komplizierten Beinbruch zugezogen. Daher können die beiden morgen nicht kommen. Die lange Anreise wäre zu anstrengend.«

»Deine Mutter wohnt nicht mehr auf der Insel?«, fragte Benedikt, ihr noch immer den Rücken zugewandt.

»Schon viele Jahre nicht mehr. Nach dem Tod meines Vaters vermachte sie Christian unser Elternhaus und den Familienbetrieb und zog nach Thüringen. Damals lebte Oma noch, und sie brauchte Hilfe im Haushalt. Später hat meine Mutter dann Joachim kennengelernt und ist dortgeblieben.«

»Und seitdem lebst du bei deiner Tante?«

Er drehte sich zu ihr um. Endlich. Flink zog Insa einen der Stühle unter dem Küchentisch hervor, ehe noch das Bild von Kathis Geburtstagsparty seine Neugier wecken würde. Ohne den Blick von ihr zu nehmen, folgte Benedikt ihrer Aufforderung.

»Nein, bei Doris wohne ich erst seit einigen Monaten.« Insa nahm den Wasserkessel vom Herd und brühte den Tee auf. »Ich bin gleich nach der Schule weg von Hiddensee. Eine Zeit lang habe ich mir den Duft der großen, weiten Welt um die Nase wehen lassen, bis ich mich zu einem Studium in Berlin entschlossen habe. Im letzten Jahr habe ich dann meinen Master in Geschichte gemacht.«

»Wieso ausgerechnet Geschichte?«

Insa schaute ihn achselzuckend an. »Vielleicht, weil es das Schulfach war, in dem ich immer die besten Noten bekommen habe.«

»Hört sich an, als hättest du deine Wahl bereut.«

Sie stellte den Kessel zurück auf den Herd. »Ich denke noch darüber nach.«

»Und warum tust du das ausgerechnet auf Hiddensee?« Abwartend blickte er sie von unten an.

Insa spürte sehr wohl, worauf seine Frage tatsächlich abzielte: War ein Mann in ihrem Leben der Grund dafür?

Hatte er das Foto von Steffen und ihr doch bemerkt?

»Es ist mein Zuhause«, antwortete sie aufrichtig, denn mit Steffen Facklam hatte ihre Rückkehr nach Hiddensee nichts zu tun. Außerdem wollte sie das Thema Steffen lieber nicht anschneiden. Sie setzte sich zu Benedikt an den Tisch. »Für einen Küchenjungen stellst du eine Menge indiskreter Fragen.«

»Ich habe mir eine Belohnung verdient. Schon vergessen?«

»Nein, hab ich nicht.« Sie goss eine der Tassen voll und schob sie ihm hin. »Sanddorntee.«

»Auf Lebenszeit?« Benedikt grinste durchtrieben, und Insa fühlte, wie ihr Herz schneller schlug. *Verdammt!* Warum verunsicherte dieser Kerl sie nur so?

Sie schenkte auch sich ein und blickte ihn über den Rand der Tasse hinweg an. »Für deine Zeit auf Hiddensee.«

»Immerhin ein Anfang.«

Ein Anfang? Wovon? Sie hatte schließlich einen festen Freund. Ein Anfang würde auch ein Ende bedeuten. Ein Ende ihrer Beziehung zu Steffen. Und noch wusste Insa nicht, ob sie bereit war, diese aufzugeben. Nur, weil das Lächeln eines Fremden ihr Herzklopfen bescherte.

»Ihr könnt meine Küchendienste jederzeit wieder buchen«, meinte Benedikt und griff nach seinem Tee. »Eine Weile bin ich noch hier.«

Insa hob abwehrend die Hände. »Tausend Dank, aber ich schätze, nach dieser Party habe ich für die nächsten Wochen vom Feiern genug.«

»Das glaube ich dir aufs Wort.« Er deutete mit dem Kinn Richtung Speisekammer, wo das halbe Geburtstagsbüfett stand. »Hat deine Tante eigentlich die ganze Insel eingeladen?«

Insa musste lachen. »Keine Angst. Doris hat nur gern mehr auf Vorrat, falls jemand unerwartet auftaucht. Aber an die fünfzig Leute kommen bestimmt.«

»Dein Bruder und seine Frau auch?«

Insa war verwirrt. Weshalb interessierte er sich für das Kommen von Christian und Kathi? »Ja … sicher.«

»Schön.« Benedikt schaute zu der Fotogalerie hinüber. »So lerne ich auch den Rest deiner Familie kennen.«

Und nicht nur die, fügte sie in Gedanken hinzu. Sofort wurde ihr unbehaglich. Was würde Benedikt denken, wenn er morgen Abend das Café betrat und Steffen seinen Arm um ihre Schultern geschlungen hatte? Wieder war es einer dieser Momente, alles ins rechte Licht zu rücken. Und wieder konnte sie es nicht.

Das Schlagen von Doris' alter Wanduhr aus dem Wohnzimmer schallte zu ihnen herüber. Zwölf dumpfe Schläge.

Benedikt blickte flüchtig auf seine Armbanduhr. »Es wird Zeit für mich.«

Er nahm einen letzten Schluck und erhob sich, wobei er nach seinem Jackett griff, das über der Stuhllehne hing.

Insa stand ebenfalls auf. »Ich bringe dich zur Tür.«

Kurz darauf hörte sie seine Schritte hinter sich, als er ihr in die Diele folgte. Der schmale Flur wurde nur von dem hereinfallenden Licht aus der Küche erhellt. Aber Insa schaltete die Deckenbeleuchtung nicht ein. Zu groß schien die Gefahr, dass er beim Abschied in ihren Augen lesen könnte, wonach sie sich sehnte.

Mit der Hand auf der Türklinke blieb sie stehen und beobachtete ihn verstohlen, während er sich das Jackett überzog. Wie am Nachmittag durchströmte sie der wohlig herbe Duft seines Aftershaves, den sie von nun an vermutlich unter Hunderten wiedererkennen würde.

»Was ist?«

Benedikt hatte ihr Starren bemerkt und kam auf sie zu. So dicht, dass sie beinahe befürchtete, er könnte ihren hämmernden Herzschlag hören.

»Nichts.«

Mit einem Ruck öffnete sie die Tür. Sofort flammte der Bewegungsmelder auf, und Insa trat in die herbstliche Nacht hinaus. Der Goldregen vor Doris' Haus rauschte leise im kühlen Wind, der von der Ostsee heraufwehte. Fröstelnd schlug sie die Arme um den Oberkörper und richtete ihren Blick zur Nordspitze der Insel. Der Leuchtturm Dornbusch schickte sein blitzartiges Signalfeuer kilometerweit durch die Finsternis. Schon als kleines Mädchen hatte das gleichmäßig immer wiederkehrende Licht eine beruhigende Wirkung auf Insa gehabt. Hoffentlich half es ihr auch heute, einen kühlen Kopf zu bewahren.

»Denkst du, ich sollte vorbeischauen?«, fragte Benedikt, der neben sie getreten war.

Mit den Händen in den Gesäßtaschen seiner Jeans schaute er in Richtung Dornbusch. Wie Insa wenige Sekunden zuvor.

»Es kommt ganz auf das Wetter an.« Sie hob die Schultern. »An klaren Tagen hat man eine fantastische Sicht über die Ostsee. Mit viel Glück siehst du sogar die Kirchtürme von Stralsund.«

»Ich meinte die Geburtstagsfeier deiner Tante.«

Benedikt sah sie an, und sein kleinmütiger Blick gab Insa zu verstehen, dass es ihm nicht um ein paar vergnügliche Stunden auf Doris' Party ging. Es ging um sie und um ihn. Und um den Mann auf dem Foto, das in Doris' Küche hing. Unentschlossen kaute sie auf ihrer Unterlippe.

»Ich würde dich gern näher kennenlernen, Insa. Sehr gern sogar.« Er fasste nach ihren Händen, die sie noch immer schützend über ihre dünne Bluse geschlungen hatte. »Nur bin ich mir nicht sicher, ob es das ist, was auch du willst.«

Verlegen senkte sie den Blick auf das graue Granitpflaster vor dem Haus. Was sollte sie sagen? *Benedikt, du hast diese Einladung gehörig missverstanden. Ich wollte nur höflich sein?* Oder: *Hör zu, du bist mir sehr sympathisch, aber …* Und die üblichen abgedroschenen Floskeln herunterleiern? Oder sollte sie es endlich mit der Wahrheit probieren: *Ja, ich will es auch, obwohl ich eine feste Beziehung habe?* Aber was würde Benedikt dann über sie denken? Dass sie sich auf eine Affäre mit ihm einlassen wollte? Oder ihn hinhalten, bis sie sich für einen von beiden entschieden hatte?

»Ich wollte dich nicht bedrängen.« Der Griff um ihre Hände lockerte sich. »Entschuldige.«

»Das tust du nicht, aber …«

Insa schaute zu ihm auf. Hoffnung. Angst. Neugier. All das las sie in seinem Blick. Sie musste sich entscheiden.

Kopf oder Bauch.

»Nein, kein Aber«, flüsterte sie. »Ich möchte es auch.«

Sie war überrascht, wie leicht ihr diese Antwort gefallen war. Und wie gut sie sich dabei fühlte.

Lächelnd zog Benedikt sie an sich und neigte sein Gesicht ihrem entgegen, bis seine warme, raue Zunge ihre fand. Ein langer, zärtlicher Kuss. Halb schüchtern, halb verlegen. Und doch voller sinnlichem Verlangen.

Benedikt löste sich zuerst. Sanft strich er ihr eine Haarsträhne hinters Ohr. Insa erschauerte, als der Nachtwind sie streifte.

»Ist dir kalt?«

»Meine Strickjacke hast du mir ja nicht mitgebracht.«

»Nur damit du einen Grund hast, wiederzukommen.« Er drückte sie wieder an sich und zog ihre Arme unter sein Jackett. »Besser?«

»Besser.«

Benedikt neigte fragend den Kopf. »Meinst du, deine Tante würde sich über einen Espressokocher freuen?«

»Ich glaube, eher nicht.« Insa musste schmunzeln und fügte mit einem leichten Kopfschütteln hinzu: »Du musst nichts mitbringen, Benedikt. Sie freut sich auch so über dein Kommen.«

»Und du?«

Augenblicklich wurde sie ernst. Steffen wollte morgen mit der Vier-Uhr-Fähre zurück sein. Gerade mal zwei Stunden bevor die ersten Geburtstagsgäste im Café eintrudeln würden. Wie sollte sie in dieser Hektik Zeit für Erklärungen finden?

»Ja, natürlich freue ich mich, es ist nur …«

Doch weiter kam sie nicht. Er verschloss ihre Lippen mit zwei Fingern. »Bis morgen, Insa Brüsehaver.«

Insa sah Benedikt nach, wie er im Halbdunkel den schmalen Pflasterweg hinunterschlenderte. Als sie die Torscharniere quietschen hörte, kam ihr in den Sinn, dass sie ihm noch gar nicht den Weg erklärt hatte.

»Benedikt!«

Er drehte sich um, lächelte. »Ja?«

»Du musst ins Café im Kirchweg. Wir haben gelbe Markisen vor den Fenstern.«

Steffen

Der harte, eiskalte Wasserstrahl, der aus der Regenbrause auf ihn herunterprasselte, schmerzte höllisch. Mit gespreizten Fingern stützte er sich an der Duschwand ab, die Stirn fest gegen das Glas gepresst. Minutenlang verharrte Steffen schon in dieser Haltung. Sein Körper war beinahe steif vor Kälte. Doch es nützte nichts. Das eisige Wasser machte es nicht ungeschehen. Mit seinem Frevel würde er von nun an leben müssen.

Steffen drehte das Wasser ab. Wie ferngesteuert stieg er aus der Dusche, griff nach einem der schneeweißen Badetücher und wickelte es um die Hüften. Als er sein Spiegelbild über dem hellen, polierten Marmorwaschtisch erblickte, erstarrte er. Es war nicht sein Äußeres, das Steffen erschreckte. Noch immer war ihm der Anblick des Mannes im Spiegel vertraut. Der durchtrainierte Körper, der ihn dank täglicher Runden auf dem Mountainbike um einiges jünger als fünfundvierzig aussehen ließ. Das schwarze, schütter werdende Haar, das an den Schläfen allmählich ergraute. Und die Falten, die sich mit jedem Jahr tiefer in Gesicht und Hals gruben. Nein, was Steffen ein Schaudern über den Rücken jagte, war dieser anklagende Blick aus fremden, braunen Augen, der ihn voller Abscheu musterte. Der loyale und von Grund auf ehrliche Steffen Facklam war für immer gegangen.

Wie hatte er sich nur mit dieser Frau einlassen können?

Ruckartig löste Steffen sich aus seiner Starre, schleuderte das Handtuch auf den glänzenden Fliesenboden und floh aus dem Bad. Neben dem ausladenden, luxuriösen Boxspringbett stand seine zerbeulte Sporttasche, die irgendwie deplatziert in diesem durchgestylten Hotelzimmer wirkte. So wie er. Denn er wäre nie im Leben auf die Idee gekommen, in einem Fünfsternehotel abzusteigen. Ausgerechnet er, der seine Bücher gebraucht im Internet bestellte und im Supermarkt zu preisreduzierten Lebensmitteln griff. Sogar in seinem Fahrradverleih fanden Sättel und Schläuche aus zweiter Hand Platz im Ersatzteillager. Doch seit er mit Insa Brüsehaver zusammen war, hatte sich nun mal vieles in seinem Leben verändert.

Steffen fischte eine Boxershorts aus der Sporttasche und stieg hinein. Der Stoff klebte auf der noch feuchten Haut. Er hob seine Cargohose vom Teppichboden auf, holte die Brieftasche hervor und betrachtete das Bild hinter der Klarsichthülle. Langsam sank er auf die Bettkante nieder. Insas Foto, das er bei ihrem ersten gemeinsamen Ausflug mit seiner Spiegelreflexkamera aufgenommen hatte, trug er immer bei sich. Anfang Mai war das gewesen, als sie beide noch Zeit für Unternehmungen gefunden hatten, bevor sie im Sommer in Arbeit erstickt waren. Mit angezogenen Knien hockte Insa neben ihrem Fahrrad im Gras. Ihre grünen Augen strahlten, das blonde Haar fiel offen über die nackte Schulter und die Träger ihres Tanktops. Er erinnerte sich noch, dass Insa sich wegen des Fotos geziert hatte, so abgekämpft und verschwitzt sie von ihrer Inselrundtour gewesen war. Aber für ihn war sie perfekt. Die Frau, mit der er sein Leben teilen wollte. Steffen wünschte nur, es wäre andersherum ebenso.

Natürlich spürte er, dass Insa seine Gefühle nicht im gleichen Maße erwiderte. An dem stets leicht entrückten Blick. Am verhaltenen Klang ihrer Stimme. An der Art, wie sie ihn fast respektvoll berührte. In den ersten Wochen, während sie miteinander geschlafen hatten, hatte er es auf die Jahre geschoben, die zwischen ihnen lagen. Geglaubt, dass sein Körper nicht mehr in der Lage schien, das Verlangen nach ihm in einer jungen Frau zu wecken. Heute war Steffen sicher, dass Insa allein die Sehnsucht nach einer starken Schulter zum Anlehnen in seine Arme getrieben hatte. Er war das Gegenstück zu ihrem hektischen, umtriebigen Alltag. Mittlerweile war Steffen aber in einem Alter, in dem er wusste, dass

Liebe auch aus Zuneigung wachsen konnte. Doch dafür durfte Insa niemals erfahren, dass er sie betrogen hatte.

Er verstaute die Brieftasche wieder in der Hose und sah auf seine Armbanduhr, die auf dem Nachttisch lag. Kurz nach zwölf. Gerade einmal vier Stunden war es her, dass sie zusammen in der Stadt zu Abend gegessen hatten. In einem Nobelrestaurant, das sie ausgesucht hatte. Die Hälfte der Gerichte auf der Speisekarte war Steffen noch nie zu Ohren gekommen. Es war ihm nur recht gewesen, dass sie für sie beide gewählt hatte. Über eine Stunde hatten sie über banale, unverfängliche Dinge geplaudert, und Steffen war schon der Gedanke gekommen, er hätte dieses Abendessen komplett missverstanden. Aber dann kritzelte sie etwas auf ihre unbenutzte Serviette und hauchte ihm ins Ohr, sie würde in der Tiefgarage auf ihn warten. Zehn Minuten. Nicht länger.

Er hatte nicht einmal zwei benötigt, um ihr zu folgen.

Seufzend griff Steffen nach seinem Handy. Mit dem Daumen strich er über das Display. Keine Antwort von Insa. Die Klammer um seine Brust zog sich fester. Er atmete ein, versuchte, sich zu beruhigen. Bestimmt war sie bloß zu beschäftigt und hatte ihn zwischen Doris' Aufläufen und dem Abwasch vergessen. Steffen fühlte sich immer noch schäbig, weil er ausgerechnet heute gefahren war. Insa hätte seine Hilfe und auch seine moralische Unterstützung dringend benötigt. Doch er war hier. An einem Ort, an dem er nicht hätte sein dürfen.

Träge erhob sich Steffen vom Bett und schlich zur Balkontür, hinter der sich in dem nachtschwarzen See statt Großstadtlicht nur ein voller Mond spiegelte. Denn es gab keine Messe. Keine spontane Reise nach Hannover. Nur einen jämmerlichen Kerl, der seine Freundin betrogen hatte.

Benedikt

»Herr Brüsehaver wird sich um einige Minuten verspäten.« Die Frau am Empfang des Rathauses blickte entschuldigend.

Benedikt checkte die Uhrzeit auf seinem Handy. Es war wie ein Reflex. Ein überlebensnotwendiger Automatismus, den er mit den Jahren entwickelt hatte. Betriebsratssitzungen. Anstehende Videokonferenzen. Verträge, die darauf warteten, von Swantje aufgesetzt und von ihm abgesegnet zu werden. Alles hatte er minutiös geplant. Und ein »Verspäten« zwang ihn stets dazu, in Sekundenschnelle umzudisponieren. Abzuwägen, wo er Abstriche machen und wen er am ehesten versetzen konnte. Sein Tag war wie ein Jengaturm. Akkurat Stein für Stein aufeinandergesetzt. Doch sobald ein einziger Klotz um wenige Millimeter verschoben wurde, kam sein Zeitmanagement bedrohlich ins Wanken. Verspätungen bedeuteten Chaos. Und nichts hasste Benedikt mehr.

»Möchten Sie einen Kaffee, während Sie warten?«

Die Empfangsdame wies auf eine Filtermaschine mit rotem Kunststoffgehäuse, deren Glaskanne bis zum Rand gefüllt war. Womit, darüber konnte Benedikt angesichts der blassen braunen Brühe nur spekulieren. Er tippte auf heißes Wasser mit einem Hauch Kaffee versetzt.

»Vielen Dank, aber ich hatte gerade«, lehnte er ab.

Benedikt hob seinen Pilotenkoffer vom Boden auf und ging zu der Ledersitzgruppe unter einem der Fenster. Schnaufend ließ er sich auf dem hart gepolsterten Sofa nieder. Nach seinem Fußmarsch von Kloster nach Vitte fühlte er sich völlig ausgelaugt und hätte einen anständigen Schluck Koffein durchaus vertragen können. Doch der ungenießbare Espresso, den er zum Frühstück in einem Hotel in Kloster zu sich genommen hatte, lag ihm immer noch quer im Magen. *Semaros* Kaffeespezialitäten würden eine

Offenbarung für diese Insel sein. Und davon musste er den Bürgermeister von Hiddensee heute mit Nachdruck überzeugen.

Benedikt blickte zum Fenster, hinter dem auch heute die Herbstsonne an einem tadellos blauen Himmel stand. Er sollte das Handy am Nachmittag einfach mal auf stumm schalten, sich in die Dünen hocken und für ein paar Stunden Firma und Grundstückskauf vergessen. An nichts außer an Insa denken. Benedikt lächelte in sich hinein. Es war verrückt. *Er* war verrückt. In dieser Phase, in der das Geschäft am seidenen Faden hing, verliebte er sich. Hals über Kopf. Ein Gefühl, das so heftig und intensiv war, dass er sich nicht dagegen zu wehren vermochte. Dabei wusste er nicht einmal, ob es für ihn überhaupt eine Zukunft mit Insa gab.

Benedikt hatte ihre innere Zerrissenheit gestern Abend deutlich gespürt. Sie wollte ihn, so wie auch er sich nach ihrer Nähe sehnte. Was ihm nicht nur der Kuss und ihre Worte beim Abschied signalisiert hatten. Es war der klare und unverfälschte Blick aus ihren grünen Augen gewesen, der ihm Insas Zuneigung zu verstehen gegeben hatte. Aber auch ihre Angst, sich zu entscheiden. Für oder gegen ihn.

Trotz Insas geschickter Ablenkungsversuche hatte Benedikt das Foto in Doris Brüsehavers Küche bemerkt. Vielleicht war es ihm auch direkt ins Auge gesprungen, weil er förmlich danach gesucht hatte. Ausschau gehalten hatte nach dem Mann, der zwischen ihnen stand. Wahrscheinlich hätte Benedikt ihn sogar gemocht, wenn sie sich nicht ausgerechnet in dieselbe Frau verliebt hätten. Ein sportlicher, sympathisch blickender Typ mit schwarzen, an den Schläfen ergrauten Haaren, der Ruhe und Besonnenheit ausstrahlte. Dass er um einiges älter als Insa war, hatte ihn überrascht. Oder eher in Unruhe versetzt? War es nicht so, dass ein reifer, lebenserfahrener Mann entschlossener und härter um seine Liebe kämpfte? Schlichtweg, weil er in Geduld und Demut geübt war? Noch schwankte Benedikt, ob und wie dieser Umstand Insas Entscheidung beeinflussen würde. Nur in einem war er sich sicher: Auch er würde sich nicht kampflos geschlagen geben.

»Willkommen auf Hiddensee.«

Benedikt wandte sich um. Doch statt die Begrüßung zu erwidern, starrte er den Mann an, der mit freundlicher Miene auf ihn herabsah. Wenngleich das blonde Haar ein wenig dünner, die grünen Augen dunkler erschienen, war die Ähnlichkeit zwischen Insa und ihrem Bruder verblüffend.

»Alles in Ordnung, Herr Kirchner?«, fragte Brüsehaver irritiert.

Bei der Erwähnung seines Namens erinnerte Benedikt sich daran, dass er das kleine Missverständnis zwischen ihm und Insa längst hatte aufklären wollen. Swantje würde sich vor Lachen kringeln, wenn sie wüsste, dass ihr Chef inkognito unter ihrem Familiennamen reiste.

»Verzeihung.« Benedikt sprang auf und streckte seinen rechten Arm vor. »Ich hatte Sie nur nicht kommen hören.«

Christian Brüsehaver erwiderte seinen Handschlag mit einem breiten Grinsen. »Und ich dachte schon, Ihnen wäre ein Geist erschienen.«

Nicht nur äußerlich gleichen sich die Geschwister, schoss es Benedikt durch den Kopf.

»Kommen Sie, Herr Kirchner. Wir gehen in mein Büro.« Mit einer einladenden Geste forderte Brüsehaver ihn auf, ihm zu folgen.

Die Männer setzten sich in Bewegung. Benedikt beäugte den Bürgermeister neugierig von der Seite. Gleiche Größe, ähnliches Alter. Doch mehr Gemeinsamkeiten gab es zwischen ihnen nicht. Während Benedikt von eher sehniger, drahtiger Statur war, zeichnete sich Brüsehavers kraftstrotzende Gestalt deutlich unter seinem marineblauen Poloshirt ab. Der Teint war tief gebräunt, vermutlich weil er als Rohrdachdecker viel an der frischen Luft arbeitete. Benedikt hingegen hatte sich im zurückliegenden Sommer gerade mal auf der Terrasse eines Cafés oder Restaurants im Freien aufgehalten. Dazu ausschließlich im Rahmen nervenaufreibender Geschäftstermine.

Inzwischen waren sie im Büro angelangt. Christian Brüsehaver bot Benedikt den Besucherstuhl vor seinem Schreibtisch an, dann ging er zu einer niedrigen Anrichte, auf der eine Pad-Maschine und drei Flaschen Mineralwasser standen.

»Kaffee? Wasser?«

»Ein Glas Wasser wäre fantastisch.« Benedikt nickte dankbar. »Ich hatte die Entfernung von Kloster nach Vitte ein wenig unterschätzt.«

»Sind Sie mit dem Ding etwa zu Fuß hierhermarschiert?« Brüsehaver blickte verständnislos auf den schwarzen Pilotenkoffer neben Benedikts Stuhl. »Sie hätten besser den Inselbus nehmen sollen.«

Jetzt war er es, der verwirrt dreinschaute. »Bus? Ist Hiddensee nicht eine autofreie Insel?«

Brüsehaver kam mit einer Flasche Wasser und zwei Gläsern von der Anrichte zurück. Er füllte die Gläser und nahm auf der anderen Seite des Schreibtisches Platz. Herausfordernd schaute er Benedikt an.

»Herr Kirchner, Sie beabsichtigen nach Hiddensee zu expandieren. Da sollten Sie schnellstens ein paar lebensnotwendige Informationen über die Gepflogenheiten auf unser Insel einholen.«

Die erste Runde ist also eingeläutet, dachte Benedikt. Und den ersten Treffer hatte Christian Brüsehaver erzielt.

»Da gehe ich vollkommen konform mit Ihnen. Ich persönlich habe dringenden Aufholbedarf, was die Ortskenntnisse betrifft.« Er griff nach seinem Glas. »Doch ich kann Ihnen versichern, unsere Experten haben bei der Standortanalyse die Infrastruktur Hiddensees einer gründlichen Prüfung unterzogen. Zumal es durch unseren Coffeeshop zu einem nicht unerheblichen Zuwachs an Tagestouristen kommen wird.«

»Kommen *würde*«, verbesserte Christian Brüsehaver.

Treffer Nummer zwei.

Brüsehaver verschränkte seine muskulösen Arme und lehnte sich im Bürosessel zurück. Das schwarze Kunstleder quietschte unter seinem Gewicht.

»Und wie erklären sich Ihre Experten diesen möglichen Anstieg der Besucherzahlen?«, fragte Brüsehaver, wobei er *möglichen* besonders lang gezogen betonte.

Benedikt stöhnte innerlich. Seit Wochen lag das Exposé ihrer geplanten Filiale der Gemeinde Hiddensee vor. Brüsehaver kannte die Fakten. Jeder Provinzbürgermeister wäre darüber in Beifallsstürme ausgebrochen. Doch aus irgendeinem Grund schien dieser Mann Zweifel zu haben. *Die Sache ist privat*, tönte Moniques Stimme in Benedikts Ohr. Er musste auf der Hut sein.

»Die Zahl der Zwanzig- bis Dreißigjährigen, die Hiddensees große Schwester Rügen besucht, wächst kontinuierlich an. Die Sport- und Freizeitmöglichkeiten der dortigen Resorts unterscheiden sich kaum noch von denen an der türkischen Riviera oder auf Ibiza.«

»Eine Gästeklientel, die kaum aus ihren Anlagen herauskommt«, unterbrach ihn Brüsehaver mit einem Brummen in der Stimme.

»Warum sollten sie auch?« Benedikt nahm einen tiefen Schluck von seinem Wasser, was ihm Zeit verschaffte, sich seine nächsten Worte sorgfältig zurechtzulegen. Er setzte das Glas ab und beugte sich leicht nach vorn. »Sand und Meer: Was Hiddensee zu bieten hat, gibt es auf Rügen zuhauf. Was Sie brauchen, ist ein besonderes Erlebnis, mit dem Sie diese Klientel auf Ihre Insel locken.«

»Und Ihr Kaffee ist so ein *besonderes* Erlebnis, ja?«

»*Semaro* ist es«, sagte Benedikt bedeutungsvoll. »Ein Genusserlebnis, das neben einem vielfältigen Angebot an Getränken und

Gebäck auch auf die individuellen Vorlieben und Wünsche jedes Einzelnen eingeht.«

Christian Brüsehaver trommelte mit den Fingern auf die Armlehne seines Sessels. »Unsere ortsansässigen Gastronomen sind durchaus ebenso in der Lage, persönliche Wünsche zu erfüllen.«

»Aber ist es das, was der Gast am Ende auch wirklich will?« Benedikt blickte dem Bürgermeister fest in die Augen. »Genuss ist eine Angelegenheit der Sinne, Herr Brüsehaver. Wir bieten ein Ambiente, in dem der Gast sich rundherum wohlfühlt. Alle unsere Coffeeshops folgen demselben Konzept: hochwertige Designereinrichtungen, stimmungsvolle Farben, einzigartige Kaffeeprodukte. Unsere Gäste wissen genau, was sie bei *Semaro* erwartet und was sie auch bekommen.« Er lehnte sich zurück. »Bei allen Zweifeln, ob ein Ausflug nach Hiddensee lohnt: *Semaro* ist der Garant, der die Menschen am Ende immer versöhnlich stimmt.«

Brüsehaver schwieg.

Anschlusstreffer.

»Imagewandel, höhere Steuereinnahmen«, Benedikt lächelte gewinnbringend, »Ihre Gemeinde kann nur profitieren, Herr Brüsehaver.«

»Auf Kosten der einheimischen Café-Betreiber.«

»Ich will nicht bestreiten, dass dem einen oder anderen durch uns einige ihrer Kunden abgängig werden. Aber was heißt das schon in Anbetracht des Zugewinns, den *Semaro* für andere Unternehmer auf der Insel darstellt?«

»Wir müssen an die Belange aller denken.«

»Selbstverständlich«, pflichtete Benedikt ihm bei. »Doch Sie müssen auch bedenken, was Sie den anderen Geschäftsleuten durch eine mögliche Nichtansiedlung unserer Kette verwehren. Allen voran den Inhabern der Bekleidungsgeschäfte: junge, modebewusste Menschen, die eine ganz neue Kaufkraft auf die Insel bringen. Stylish, markenorientiert, trendbewusst. Unsere Gästeklientel zelebriert Shopping als Event, Herr Brüsehaver.«

Wieder Schweigen.

Ausgleich.

»Mit uns und einer gezielten Marketingstrategie können sich ungeahnte Möglichkeiten für Hiddensee und seine Unternehmen auftun.«

Der Bürgermeister legte die sonnengebräunten Unterarme auf den Schreibtisch. »Das mag ja alles zutreffen, Herr Kirchner. Aber was nützt es mir, wenn die ganze Insel mit weggeworfenen Plastikbechern zugepflastert wird?«

Benedikt spürte Ungeduld in sich aufsteigen. Auch diese Frage hatten sie im Exposé längst geklärt. Hatte der Mann überhaupt einen Blick hineingeworfen? Er zwang sich, gelassen zu bleiben.

»Für Hiddensee haben wir ein eigenes Coffee-to-go-Konzept entwickelt.« Er beugte sich zu seinem Pilotenkoffer hinunter und ließ ihn geräuschvoll aufschnappen. »Ein qualitativ hochwertiges Einweggeschirr, das kompostierbar und zu hundert Prozent biologisch abbaubar ist. Keine Kunststoffbeschichtungen, keine chemischen Lacke oder Überzüge.«

Benedikt griff nach dem Exposé, schlug die entsprechende Seite auf und legte es vor Brüsehaver auf den Schreibtisch. Doch dieser würdigte das Schriftstück mit keinem Blick. Nach wie vor starrte er ihn mit verkniffenem Gesichtsausdruck an.

»Ich will offen zu Ihnen sein, Herr Kirchner. Ich persönlich halte nichts von Ihrem Kaffeefirlefanz. Ihr Plastikmüll passt nicht auf unsere Insel.« Christian Brüsehaver stand auf. »Aber ich bin eben auch Bürgermeister, und wirtschaftlich wäre eine Niederlassung Ihrer Firma natürlich ein Gewinn für Hiddensee. Wenn nicht für alle.«

Die Sache ist privat. Monique hatte recht. Irgendetwas ließ Brüsehaver zögern. Es hatte jedoch nichts mit seiner Ehefrau zu tun.

Benedikt war sicher, dass sich der Mann der einträglichen Vorteile, die ihre Modeboutiquen dadurch hätten, sehr wohl bewusst war. Also, womit haderte er? Für seinen Rohrdachdeckerbetrieb stellte ein Coffeeshop gewiss keine Gefahr da. Nur für wen dann?

Benedikt ließ die Verschlüsse seines Koffers einschnappen und schob den Besucherstuhl nach hinten. »Vielen Dank für Ihre ehrlichen Worte, Herr Brüsehaver«, sagte er höflich.

Der Bürgermeister erwiderte nichts. Abwesend starrte er zu der kleinen Anrichte mit der Pad-Maschine. Erst jetzt fiel Benedikt der aufgestellte Fotorahmen daneben auf. Ein Familienbild? Es stand zu weit weg, als dass er irgendjemanden, geschweige denn Insa darauf erkennen konnte.

»Ihre Familie?« Benedikt deutete zur Anrichte.

»Ein Foto von der Geschäftseröffnung meiner Schwester.«

Insa und ein Laden? Benedikt wurde bewusst, dass er gar keine Ahnung hatte, was sie beruflich auf Hiddensee machte. Worüber hatten sie gestern eigentlich den ganzen Abend geredet?

»Ihre Schwester hat einen Laden in Kloster?«

Brüsehaver musterte ihn mit einem forschenden Blick. »Wie kommen Sie ausgerechnet auf Kloster?«

Weil ich deine Schwester genau dort gestern Abend geküsst habe. Aber das behielt er besser für sich. Darum meinte er: »Meine Vermieterin in Kloster heißt Brüsehaver. Ich nahm einfach nur an, es gäbe verwandtschaftliche Verhältnisse dorthin.«

»*Sie* wohnen in Doris' Ferienhäuschen?« Brüsehaver wirkte erstaunt. Offenbar war diese Tatsache ebenso ein Schock für den Mann wie für ihn selbst.

»Wieso nicht?« Benedikt musste sich ein Schmunzeln verkneifen.

»Ich dachte nur ... ach, nichts.« Christian Brüsehaver winkte verlegen ab und kam um den Schreibtisch herum. »Aber es stimmt. Meine Schwester wohnt und arbeitet in Kloster.«

Sie gingen zur Tür. Dabei konnte Benedikt das Foto nun genauer in Augenschein nehmen. Links Insas Tante, rechts Brüsehaver mit einer – vermutlich seiner – Frau und in der Mitte Insa selbst. Arm in Arm mit dem dunkelhaarigen Mann, den Benedikt schon gestern auf einem von Doris Brüsehavers Fotos gesehen hatte. Seine Kehle schnürte sich zusammen. Doch es hatte nichts mit Insas Freund zu tun. Er erinnerte sich plötzlich daran, was sie ihm beim Abschied zugerufen hatte: *Wir haben gelbe Markisen vor den Fenstern.* Wir. Wir hieß Insa eingeschlossen. Benedikt spannte jeden Muskel an, versuchte die aufkeimende Angst nicht zuzulassen. Es gab tausend Erklärungen dafür. Und er klammerte sich an die Hoffnung, dass die blaue Schürze um Insas Bauch vielleicht nur eine Chocolaterie oder ein Feinkostgeschäft bedeutete.

Benedikt löste den Blick vom Foto. »Darf ich fragen, was für eine Art von Geschäft Ihre Schwester in Kloster betreibt?«

Im Grunde hätte sich Christian Brüsehaver die Antwort schenken können. Benedikt hatte sie bereits seiner traurigen, verzweifelten Miene abgelesen.

»Ein Café.«

Insa

»Hallo? Erde an Café-Chefin! Wo finde ich neue Servietten?«
Erst als Vicky Wolff sich handwedelnd vor ihrem Gesicht bemerkbar machte, schreckte Insa aus ihrer Versunkenheit auf.

Amüsiert schüttelte Vicky ihre kupferrote Lockenmähne. »Auf dem Büfett sind die Servietten alle. Wir brauchen Nachschub.«

»Oh ... ja ... ich komme.«

Insa erhob sich von ihrem Stuhl und tippte Steffen auf die Schulter. Er war gerade angeregt in ein Gespräch mit Vickys Freund Tobias vertieft. Dessen kräftige Hand umklammerte den Griff eines Kinderwagens. In sanften Bewegungen schaukelte er seine Tochter neben dem Tisch hin und her. Luise hatte trotz Stimmengewirrs und neugieriger Blicke seit Stunden tief und fest geschlafen, aber allmählich begann sie unruhig zu werden.

Steffen drehte sich zu Insa um. Auf den Lippen ein fragendes Lächeln.

»Ich muss mit Vicky nach hinten«, erklärte Insa, wobei sie Mühe hatte, sich in dem Lärm verständlich zu machen. Vorsichtshalber deutete sie Richtung Küche. »Dauert nicht lang.«

»Braucht ihr Hilfe?« Steffen fasste nach ihrer Hand, mit der sie ihre honiggelbe Tunikabluse glättete.

»Alles gut«, erwiderte sie. »Wir holen nur Servietten.«

Sein Daumen glitt zärtlich über ihren Handrücken. »Bis gleich.«

Schnell wandte Insa sich um und drängelte sich gemeinsam mit Vicky zwischen den Geburtstagsgästen hindurch. Obwohl sie es geahnt hatte, war sie trotzdem überrascht, wie viele Insulaner zum Gratulieren gekommen waren. Runder Geburtstag hin oder her. Schließlich war es mitten in der Woche. Alle mussten am nächsten Morgen früh aus den Federn. Aber ihre Tante war nun einmal so etwas wie eine Institution in Kloster. Eine Feier von Doris Brüsehaver ließ sich niemand entgehen. Doch wie Insa heute Abend lernen musste, galt dies eben nur für Einheimische.

Benedikt Krusendorf hatte sich nicht blicken lassen.

»Herrje, was für eine Meute!«, stöhnte Vicky, als sie endlich in der Küche angekommen waren.

Insa schloss die Tür. Auch sie war froh, dem ausgelassenen Trubel für ein paar Minuten entfliehen zu können. Ihr war nicht nach feiern. Nicht mehr.

»Ich hoffe bloß, das Essen reicht, wenn jetzt schon die Servietten ausgegangen sind.« Insa klappte eine der Schranktüren auf und stellte sich in ihren Reiterstiefeln auf die Zehenspitzen, um an das obere Fach zu gelangen.

»Keine Sorge«, hörte sie Vicky hinter sich unken. »Dank Steffens schlechtem Gewissen kannst du deine Gäste noch wochenlang mit Spanferkel beglücken.«

»Vicky! Hör auf!« Suchend tastete sie nach der Packung.

»Wieso?«, rief diese empört. »Wenn ich mich recht entsinne, kam Steffen erst kurz nach halb acht. Reichlich spät, findest du nicht?«

»Er musste noch nach Vitte ins Rathaus. Es war wichtig«, erklärte Insa und dachte, wie erleichtert sie im Nachhinein darüber war. So war sie gar nicht erst in die Verlegenheit gekommen, Steffen von Benedikt erzählen zu müssen, und zwischen all den Gästen schien ihm ihre verhaltene Begrüßung nicht weiter aufgefallen zu sein. Sie war es, die ein schlechtes Gewissen hatte.

»Ging es wieder um diese schnöselige Kaffeehaus-Kette?«, fragte Vicky.

»Ja, *Semaro*.« Endlich bekam sie die Servietten zu fassen. Insa schlug die Schranktür zu und drückte Vicky die Packung in die Hand. »In zwei Tagen ist die Abstimmung über den Grundstücksverkauf.«

»Der hoffentlich einstimmig abgelehnt wird.«

»Es gibt viele Befürworter«, sagte Insa niedergeschlagen. Sie öffnete den Geschirrspüler und begann, die sauberen Teller und Gläser auszuräumen.

»Hey, steck nicht den Kopf in den Sand!« Vicky schob die Ärmel ihres Kleides hoch und kam eilends zu Hilfe. »Dein Bruder hat eine Menge Einfluss. Er wird es nicht dazu kommen lassen. Und Steffen sowieso nicht.«

Insa schluckte innerlich. Steffen hatte sie direkt vom Fähranleger aus angerufen, weil Christian den Gemeinderat zu einer außerplanmäßigen Sitzung einberufen hatte und er sich deshalb verspäten würde. Erst da war Insa bewusst geworden, dass ihre plötzlichen Schmetterlinge im Bauch vielleicht nicht nur das Ende ihrer Beziehung besiegeln würden, sondern auch das ihres Cafés. Warum sollte Steffen sein Wort in Bezug auf die Abstimmung dann noch halten? Sein Fahrradverleih würde von dem Besucheransturm auf Hiddensee profitieren. Die berufliche Existenz seiner Ex-Freundin, die ihn wegen eines anderen observiert hatte, konnte Steffen gleichgültig sein. Aber dieser andere Mann war nicht gekommen, und Insa brauchte den Was-wäre-wenn-Gedanken nun nicht mehr durchzuspielen.

»Denkst du, es wäre eine gute Idee?«

»Mmh?«, verwirrt hielt Insa inne und starrte ihre Verpächterin an. Offenbar hatte sie sie etwas gefragt.

»Sag mal, was ist eigentlich los mit dir?« Vicky riss ihr das Geschirr aus den Händen und stellte es mit Nachdruck beiseite. »Du bist bereits den ganzen Abend so abwesend. Das liegt doch nicht nur an dem blöden Grundstücksverkauf, oder?« Argwöhnisch zog sie ihre Augenbrauen hoch. »Hattest du Streit mit Steffen?«

»Nein.« Insa begann, nervös am Ärmelsaum ihrer Tunika zu zupfen. »Noch nicht.«

»*Noch nicht?* Was soll das heißen?«

»Weil ich jemand anderen geküsst habe.«

»Du hast was?« Vicky riss die Augen auf.

»Ich habe gestern einen anderen Mann geküsst.«

»Stopp!« Vicky hob die Hände vor die Brust. »Wir haben mittags noch miteinander telefoniert. Da hatte ich nicht den Eindruck, dass dich Amors Pfeil durchbohrt hat. Wo genau in diesen …«, sie blickte auf ihre Armbanduhr, »… zweiunddreißig Stunden ist die Lücke, die ich verpasst habe?«

»Das *Haus Helene*.«

»Doris' neuer Mieter?«

Angesichts der verblüfften Miene ihrer Verpächterin musste Insa grinsen. »Er heißt Benedikt. Benedikt Krusendorf.«

»Ein paar mehr Informationen hätte ich schon noch gern.« Vicky sah sie voller Neugier an.

»Er ist geschäftlich auf Hiddensee, und seine Assistentin hat ihn statt in einem Hotel fälschlicherweise bei meiner Tante einquartiert.«

»Und um den Mann von den Vorzügen eines Ferienhäuschens zu überzeugen, hast du ihn geküsst?«

»Vicky! Sei nicht albern.« Insa schlug ihr mit gespielter Empörung leicht gegen den Arm. »Ich habe Benedikt ertappt, wie er sich am Telefon abfällig über das *Haus Helene* geäußert hat. Und als Wiedergutmachung war er Doris und mir gestern Abend in der Küche behilflich. Wofür sie ihn wiederum zu ihrer Feier eingeladen hat.«

»Und wann kam der Kuss?«, bohrte Vicky weiter.

»Vor der Haustür, als er ging.«

»Insa Brüsehaver, ich erkenne dich nicht wieder.« Kopfschüttelnd und gleichzeitig lächelnd schaute Vicky sie an.

»Ich versichere dir, mir geht es genauso.«

»Und wo steckt dieser Benedikt jetzt?«

»Ich habe keinen Schimmer.« Insa wurde wieder ernst und begann erneut, an den Ärmeln ihrer Tunika zu nesteln. »Vermutlich ist er wegen Steffen weggeblieben.«

»Du hast ihm also gesagt, dass du in festen Händen bist?«

»Nein. Doch ich glaube, Benedikt ahnt es.« Ihre Augen wurden feucht. »Sonst wäre er längst hier.«

»Ach, Insa!«

Vicky nahm sie in den Arm und strich ihr einige Male aufmunternd über den Rücken. Als sie sich voneinander lösten, blickte sie Insa mit gekräuselter Stirn an. »Wie genau hattest du dir das eigentlich vorgestellt? Steffen und dieser Benedikt zusammen auf einer Party?«

Insa zuckte die Achseln. »Doris hat ihn eingeladen, nicht ich.«

»Aber du hast ihn geküsst.«

»Ich weiß und ich fühle mich Steffen gegenüber auch total mies«, sagte sie schuldbewusst. »Was soll ich bloß machen?«

Vicky zog eine Serviette aus der Packung und drückte sie in ihre Hand. »Erst einmal wischst du dir die Tränen aus dem Gesicht, bevor dein Freund irgendetwas mitbekommt.«

»Das wird er ohnehin.« Insa schnäuzte in die Serviette. »Ich konnte ihm vorhin kaum in die Augen schauen.«

»Versprich mir, dass du keine Dummheiten machst!« Ihre Verpächterin suchte in ihrem Gesicht nach Bestätigung.

»Noch mehr Dummheiten?«, scherzte Insa schniefend.

»Ich kenne dich, Insa. Komm nicht auf die Idee, Steffen von diesem Kuss zu erzählen«, sagte Vicky in eindringlichem Tonfall. »Wer weiß schon, welcher Kategorie Mann dieser Benedikt Krusendorf angehört.«

»Du unterteilst Männer in *Kategorien*?«

Vicky streckte den rechten Daumen hoch. »Überzeugter Single mit Freifahrtschein zum One-Night-Stand.« Der Zeigefinger schnellte in die Höhe. »Notorischer Fremdgeher, der seiner holden Gattin nach jedem Seitensprung rote Rosen schenkt.« Mittelfinger.

»Couch-Potato auf der Suche nach Frau für Küche, Wäsche und gelegentlichen Blümchensex.« Ihre Hand sank wieder hinab. »Glaub mir, zwischen meiner Scheidung und Tobias bin ich auf so manches Exemplar hereingefallen.«

Insa lächelte. »Benedikt passt in keine deiner Kategorien.«

»Woher willst du das wissen?«

»Bauchgefühl.«

Nachsichtig schüttelte Vicky ihre Lockenmähne. »Insa Brüsehaver, du bist eine hoffnungslose Romantikerin.«

Im gleichen Moment flog die Küchentür auf. Tobias' semmelblonder Haarschopf erschien.

»Schatz, wir müssen. Die Kleine ...« Er hielt mitten im Satz inne. »Alles in Ordnung?«

Einige Sekunden schauten die beiden erschrocken zu ihm hinüber. Vicky fing sich zuerst. »Insa hat sich nur verschluckt. Zu viel Prosecco.« Schnell griff sie nach der zerknüllten Serviette und schmiss sie in den Mülleimer. »Wir kommen.«

Tobias nickte zögernd. »Okay, ich hole mal unsere Jacken.«

Insa konnte seiner Miene entnehmen, dass er seiner Freundin kein Sterbenswort glaubte. Bis eben hatten sie alle zusammen an einem Tisch gesessen, und Insa hatte nur Mineralwasser getrunken. Aber Tobias fragte nicht weiter und tauchte im Trubel unter. Wahrscheinlich ging er davon aus, dass ihre Tränen mit *Semuro* zu tun hatten. Denn auch auf Doris' Geburtstag war die geplante Filiale Thema Nummer eins unter den Gästen.

»Also, kein Wort zu Steffen«, raunte Vicky, während sie Insa Richtung Tür bugsierte. »Bei ihm kannst du wenigstens sicher sein, welcher Kategorie er angehört.«

»Ich bin ganz Ohr.«

»Kategorie Tobias: ehrlich, zupackend und treu.«

* * *

Nachdem Insa sich von Vicky und Tobias verabschiedet hatte, ging sie zurück zu ihrem Tisch. Steffen gegenüber saßen nun ihr Bruder Christian und dessen Frau. Während Kathi, in hochgeschlossener weißer Bluse, wild gestikulierend mit Steffen diskutierte, starrte Christian ins Leere. Insa hatte bisher kaum ein Wort mit den beiden gewechselt. Mit Christian nicht, weil er wie Steffen erst nach der Gemeinderatssitzung gekommen war. Und mit Kathi nicht, weil sie das mit ihrer Schwägerin ohnedies selten tat.

»Na, vergnügt ihr euch?«, fragte Insa und quetschte sich zu Christian auf die Bank, anstatt wieder auf dem Stuhl neben Steffen Platz zu nehmen. Aus dem Augenwinkel sah sie seinen enttäuschten Blick. Merkte er bereits, dass sie ihm auswich?

»Wie könnten wir nicht?« Christian stupste ihr mit dem Zeigefinger gegen den Nasenrücken. Eine vertraute, liebevolle Geste zwischen den Geschwistern. »Wir sitzen schließlich im besten Café der Insel.«

Spöttisch verzog Insa das Gesicht. »Das sagt ausgerechnet der Mann, der mir vor einem halben Jahr noch Vorhaltungen gemacht hat, wieso ich einen Master in Geschichte gegen eine Kellnerschürze eintausche?«

»Was nicht bedeutet, dass ich nicht an dich geglaubt habe.«

»Sondern?«

Christians Miene verdunkelte sich. »Weil ich meiner kleinen Schwester eine Enttäuschung ersparen wollte.«

Entsetzt blickte Insa ihren Bruder an. »Sekunde! Willst du sagen, du wusstest bereits im Frühjahr von *Semaros* Plänen?«

»Nein!«, erwiderte Christian entschieden. »Herr und Frau Kirchner haben erst im Sommer Interesse an dem Grundstück geäußert.«

»Aber was ...«

Weiter kam sie nicht, denn Kathi, die den Disput zwischen den Geschwistern mitbekommen hatte, mischte sich nun ein: »Was dein Bruder meint, ist, dass er als Bürgermeister von Hiddensee schon viele Geschäftsträume platzen sehen hat. Vor allem in der Gastronomie.«

»Ach? Hätte ich besser eine Modeboutique eröffnen sollen?«, fragte Insa spitz.

»Dann müsstest du jetzt wenigstens nicht dichtmachen!« Kathi schnappte nach ihrem Prosecco und lehnte sich beleidigt zurück.

Verwirrt schaute Insa zwischen ihrem Bruder und Steffen hin und her. »Soll das etwa heißen, die Gemeinde hat bereits über den Verkauf entschieden?«

Christian warf seiner Frau einen wütenden Blick zu. »Unfug! Noch steht gar nichts fest.«

»Wieso sagst du es deiner Schwester nicht endlich?« Kathis rot lackierte Nägel klackerten gegen das Glas in ihren Händen. Der barsche Tonfall ihres Mannes ließ sie völlig unbeeindruckt. Auffordernd schaute sie ihn an.

Mit einem Mal erinnerte sich Insa wieder daran, dass Christian gestern Abend bei Doris gewesen war, um mit ihr zu reden. Das hatte sie schon stutzig gemacht. Doch sie war wegen Benedikt zu abgelenkt gewesen und hatte seinen Besuch vollkommen vergessen.

»Was sollst du mir sagen?«, fragte Insa ängstlich, denn der betretene Ausdruck im Gesicht ihres Bruders jagte ihr trotz der aufgestauten Hitze im Café einen Schauer über den Rücken. Sie fühlte, wie Steffen seine Hand auf die ihre legte. Sie zog sie zurück.

»Christian …«, Insa suchte seinen Blick, »worum geht es hier?«

Doch ihr Bruder stützte nur seine muskulösen Arme auf den Tisch und stierte schweigend in das Bierglas vor sich.

»Christian wird für den Verkauf an *Semaro* stimmen.« Kathis Worte durchfuhren sie wie ein Eispickel. Kalt und scharf.

»Warum, Christan?«, krächzte Insa. »Wieso tust du das?«

Kurz sah es so aus, als hätte er sie wegen des fröhlichen Gelächters um sie herum nicht verstanden, doch dann löste Christian den Blick von seinem Glas und sah sie traurig an.

»Die Insel wird von *Semaro* profitieren.«

»Profitieren?«, wiederholte Insa entrüstet. »Leute, die aus Pappbechern schlürfend durch den Ort marschieren und dabei mit ihren Plastiknägeln über das Smartphone wischen. Glaubst du wirklich, dass dieses Bild ein Gewinn für Kloster ist?«

»Auf ihre Handys starren die Leute ohnehin ständig.«

»Du weißt genau, was ich meine.« Insa reckte zornig das Kinn. »Hiddensee besticht dadurch, dass es sich seine Ursprünglichkeit bewahrt hat: Strand, Heide, Salzwiesen und verträumte Inseldörfer. Wir brauchen keinen hippe Glamouratmosphäre.«

Christian lächelte matt. »Insa, du bist eine idealistische Träumerin.«

Das machte sie noch wütender. »Ich verstehe dich nicht. Du bist hier aufgewachsen. Dazu trägst du Verantwortung für die Insel und für die Menschen, die hier leben. Wie kannst du für diese Profithaie stimmen wollen?«

»Insa! Jetzt mach aber mal halblang«, mischte Kathi sich erneut ein. »Nur weil du gerade auf einem Selbstfindungstrip bist und ein biederes Inselcafé für deine Bestimmung hältst, muss dein Bruder diesen Mumpitz noch lange nicht haltlos unterstützen. Was ist, wenn du in einem Jahr keine Lust mehr hast, dir die Schürze um den Bauch zu binden und vor den Leuten Männchen zu machen? Sollen wir anderen deshalb auf die Chance verzichten, die *Semaro* uns bietet?«

Es dauerte einige Sekunden, bis Insa verstand, worauf ihre Schwägerin hinauswollte.

Und was Christian zu dieser Entscheidung bewogen hatte.

»Meine Güte, bin ich blöd«, stöhnte sie und blickte ihren Bruder an. »Es geht hier gar nicht um das Gemeinwohl von Hiddensee, um das du dich sorgst. Es geht ganz allein um Kathis Boutiquen.«

»Katharina«, tönte diese aus dem Hintergrund. Doch Insa beachtete sie nicht, sondern schüttelte nur erschüttert den Kopf. »Was genau schwebt euch eigentlich vor: eine Shoppingmeile von Kloster nach Neuendorf mit Shuttle-Service?«

»Insa, bitte!« Christian berührte sie am Arm. »Mir ist die Entscheidung nicht leichtgefallen. Das musst du mir glauben.«

Sie lachte bitter. »Das glaube ich dir sogar. Und was ich noch glaube, ist, dass nicht du diese Entscheidung getroffen hast, sondern deine Frau.«

Stumm starrte Christian sie an.

»Tja, im Grunde ist es auch egal, und ich habe deine Entscheidung zu akzeptieren«, sagte Insa mit tonloser Stimme. »Wie du sie mit deinem Gewissen vereinbaren musst.«

Dann erhob sie sich von der Polsterbank und ließ die drei am Tisch zurück.

Steffen

Ein kühler Wind wehte durch die menschleeren, ausgeleuchteten Wege von Kloster. Es musste bereits weit nach Mitternacht sein. Genau konnte Steffen es nicht sagen, denn er hatte kein Handy dabei und seine Armbanduhr im Hotel vergessen. Er war in aller Frühe völlig kopflos abgereist, erst unterwegs war ihm sein Fauxpas aufgefallen. Steffen ermahnte sich, gleich morgen im Hotel anzurufen.

Er legte den Arm um Insa, die neben ihm ging. Durch den Stoff seiner Jeansjacke spürte er die Wärme ihres Körpers.

Und wie verkrampft sie war.

»Ich würde gern sagen, dass es eine schöne Feier war«, versuchte er, sie zu trösten. »Doch leider stimmt es nicht.«

Steffen betrachtete sie unauffällig, während er auf eine Erwiderung wartete. Auf ein Reaktion, eine Geste. Auf irgendetwas, das ihn erkennen ließ, dass sie sich seiner Gegenwart bewusst war. Aber Insa lief gedankenverloren weiter.

Sie grübelte über Christian nach, was er ihr nicht verdenken konnte. Trotzdem keimte in Steffen der Verdacht auf, dass ihre Reserviertheit nicht allein der Tatsache zuzuschreiben war, dass ihr Bruder den Grundstücksverkauf an *Semaro* befürwortete. Schon vor dem Streit mit Christian war sie in sich gekehrt gewesen. Kühl. Unnahbar. Fast kam es Steffen so vor, als ginge Insa auf Distanz zu ihm. Vielleicht war dieses Gefühl aber nur seiner Einbildung entsprungen. Genährt von den Gewissensbissen, die ihn plagten.

»Du musst deinen Bruder verstehen«, startete er einen weiteren Versuch, Insa aus ihrem Schweigen zu holen. »Katharina ist seine Ehefrau.«

Es funktionierte. Entrüstet blickte sie zu ihm auf. »Du nimmst ihn in Schutz?«

Steffen blieb stehen und fasste sie bei den Schultern. »Christian sitzt zwischen zwei Stühlen. Auf der einen Seite seine Schwester, die gerade ihr Café eröffnet hat. Auf der anderen seine Frau, …«

»… die den Hals nicht vollkriegt«, vollendete Insa seinen Satz. Ihre Heftigkeit überraschte und sorgte ihn gleichermaßen.

»Du machst es dir zu einfach.« Unmerklich schüttelte Steffen den Kopf.

»Christian macht es sich einfach.«

»Hör mal!« Zärtlich strich er ihr eine Haarsträhne hinters Ohr. »Es war deine erste Saison auf der Insel, und die ist super gelaufen, oder?«

»Ja … zum Glück.« Sie schien durcheinander.

»Das bedeutet aber noch lange nicht, dass es anderen auch so ergangen ist.«

Insa machte große Augen. »Kathi steckt in finanziellen Schwierigkeiten?«

»Das Sommergeschäft lief miserabel. Dazu die Investition in die neue Boutique. Noch so eine Saison, und sie muss Insolvenz anmelden.«

»Woher weißt du das?«

»Christian ist mein bester Freund. Hast du das vergessen?«

»Mag ja sein«, erwiderte sie unwirsch. »Aber ich bin seine Schwester. Weshalb spricht er nicht mit mir darüber?«

Steffen musterte sie durchdringend. »Christian sagt, er wäre gestern Abend bei dir gewesen. Vergeblich. Anscheinend hattest du wohl keine Zeit für ihn.«

»Wie auch?«, erwiderte Insa gereizt und entwand sich seiner Umarmung. »Doris und ich haben bis zum Hals in den Geburtstagsvorbereitungen gesteckt.«

Schnellen Schrittes lief sie weiter. Nachdenklich sah Steffen ihr nach. Wieder hatte Insa sich seiner Nähe entzogen, und erneut wurde er von dem Gefühl übermannt, dass sie noch etwas anderes als die Entscheidung ihres Bruders beschäftigte. Seit Steffen zurück war, wich sie ihm geradezu aus. In den fünfunddreißig Stunden, die er weg gewesen war, musste irgendetwas vorgefallen sein. Etwas, das ihn betraf, er aber nicht verschuldet hatte. Denn von seinem Frevel konnte Insa nichts ahnen. Nichts wissen. Und das musste auch so bleiben. Für immer.

Steffen seufzte und ging ihr nach. Als er sie eingeholt hatte, fasste er nach ihrer Hand. Sie war eiskalt.

»Bist du nicht neugierig?« Er warf ihr einen Blick von der Seite zu. Doch sie schien ihn nicht gehört zu haben. Mit versteinerter Miene stierte sie auf den sandigen Weg.

»Insa?«

Sie schreckte auf. »Hm?«

Sie war nicht hier. War nicht bei ihm.

Steffen umschloss ihre Hand noch fester. »Ich wollte wissen, ob du gar nicht neugierig bist?«, wiederholte er seine Frage.

»Neugierig? Worauf?«

»Auf meine Überraschung.«

Ihre Verwirrtheit wich einem ängstlichen Ausdruck. »Steffen, ich ...«

Sie brach ab, und nun war er es, der nach unten blickte. »Schon gut«, murmelte er und beschleunigte seinen Schritt.

»Nein!«

Insa stoppte, und auch er musste anhalten, da sie sich immer noch an den Händen fassten. Erwartungsvoll schaute er sie an.

»Es ist ganz und gar nicht gut«, sagte sie. »Ich hab mich dämlich verhalten.«

Dämlich? Sie? Er war es, der dämlich war.

»Die Sache ist nur, ich weiß einfach nicht, ob ich dir jetzt die Freude entgegenbringen kann, die du erwartest und dir wünschst. Nicht nach dem, was ...«, sie stockte kurz, »... heute gewesen war.

Ich bin stocksauer auf Christian und Kathi und würde dir die Überraschung nur verderben. Verzeihst du mir?«

Wie könnte er nicht? Ausgerechnet er.

»Natürlich«, antwortete er sofort und küsste sie. Nicht flüchtig, wie bei ihrem Wiedersehen vor einigen Stunden. Beinahe besitzergreifend presste er seine Lippen auf die ihren. Dass Insa den Kuss nur zögernd erwiderte, störte Steffen nicht im Geringsten. Er war einfach nur erleichtert, dass sie wieder in seinen Armen lag.

Sogar als sie bald darauf vor Doris' Haustür standen und Insa ihm sagte, sie wolle die Nacht lieber allein verbringen, war Steffen Facklam glücklich.

Insa

Insa füllte den Wasserkessel, stellte ihn auf den Herd und ging in die Diele, um die Zeitung aus dem Briefkasten zu holen. Sie öffnete die Haustür und schaute zum Leuchtturm Dornbusch. Über dem Kuppeldach riss die Dämmerung erste helle Streifen in den dunklen Himmel. Drei Atemzüge lang blieb sie in der kühlen Morgenluft stehen, dann zog sie die Zeitung aus dem Kasten und wandte sich wieder um. An der Klinke entdeckte Insa einen bunt bedruckten Stoffbeutel. Als sie danach griff, strömte der Duft warmer, ofenfrischer Brötchen in ihre Nase. Schuldgefühle überkamen sie. Steffen musste in aller Herrgottsfrühe beim Bäcker gewesen sein. Während sie unter der Dusche stand und ihre Gedanken um einen anderen Mann gekreist waren. Mit einem tiefen Seufzer sperrte Insa die Tür hinter sich zu.

In der Küche pfiff bereits der Wasserkessel. Sie brühte Tee auf, holte Käse, Konfitüre und Butter aus dem Kühlschrank und schüttete die Brötchen in den geflochtenen Korb auf dem Tisch. Nur noch Teller und Tassen fehlten. Im angrenzenden Wohnzimmer hörte sie das Telefon läuten. Nach dem zweiten Klingeln vernahm sie die murmelnde Stimme ihrer Tante.

Müde schlurfte Insa zur Anrichte, um das Geschirr herauszuholen. Ihr Blick streifte Doris' Fotogalerie. Sofort dachte Insa wieder an Benedikt. Und an die Frage, wieso er gestern nicht gekommen war. Die halbe Nacht lang hatte sie darüber nachgegrübelt und nach einer möglichen Erklärung gesucht. Ein Magen-Darm-Virus. Dringende Telefonate. Ein unerwarteter Todesfall in der Familie. Hundert Gründe hatte sie in Gedanken durchgespielt. Doch nur ein einziger war ihr eingefallen, der sein unentschuldigtes Fortbleiben erklärte: Steffen.

»Du bist früh auf den Beinen.«

Insa wirbelte herum. Doris stand in der Küchentür und schlüpfte gerade in den zweiten Ärmel ihrer taubenblauen Kurzstrickjacke. Dazu trug sie einen Pulli gleicher Farbe und einen grauen Rock.

»Ich konnte nicht mehr schlafen, also hab ich mich nützlich gemacht«, erwiderte Insa schulterzuckend. Für gewöhnlich war es Doris, die sich um das Frühstück kümmerte. Sie nahm Teller und Tassen aus der Anrichte und stellte sie auf den Tisch.

»Nur zwei Gedecke?« Ihre Tante kam näher.

»Steffen war nicht hier heute Nacht.«

»Schön. Dann sind wir mal unter uns«, sagte Doris augenzwinkernd und setzte sich.

Schön, weil sie beide so ungestört plaudern konnten? Oder schön, weil Steffen nicht bei ihr geschlafen hatte? Doch Insa hatte keine Lust, danach zu fragen, und war froh, dass Doris das Thema nicht weiter erörterte. Sie legte noch zwei Messer dazu und nahm links von ihrer Tante Platz.

Doris goss den Tee in die Tassen. »Christian hat ja gestern ein Gesicht gezogen. Weißt du, weshalb?«

Und ob!, dachte Insa, die anfing, Krümel aus ihrem aufgeschnittenen Brötchen zu pulen. Schließlich hatte sie die andere Hälfte der Nacht wegen ihres Bruders schlaflos im Bett zugebracht.

»Wir haben gestritten.«

»Aha …« Doris setzte die Kanne ab und legte ihre von Altersflecken übersäte Hand auf die ihrer Nichte. »Möchtest du darüber reden?«

Einen Moment lang bohrte Insa weiter in ihrem Brötchen, dann schaute sie auf. »Wusstest du, dass Kathis Boutiquen schlecht laufen?«

Doris' Augen weiteten sich. »Nein, ich hatte keine Ahnung.«

»Ich bis gestern auch nicht.«

Nur Steffen, dachte Insa missgestimmt. Sie ließ sich gegen die Stuhllehne fallen. »Noch eine Saison wie die letzte und Kathi kann zumachen. Darum muss jetzt ihr Ehemann dafür sorgen, dass zusätzliche Kaufkraft nach Kloster pilgert.«

»Du meinst, Christian will für den Verkauf an diese Kaffeehaus-Kette stimmen?«

»Ich meine nicht nur. Ich weiß es«, sagte Insa resigniert. »Er hat es mir auf der Feier gesagt.«

Doris' entsetzter Blick ging zum Fenster. Sie schien die Neuigkeit erst einmal verdauen zu müssen. Nach einer Weile sah sie Insa wieder an. Ein Funken Zorn glühte in ihren trüben Augen.

»Ich verstehe, dass Christian sich Kathi gegenüber verantwortlich fühlt. Aber er trägt auch Verantwortung unserer Insel gegenüber. Wie kann er als Bürgermeister nur für diesen Fast-Food-Wahnsinn stimmen?«

»Dasselbe habe ich ihm auch an den Kopf geworfen.«

»Und? Was hat er daraufhin erwidert?«

»Ich wäre eine idealistische Träumerin.«

»Zum Glück.« Doris lächelte und tat ein Stück Zucker in ihre Tasse. »Was meint Steffen überhaupt dazu?«

»Nichts«, sagte Insa in ärgerlichem Ton. Denn bei ihrem Disput mit Christian und Kathi hatte er kein einziges Wort verlauten lassen. Sie hätte sich gewünscht, dass Steffen für sie Partei ergriffen und den beiden ordentlich die Leviten gelesen hätte. Wenigstens Kathi. Doch er hatte nur still dagesessen und ihr beruhigend über den Handrücken gestrichelt. Selbst auf dem Nachhauseweg, als sie Trost und Zuspruch gebraucht hätte, hatte Steffen nur um Verständnis für ihren Bruder und Kathi gebeten.

Forschend sah Doris sie an. »Habt ihr beide auch gestritten?«

»Nein, haben wir nicht.« Insa trank einen Schluck von ihrem Tee. »Ich wollte nur für mich sein. Steffens ständige Fürsorge hätte mich vom Nachdenken abgelenkt.«

»Manchmal kann zu viel Liebe auch erdrücken.« Doris nickte verständnisvoll und langte nach einem Brötchen. »Steffen Facklam muss trotz seiner fünfundvierzig Jahre noch einiges in Sachen Liebe lernen.«

»Denkst du, der Altersunterschied ist zu groß?«, fragte Insa Doris geradeheraus.

»Liebe ist keine Frage des Alters.«

»Sondern?

»Eine Frage des Vertrauens.«

Wieder ging Insa durch den Kopf, dass ihre Tante über ihr Seelenleben bestens Bescheid wusste. Natürlich war es wunderbar, wenn ein Mann sich um einen sorgte. Doch Steffen gab Insa stets das Gefühl, er wolle ihr alle Probleme von vornherein abnehmen. Nicht, um sie davor zu beschützen, sondern weil Steffen ihr nicht zutraute, sie allein bewältigen zu können.

Der Rest des Frühstücks verlief in vertrautem Schweigen. Insa nahm einen letzten Schluck Tee und räumte die Lebensmittel zurück in den Kühlschrank, während Doris noch in der Zeitung blätterte.

»Ich fahre ins Café und bestücke die Spülmaschine«, sagte Insa. »Lies du deine Zeitung aber in Ruhe zu Ende.«

»Nur weil jetzt eine Sieben vor der Null steht, musst du deine Tante nicht mit Samthandschuhen anfassen.«

»Tue ich auch nicht.« Insa schmunzelte und griff nach Handy und Fleecejacke. »Punkt neun Uhr wird geöffnet.«

Sie war schon in der Diele, als sie Doris rufen hörte.

»Halt!«

Insa steckte den Kopf durch die Tür. »Was ist?«

Doris ließ die Zeitung sinken. »Fast hätte ich es vergessen. Vicky hat vorhin angerufen.«

Das Läuten des Telefons kam Insa in den Sinn. »Und? Was wollte sie?«

»Bloß erzählen, dass gestern Abend vor dem Café ein Mann herumgeschlichen sei, als sie und Tobias gegangen sind.« Ein Lächeln zeigte sich auf dem Gesicht ihrer Tante. »Ich soll dir ausrichten: Kategorie Herz-Schmerz-Alarm.«

Benedikt

Flache Wellen spülten gemächlich an den morgendlichen Strand. Benedikt, der der aufgehenden Sonne entgegenjoggte, betrachtete das rosarote Farbspektakel am Himmel. Ein feiner Brandungsnebel wehte ihm ins Gesicht. Gierig sog er die frische, salzige Luft in sich auf, in der Hoffnung, sie würde den quälenden Kopfschmerz vertreiben. Doch bereits nach wenigen Metern merkte er, dass es nicht funktionierte. Die verworrenen Gedanken hämmerten weiter wie ein Presslufthammer in seinem Schädel. Hechelnd blieb Benedikt stehen, stemmte die Hände in die Seiten der blauen Laufjacke und starrte auf das glitzernde Wasser.

Noch immer konnte er es nicht begreifen. Insa und ein Café. Dazu ausgerechnet in Kloster. In Vitte oder Neuendorf hätte Insas Café-Betrieb trotz *Semaro* überdauern können. Aber in Kloster? Niemals. Benedikt hatte im Zuge ihrer Shop-Eröffnungen zu viele Schließungen in unmittelbarer Nachbarschaft miterlebt. Gastronomen und Mitarbeiter, die sich anfangs voll euphorischer Ideen dem übermächtigen Kontrahenten stellten und nur Monate später desillusioniert ihre Einrichtung verramschten. Ein ungleicher Kampf, den sie nie hatten gewinnen können.

Sollten die Gemeindevertreter morgen zu seinen und Moniques Gunsten entscheiden, würde auch Insa unter sinkenden Umsätzen und schwindenden Gästezahlen leiden und am Ende ihr Café schließen müssen. Was immer Benedikt sich in den zurückliegenden Stunden versucht hatte einzureden: Dieses Inseldorf war zu klein für sie beide.

Unmotiviert machte er ein paar Dehnübungen, bis er sich zum Umkehren entschloss. Das Joggen hatte heute keinen Sinn. In gemäßigtem Tempo lief Benedikt am Strand zurück. Wie Bleiklumpen versanken seine Laufschuhe im morgenfeuchten Sand.

Nachdem er gestern Christian Brüsehavers Büro verlassen hatte, war Benedikt noch zuversichtlich gewesen, eine Lösung zu finden. Eine Art Masterplan, wie Insa und er weiter unbefangen miteinander umgehen konnten. Doch als er später am Abend vor ihrem Café auf und ab gelaufen war, musste er sich eingestehen, dass es keine Lösung gab, und war mit hängendem Kopf davongeschlichen. Er konnte Insa nicht wiedersehen, so sehr er sich das auch wünschte. Und der erste Schritt war gewesen, den Geburtstag ihrer Tante zu meiden.

Sein feiges Verhalten war unentschuldbar. Mehr als das. Ohne eine Erklärung, ohne ein einziges Wort war er der Feier ferngeblieben. Aber Benedikt hatte keine andere Möglichkeit gesehen, den Schaden in Grenzen zu halten. Für sie beide. Christian Brüsehaver wusste, wer er war. Und so einige der anwesenden Gäste gewiss ebenso. Sein Auftauchen auf der Party hätte für gehörigen Wirbel gesorgt, und auf diese Weise sollte Insa nicht erfahren, dass hinter Benedikt Krusendorf eigentlich Benedikt Kirchner steckte.

Ein Gedanke durchfuhr ihn. *Irgendwann würde Insa es aber erfahren.* Es war bloß eine Frage der Zeit. Durch ihren Bruder, ein Gemeinderatsmitglied oder schlimmstenfalls beim Blick in die Zeitung, aus der sein Konterfei sie siegessicher angrinste. Vermutlich wäre er dann als Partyschreck glimpflicher weggekommen. Nein, mit einem stillen Abgang durfte er sich keinesfalls aus der Affäre ziehen. Er musste Insa reinen Wein einschenken, bevor es jemand anderes tat.

Heute noch.

Gleich.

Sofort.

* * *

»Also akzeptieren Sie meine Entschuldigung?«

Benedikt saß in einer Nische am Fenster und blickte bedauernd zu Doris Brüsehaver auf, die ihn nachsichtig anlächelte. Er hatte für das gestrige Fernbleiben seine Arbeit vorgeschoben. Was im Grunde ja irgendwie stimmte.

»Sie müssen sich nicht entschuldigen, Benedikt.« Doris Brüsehaver zückte Block und Bleistift aus der Tasche ihrer blauen Schürze. »Jedenfalls nicht bei mir.«

Er spürte ein unangenehmes Ziehen im Magen. »So schlimm?«

»Nun, da ich annehme, dass weder das herrliche Herbstwetter noch meine gute Laune an Insas miesepetrigem Gesicht schuld sind, können nur Sie der Grund dafür sein.«

»Glauben Sie, Insa kann mir verzeihen?«

»Ich denke, es steht nicht schlecht für Sie.«

»Weil …?«

»Weil Insa eine Brüsehaver ist und ich Ihnen auch verziehen habe.«

Er musste lachen, obwohl ihm gar nicht danach war. Neugierig spähte er zum Tresen, konnte Insa aber nirgends entdecken. »Ist sie da?«

»Ich hole sie.« Doris Brüsehaver nickte. »Darf ich Ihnen etwas bringen?«

»Haben Sie Espresso auf der Karte?«

»Selbstverständlich«, gab sie ihm ein wenig pikiert zur Antwort.

»Ausgezeichnet.« Benedikt schenkte ihr sein strahlendstes Lächeln.

Nachdem Doris Brüsehaver die Bestellung auf ihren Block gekritzelt hatte, räumte sie am Nachbartisch das benutzte Geschirr ab und verschwand damit durch eine Tür hinter dem Tresen.

Benedikt entledigte sich seines Jacketts und krempelte die Hemdsärmel auf. Sein Blick fiel durch das Fenster auf die Tische vor Insas Café. Bereits jetzt, um kurz vor halb zehn, waren beinahe alle Stühle besetzt, und die Menschen genossen die Herbstsonne auf ihren Gesichtern. Wie der prächtige Sonnenaufgang prophezeit hatte, war es ein warmer Oktobertag geworden.

Langsam lehnte Benedikt sich zurück. Als er vor einigen Augenblicken durch die Tür getreten war, hatte ihn die behagliche Atmosphäre im Café sofort gefangen genommen. Lauschige Sitznischen mit weichen Polsterbezügen, helle Naturholztöne, Sprossenfenster und ein gusseiserner Kaminofen, der an kalten Wintertagen mit einem Feuer lockte. Dabei war für Benedikt in puncto Einrichtung der kühle, schnörkellose Designerstyle in seinen eigenen Coffeeshops eigentlich das Maß aller Dinge. Aber seit er seinen Fuß auf diese Insel gesetzt hatte, hatte er so manch neue Seite an sich entdeckt.

»Guten Morgen.«

Benedikt fuhr zusammen. Er hob den Kopf und schaute direkt in Insas hellgrüne Augen. Die braunen Sprenkel darin glänzten im Sonnenlicht wie kleine Bernsteine. Doch das Funkeln konnte nicht die dunklen Schatten darunter verbergen. Sie wirkte müde, angespannt. Vermutlich hatte Insa ebenfalls die halbe Nacht wach gelegen.

»Hallo.«

Rasch nahm er das Jackett beiseite, damit sie sich zu ihm auf die Bank setzen konnte. Insa entschied sich jedoch für den Stuhl gegenüber. Das versetzte ihm einen Stich.

Während sie Platz nahm, betrachtete Benedikt sie eingehend. Die aschblonden Haare, die offen auf ihre Schultern fielen, die schmale Falte über ihrem Nasenrücken, das weiße Shirt, über dem sie eine blaue Schürze trug. Als sie saß und ihn abwartend anblickte, beugte er sich zu ihr vor.

»Es tut mir leid wegen der Feier. Ich wäre sehr gern gekommen, aber ich konnte nicht.«

Insa nickte. »Ich weiß.«

Da Benedikt vermutete, dass sie seine Arbeit meinte, die er gegenüber Doris Brüsehaver vorgeschoben hatte, schüttelte er energisch den Kopf. »Nein, es ging wirklich nicht. Ich hätte deiner Tante nur die Party verdorben.«

»Deshalb hättest du dir keine Gedanken machen müssen«, sagte sie in sarkastischem Ton. »Dafür hat mein Bruder schon gesorgt.«

Entsetzt sah er sie an. »Ich verstehe nicht ...«

»Insa!«

Das war Doris Brüsehaver. Mit hochrotem Gesicht stand sie am Kaffeeautomaten hinter dem Tresen und winkte ihrer Nichte hektisch zu. Offenbar gab es Probleme wegen seines Espresso.

»Bin gleich wieder da«, entschuldigte Insa sich und eilte ihrer Tante zu Hilfe.

Benedikt blickte ihr nach und überlegte fieberhaft. Wusste Insa bereits, *wer* ihr gegenübersaß? Hatte Christian Brüsehaver ihn enttarnt? Immerhin hatte er dem Bürgermeister selbst erzählt, dass er im *Haus Helene* logierte. Sie konnte längst wissen, dass ihr Benedikt Krusendorf, der angeblich zufällig auf Hiddensee weilte, in Wahrheit Benedikt Kirchner war. Der Mann, der mit seinem geplanten Coffeeshop ihre Existenz bedrohte. Es würde Insas Sarkasmus erklären. Jedoch nicht die Herzlichkeit ihrer Tante.

Benedikt war so angestrengt in seine Überlegungen vertieft, dass er Insa erst bemerkte, als sie ein Glas Wasser und ein mächtiges Stück Kuchen vor ihn auf den Tisch stellte.

Verständnislos sah er sie an. »Kuchen?«

»Nicht einfach *Kuchen*. Doris' *Hiddenseer Welle* ist eine kulinarische Berühmtheit auf der Insel. Du hast unverschämtes Glück, dass du ihn probieren darfst.«

»Und wie komme ich zu der Ehre?«

Sie setzte sich zurück auf ihren Stuhl. »Weil es keinen Espresso gibt. Unser Kaffeeautomat streikt. Das dritte Mal in dieser Woche.«

»Machst du Witze?«

»Nein.«

»Dann ist der Kuchen als Entschädigung gedacht?«
»Nein.«
»Als Revanche für gestern?«
»Als ein Friedensangebot.«

Insa grinste ihn an. Dafür hätte er glatt auch die nächsten zwanzig Jahre auf Koffein verzichtet.

Benedikt nahm die Dessertgabel, stach ein Stück vom Kuchen ab und steckte es sich in den Mund. Er schmeckte köstlich. Sanddorn und ein Hauch Kakao lagen ihm verführerisch süß auf der Zunge.

»Wenn meine Oma mich jetzt hören könnte, würde sie nie wieder ein Wort mit mir wechseln«, sagte er kauend. »Aber ich habe in meinem ganzen Leben keinen besseren Kuchen gegessen.«

Ihr Grinsen wurde breiter. »Ich kann Doris ja bitten, das Rezept für deine Oma aufzuschreiben.«

»Kein Familiengeheimrezept, um das sich Mythen und Legenden ranken?«

»Doch.« Das Lachen, das eben noch ihr Gesicht erhellt hatte, erstarb. »Nur, in naher Zukunft wird die *Hiddenseer Welle* eh nicht mehr auf der Karte stehen. Dank meines Bruders werde ich das Café schließen müssen.«

Der Kloß in seinem Hals schwoll an. Nur mühsam konnte er den cremig süßen Bissen hinunterschlucken. Benedikt legte die Gabel auf den Teller.

»Weshalb?«, krächzte er und dachte gleichzeitig, wie idiotisch die Frage klang, sollte sie über ihn Bescheid wissen. Doch irgendetwas sagte ihm, dass dem nicht so war.

Er sollte recht behalten.

Traurig sah Insa ihn an. »Kennst du diese Coffeeshop-Kette *Semaro*?«

Jetzt, dachte Benedikt. Genau jetzt wäre der Moment, alles richtigzustellen, seinen Kopf aus der Schlinge zu ziehen und sich zu retten. Doch er schien wie gelähmt und brachte nur ein kaum merkliches Nicken zustande.

»*Semaro* will in Kloster eine Filiale eröffnen. Auf einem Grundstück, das der Gemeinde gehört. Keine zweihundert Meter von meinem Café gelegen.« Sie blickte auf ihre Hände, die auf dem Tisch lagen. Nervös begann sie, ihre Finger zu kneten. »Morgen fällt im Gemeinderat die Entscheidung über den Verkauf. Und mein Bruder hat mir gestern Abend mitgeteilt, dass er für *Semaro* stimmen wird.«

Benedikt schluckte. Eigentlich hätte ihn diese Neuigkeit in einen euphorischen Zustand versetzen sollen. Es war also geschafft. Christian Brüsehaver hatte sich entschieden. Für ihn. Für Monique. Für *Semaro*. Nur stellte dieses Gefühl sich nicht ein. Insas feucht schimmernde Augen zerrissen ihm das Herz.

Er streckte die linke Hand vor und umschloss ihre Finger. Erschrocken sah sie auf, und Benedikt dachte schon, sie würde sich seiner Berührung entziehen. Doch sie ließ es geschehen.

»Vermutlich hat dein Bruder keine Wahl, und er muss als Bürgermeister so entscheiden«, versuchte er sie zu trösten. »Ein großes Unternehmen bringt erhebliche Steuereinnahmen, und bestimmt gibt es auch auf Hiddensee genügend Löcher in der Gemeindekasse zu stopfen.«

»So edelmütig, wie du denkst, ist Christian nicht«, entgegnete Insa mit leichtem Spott in der Stimme. »Er will nur die Löcher in seinen privaten Taschen stopfen.«

Er zog die Augenbrauen in die Höhe. Obgleich Benedikt ahnte, worauf sie anspielte, da Monique ihn über die Finanzlage von Brüsehavers Ehefrau aufgeklärt hatte.

»Kathi besitzt drei Modeboutiquen auf der Insel. Eine davon in Kloster«, sagte Insa auf seinen fragenden Blick hin. »Ihre letzte Saison lief mehr als schlecht. Nun setzt sie alle ihre Hoffnungen in

Semaro oder genauer: in dessen hippe Kundschaft. Und Christian hat gefälligst nach ihrer Pfeife zu tanzen.«

Benedikt überlegte. Brüsehaver ein kuschender Ehemann? Diesen Eindruck hatte der Mann mitnichten auf ihn gemacht. Aber was hieß das schon? Schließlich nahm auch er die dubiosen Alleingänge seiner Ex-Frau wortlos hin, obwohl es ihm widerstrebte.

»Hat dein Bruder es dir so direkt gesagt?«

Ihre grünen Augen funkelten wütend. »Christian hat gar nichts gesagt. Wäre Kathi nicht damit herausgeplatzt, hätte ich wahrscheinlich erst nach der Abstimmung von seinem Verrat erfahren.«

Benedikt wurde flau im Magen. »Geh nicht so hart mit deinem Bruder ins Gericht.«

»Wie soll ich nicht?«, sagte Insa niedergeschlagen. »Mit meinem betagten Kaffeeautomaten kann ich mich nie und nimmer gegen *Semaros* Hightech-Waffen behaupten.«

»Dafür kannst du mit Doris' Kuchen punkten.« Er deutete auf den Teller vor sich. »Jetzt mal ernsthaft? Wer hat bei diesem Anblick noch Appetit auf Muffins oder Donuts?«

Endlich lächelte sie wieder. »Vielleicht.«

Benedikt ließ ihre Hände los und schob sich ein weiteres Stück in den Mund. »Und wie ich inzwischen herausgefunden habe, schmeckt Sanddorntee ohnehin besser als Espresso.«

Plötzlich glitten Insas Augen erschrocken zum Eingang. Er folgte ihrem Blick und entdeckte dort einen hochgewachsenen, schwarzhaarigen Mann in Sweatshirt und Cargohose. Wachsam schaute er zu ihnen herüber, und Benedikt hoffte schwer, er hatte seine Hand rechtzeitig zurückgezogen. Denn er hatte den Mann, der eben durch die Tür getreten war, sofort wiedererkannt. Wenngleich das sympathische Lächeln von Doris Brüsehavers Foto fehlte.

»Entschuldige«, nuschelte Insa und sprang auf. »Ich muss da kurz rüber. Steffen repariert unseren Kaffeeautomaten.«

Steffen also. Selbst den Namen hätte er unter anderen Umständen gemocht.

Benedikt erhob sich ebenfalls. »Kein Problem. Ich muss eh los.«

»Und dein Kuchen?«

»Es ist besser, wenn ich jetzt gehe«, sagte er mit brüchiger Stimme und vermied es, sie dabei anzusehen. »Für dich und für mich.«

»Wenn es wegen Steffen ist ...«

»Nein!«

Benedikt sah sie an. Er merkte, wie sie mit den Tränen kämpfte. »Glaub mir, Insa, wenn es nur um ihn ginge, würde ich bleiben.«

Ohne eine Reaktion von ihr abzuwarten, ergriff er sein Jackett und verließ mit hängendem Kopf das Café.

Insa

Insa streifte ihre Sneakers ab und durchquerte die Diele. Am Treppenabsatz hielt sie inne. Sehnsüchtig schaute sie die Stufen hinauf. Sie würde am liebsten schnurstracks in ihr Zimmer sprinten, ins Bett kriechen und sich die Decke über den Kopf ziehen. Aber Steffen hatte am Vormittag angekündigt, nach ihrem Feierabend vorbeikommen zu wollen. Dass ihre Trübseligkeit nicht allein dem Zwist mit Christian geschuldet war, würde er unter Garantie durchschauen und sie dann unentwegt löchern, ihm ihren Kummer anzuvertrauen. Doch was ihr auf der Seele lag, konnte sie Steffen schlecht sagen. Also musste das Bett noch eine Weile warten.

In der Küche öffnete Insa eine Flasche Mineralwasser und goss sich ein Glas ein. Sie leerte das halb volle Wasserglas in einem Zug und lehnte sich mit geschlossenen Augen gegen den Kühlschrank. Wie sollte sie Benedikts seltsames Verhalten nur einordnen? Sie wurde nicht schlau daraus. *Aus ihm.* Bis heute Morgen war Insa überzeugt gewesen, er hätte wegen Steffen einen Rückzieher gemacht. Was auch sein gestriges Herumschleichen vor ihrem Café erklären würde, das Vicky gegenüber Doris am Telefon erwähnt hatte. Doch jetzt? *Glaub mir, Insa, wenn es nur um ihn ginge, würde ich bleiben.* Auch wenn Benedikt es nicht ausgesprochen hatte, war ihr völlig klar, was er damit meinte. Er war gebunden. Er lebte in einer festen Beziehung. Freundin? Ehefrau? Kinder? Insa wusste es nicht. Sie wusste nur, dass es eine Beziehung war, die er nicht aufgeben konnte. Womöglich auch gar nicht wollte. Unweigerlich kamen ihr Vickys merkwürdige Männerkategorien in den Sinn. Der notorische Fremdgeher mit den Rosen. War Benedikt tatsächlich bloß auf ein erotisches Abenteuer aus gewesen? Auf unverbindlichen Sex, der sein männliches Ego stärkte? Nur dann hätte er doch weiter den Kontakt zu ihr gesucht.

Wieder sah Insa ihn vor sich. Seine innigen Blicke, der Kuss vor der Haustür, seine Hand, die heute Morgen zärtlich ihre Finger umschlossen hatte … Nein! Ihr Bauch sagte ihr, dass die Seitensprung-trotz-glücklicher-Beziehung-Theorie nicht zu Benedikt Krusendorf passte.

Vielleicht hatte er sich einfach nur verliebt. Ungeplant und ungewollt. So wie sie.

»Hey, was ist los?«

Insa schlug die Augen auf. Steffen lugte durch den Türrahmen, während er sich in der Diele aus seiner Jeansjacke schälte. Sie hatte ihn nicht kommen hören. Steffen besaß zwar keinen eigenen Schlüssel, aber es war schon lange zur Gewohnheit geworden, dass er Doris' Haus ohne anzuklopfen betrat. Wieso sollte er sein Kommen auch anmelden? Sie hatten keine Geheimnisse voreinander. Bis jetzt.

»Du siehst völlig fertig aus.«

Steffen kam mit ausgebreiteten Armen auf sie zu, nahm ihr das Glas aus der Hand und drückte sie an seine Schulter. Insa roch den Duft seiner Haut, fühlte durch das Sweatshirt seine harten Muskeln an ihrer Wange. Empfindungen, die vertraut und irgendwie fremd zugleich waren.

»Christian?«, murmelte Steffen in ihr Haar.

Sie nickte stumm und dachte, dass es nicht einmal gelogen war.

»Will Doris ihn umstimmen?«

Insa sah zu ihm auf. »Doris? Wie kommst du darauf?«

»Ich habe deine Tante an meinem Verleih getroffen. Sie sagte, sie wäre auf dem Weg zu Katharina und Christian.« Steffen musterte sie verwundert. »Hat sie nichts erzählt?«

Insa schüttelte den Kopf. »Nur, dass sie etwas vorhätte.«

Doris' Rückendeckung war lieb gemeint. Trotzdem würde sie wenig ausrichten können. Insa kannte ihren Bruder gut genug, um zu wissen, dass er in der Sache nicht nachgeben würde, es nicht konnte. Kathi zog die Fäden im Hintergrund.

»Pass auf«, sagte Steffen in ihr Grübeln hinein. »Wie wäre es, wenn du dich in die Badewanne legst und ich in der Zwischenzeit für uns koche?«

»Klingt verlockend«, sagte Insa und meinte es auch so. Ein heißes Bad versprach Entspannung, und ihr Körper schrie förmlich danach.

Steffen küsste sie auf die Stirn und gab sie mit einem spitzbübischen Lächeln frei. »Obwohl ich bestimmt noch Zeit finde, dir den Rücken zu schrubben. Ich brauche ja nur die Reste vom Geburtstagsbüfett aufzuwärmen.«

Insa zuckte zusammen. »Steffen, ich bin wirklich k. o. Nur essen, in Ordnung?«

Er lächelte immer noch. Doch seine Augen blickten enttäuscht. Beschämt schlich sie zur Tür. Als er ihren Namen rief, wandte Insa sich um. In Steffens Blick lag nun etwas Vorsichtiges, fast Misstrauisches.

»Dieser Mann ... der, mit dem du zusammengesessen hast, als ich heute Morgen ins Café kam. Wer war das?«

Sie spürte, wie sie knallrot wurde. »Ein Gast.«

»Davon bin ich ausgegangen.« Seine Brauen wanderten nach oben.

»Also ... nicht mein Gast«, sagte sie stockend. »Er ist ein Gast von Doris. Er hat ihr Ferienhaus gemietet.«

»Ihr kennt euch näher?«

Ihre Wangen begannen zu glühen. »Wie kommst du darauf?«

»Euer Gespräch wirkte so vertraut.«

»Wir haben uns einzig und allein über das *Haus Helene* unterhalten. Genügt das, oder brauchst noch eine Bestätigung von Doris?«, entgegnete Insa in bissigem Tonfall. *Wieso herrschte sie ihn so an?*

Sofort kam Steffen näher, streichelte ihren Rücken. »Hey, ich habe nur gefragt, weil mir der Typ irgendwie bekannt vorkam.«

»Soweit ich weiß, ist er das erste Mal auf Hiddensee. Du kannst ihn nicht kennen.« Insa war froh, Steffen einmal nicht anlügen zu müssen.

Unmerklich schüttelte er den Kopf. »Trotzdem, irgendwo habe ich ihn schon mal gesehen.«

Wortlos ließ sie Steffen stehen und ging ins Badezimmer.

* * *

Als Insa gegen halb acht wieder nach unten kam, war hinter dem Küchenfenster bereits die Dämmerung hereingebrochen. Es fiel ihr sofort auf, weil das Deckenlicht nicht eingeschaltet war. Nur drei rote Kerzen in einem Leuchter erhellten den Raum. Beklommen wanderten ihre Augen über den mit einem weißen Tuch gedeckten Tisch. Zwei Teller, gefaltete Servietten, bauchige Weingläser, entkorkter Rotwein. *Benedikts Rotwein.*

Und ein blaues, quadratisches Schmuckkästchen.

Eine nervöse Unruhe begann in ihrem Bauch zu brodeln. »Ist Doris noch immer unterwegs?«, fragte Insa. Dabei ließ der romantische Anblick der Küche keine Zweifel darüber.

»Ja, ist sie.« Steffen beförderte mit zwei Topflappen eine Auflaufform aus dem Ofen. »Deine Tante wollte nach ihrem Besuch bei Christian noch in die *Dünenrose*.«

Verwirrt sah Insa ihn an. »Zu Vicky. Warum?«

»Ich hatte sie darum gebeten.«

Das Brodeln verstärkte sich. »Weshalb?«

»Damit wir für uns sind«, antwortete er vielsagend. »Meine Überraschung für dich.«

Die Unruhe stieg nun wie heiße Lava in ihr auf. »Steffen, ich …«

»Der Zeitpunkt ist schlecht, ich weiß«, beeilte er sich, ihr zuvorzukommen. Offensichtlich war Insa ihre Erregung deutlich anzumerken. »*Semaro* und dein Bruder. Das habe ich nicht vergessen. Doch bitte höre dir erst einmal an, was ich zu sagen habe.«

Steffen stellte den Auflauf auf den Tisch, legte die Topflappen beiseite und drückte sie sanft auf einen der Stühle. Er selbst ging in die Hocke und umfasste ihre Oberschenkel. Sogar durch ihre Jeans spürte sie die Wärme seiner tellergroßen Hände. Seine braunen Augen glänzten im Schein der Kerzen.

»Wie lange sind wir jetzt zusammen, Insa? Ein halbes Jahr?«

Eine rhetorische Frage, auf die er keine Antwort erwartete. Sie nickte still. Der Druck seiner Hände verstärkte sich.

»Ich verstehe durchaus, dass du nach sechs Monaten noch nicht sagen kannst, ob ich der Mann bin, mit dem du den Rest deines Lebens verbringen willst. Mit neunundzwanzig glaubt man eben noch, alle Zeit der Welt zu haben. Nur ich habe sie mit Mitte vierzig nicht mehr. Irgendwann bin ich zu alt für das alles.«

»Für das alles?«, echote sie, als wüsste sie nicht, worauf er hinauswollte.

»Kinder, Insa! Eine Familie gründen.«

Er lächelte leicht amüsiert und griff nach dem blauen Schmuckkästchen. Automatisch schlang Insa die Arme um ihren brombeerfarbenen Pullover. So als könne sie sich vor dem, was kommen würde, schützen.

»Ich brauche keine weiteren Monate mehr. Du bist die Frau, mit der ich das alles haben möchte. Und dies ist der Grundstein dafür. Unser Grundstein.«

Steffen legte das Kästchen in ihren Schoß. Mit angehaltenem Atem starrte sie auf seine kräftigen Finger, die Mühe hatten, den winzigen Deckel zu öffnen. Dann klackte der Verschluss, und das Kästchen sprang auf. Insa atmete durch. Kein Ring. Nur eine silberne, feingliedrige Kette lag darin. Sie streckte ihre Hand vor und hob die Kette langsam heraus. Am unteren Ende pendelte ein kleiner, funkelnder Anhänger.

Verständnislos sah sie Steffen an. »Ein Schlüssel?«

Seine Augen leuchteten. »Er ist ein Symbol.«

Ein Symbol? Wofür? Zu seiner Wohnung über dem Fahrradverleih hatte sie längst einen, und wenn er einen Schlüssel für das Haus ihrer Tante wollte, brauchte er sie doch nur darum zu bitten.

»Steffen, was willst du mir eigentlich die ganze Zeit sagen?«

Ein strahlendes Grinsen erhellte sein Gesicht. »Ich habe ein Haus für uns gekauft.«

Insa ließ die Kette sinken. »Du hast *was?*«

»Ein Haus gekauft.« Das Grinsen wurde breiter. »In Neuendorf. Nicht besonders groß, und die eine oder andere Reparatur steht auch noch an, dafür aber mit Reetdach und Boddenblick. Du wirst das Haus lieben.«

Mit offenem Mund starrte sie ihn an, unfähig, irgendetwas zu erwidern.

»Was ist los?« Steffen lachte nervös. »Freust du dich nicht?«

»Ob ich mich freue?« Jetzt explodierte sie wie ein Vulkan. »Ich bin stinksauer. Wieso fragst du mich nicht vorher?«

»Ich wollte dich überraschen«, hauchte er beinahe ängstlich.

»Oh, ja, das ist dir gelungen!«

Insa fuhr von ihrem Stuhl hoch und marschierte zur Tür, wo sie mit Nachdruck auf den Lichtschalter drückte. Als sie Steffen im aufglimmenden Deckenlicht mit gesenktem Kopf auf dem Boden hocken sah, schämte sie sich, ihn so angefahren zu haben.

»Solche Dinge bespricht man doch«, sagte Insa. Nun bedeutend ruhiger. »Du willst in diesem Haus eine Familie mit mir gründen. Kinder großziehen. Findest du nicht, wir hätten darüber gemeinsam entscheiden sollen?«

»Das können wir immer noch.« Steffen kam aus der Hocke und fasste nach ihrer Hand, in der sie seine Kette hielt. »Es ist doch bloß ein Haus. Ein Nest, in dem wir es uns einstweilen gemütlich machen können. Falls es dir nicht zusagt, verkaufen wir es später einfach wieder.«

Entnervt schüttelte Insa den Kopf. »Du willst mich nicht verstehen, oder?«

»Wie denn, wenn du mir nicht sagst, was falsch daran sein soll, seine Freundin zu verwöhnen?«

»Daran ist nichts verkehrt«, entgegnete Insa. »Aber ein Haus kauft man nicht so nebenbei, nur um die Freundin bei Laune zu halten.«

Sofort ließ er sie los und sah sie aus schmalen Augen an. »Bei Laune halten? Bin ich also der Pausenclown für dich?«

Sie holte Luft, rang um Beherrschung. »Rede keinen Unsinn.«

»Wo ist dann das Problem?«

»*Du* entscheidest über meinen Kopf hinweg.«

»Weil du diesen ständig voll hast«, entgegnete Steffen gereizt. »Ich versuche lediglich, dir etwas abzunehmen.«

»Aber das musst du nicht.«

Beleidigt verzog er das Gesicht. »Entschuldige, dass ich mir Sorgen um dich mache.«

»Nein, Steffen! Was du tust, ist nicht sorgen, sondern kümmern.«

»Ich weiß nicht, wo da der Unterschied sein soll.«

Insa ging zum Tisch, setzte sich und starrte einen Moment lang auf die Kette zwischen ihren Fingern. Als sie wieder aufschaute, blickte er sie immer noch verständnislos an.

»Wie lange weißt du von Kathis finanziellen Schwierigkeiten?«

Sein Adamsapfel zuckte kurz. »Drei Wochen. Vielleicht vier.«

»Vier Wochen. Und du hast nicht ein Wort darüber verloren.«

Er machte einen Schritt auf sie zu. »Insa, ich ...«

»Lass mich ausreden!« Ihre Stimme begann zu beben. »Hättest du mir davon erzählt, wäre deine Sorge um mich berechtigt gewesen. Denn natürlich hätte mich die Sache belastet. Zum einen, weil Kathi zur Familie gehört. Zum anderen, weil mir so schon früher klar gewesen wäre, dass mein Bruder für den Verkauf an *Semaro* stimmen wird. Aber ich habe nichts davon erfahren, weil du dich darum gekümmert hast. Folglich musst du dir keine Sorgen machen.« Sie reckte leicht das Kinn. »Verstehst du jetzt, wo der Unterschied liegt?«

Er schwieg. Er hatte sie verstanden. Eine Weile blieb es bedrückend still in der Küche, bis Insa ein Gedanke kam.

»Woher hast du überhaupt das Geld dafür? Dein Fahrradverleih wirft doch nie im Leben so viel ab.«

Sie spürte ein Zögern, bevor er antwortete. »Ich habe vor einigen Wochen geerbt. Eine Tante hat mir eine größere Geldsumme hinterlassen.«

Auch das hatte er ihr vorenthalten, sie abermals ausgeschlossen. Insa lachte bitter.

»Wann genau hattest du eigentlich beabsichtigt, mir das zu erzählen? Wenn unsere Kinder eingeschult werden?«

»Jetzt, aber du hast mich ja nicht zu Wort kommen lassen«, erhob Steffen Einspruch. »Außerdem wäre es sonst keine Überraschung gewesen.«

Langsam ließ Insa die Kette aus ihrer Hand auf das blütenweiße Tischtuch gleiten. »Es tut mir leid, Steffen, aber ich werde nicht mit dir in dieses Haus ziehen.«

Blitzartig schoss er auf sie zu und hockte sich erneut vor sie hin. »Ich weiß, ich habe einen Fehler gemacht und verstehe, wenn du sauer ...«

»Ich bin nicht sauer«, unterbrach sie ihn kopfschüttelnd.

»Nicht?« Seine Lider flackerten irritiert.

»Ich fühle mich von dir hintergangen.«

Steffen nickte beipflichtend. »Und du hast jeden Grund dazu. Die Sache mit Katharina, das Haus, die Erbschaft ... Ich war – nein, ich bin ein Idiot.« Sein Blick ging zu der Kette auf dem Tisch. Ein trauriger, flehentlicher Ausdruck lag darin. »Nie wieder Geheimnisse. Das verspreche ich dir. Wir fangen ganz neu an. Und unser Haus wird immer ein Symbol dafür sein.«

Unser Haus.

»Steffen, hast du mir nicht zugehört?« Insa suchte seinen Blick. »Ich will kein Haus.«

»Ja ... aber ...«

»Aber, was?«

»Der Kaufvertrag ist längst unterschrieben.«

»Lös ihn auf.«

Steffen erhob sich, goss sich von dem Rotwein ein und nahm das Glas in die Hand. »Das geht nicht so einfach.«

»Das ist mir bewusst, aber irgendeine Möglichkeit wird sich sicher finden.«

»Meinst du nicht, wir sollten noch einmal darüber schlafen, bevor wir uns dazu entschließen?«

»Ich muss nichts überschlafen. Meine Entscheidung ist gefallen.«

»Ja, jetzt, aus der Emotion, aus dem Bauch heraus. Vielleicht bereust du sie in wenigen Tagen schon wieder.«

Insa merkte, wie sie zornig wurde. »Hast du dich mit Kathi verbrüdert? Erst weiß ich angeblich nicht, ob ich ein Café will und jetzt ein Haus?«

»Sie hat ja nicht unrecht.«

»Wie bitte?« Insa riss die Augen auf. Als er nicht reagierte, kreuzte sie Zeige- und Mittelfinger. »Ach, ich vergaß, ihr beide seid ja neuerdings ganz dicke miteinander. Kathis Meinung ist ein ungeschriebenes Gesetz.«

Steffen trank einen tiefen Schluck Wein. Dann sah er sie mit festem Blick an. »Ich wollte nur sagen, du führst das Café seit einem halben Jahr und hast dich noch immer für keinen Namen entschieden.«

»Warum sollte ich?«, fragte sie trotzig. »Es hat einen Namen. Café im Kirchweg.«

»Ein eigener Name, Insa. Nicht der, den deine Vorgängerin ausgesucht hat.«

»Einen Geschäftsnamen zu ändern, geht eben nicht auf die Schnelle.«

Er hob eine Augenbraue. »Bist du sicher, dass nur der bürokratische Aufwand dich davon abhält?«

Sie sagte nichts. Steffen verstand es als Aufforderung, fortzufahren. »Und dann das hier?« Mit dem Glas deutete er auf die Küche. »Du versteckst dich bei deiner Tante.«

Herausfordernd hob sie das Kinn. »Du als Zugezogener solltest am besten wissen, dass eine eigene, bezahlbare Bleibe auf der Insel zu finden nicht gerade ein Kinderspiel ist.«

»Hast du dich überhaupt je darum bemüht?«

»Wie denn? Ich hatte den Sommer rund um die Uhr im Café zu tun«, antwortete sie. »Außerdem fühle ich mich bei Doris pudelwohl.«

Er machte eine beschwichtigende Geste, stellte das Glas ab und setzte sich auf einen Stuhl. Ruhelos fuhr er sich mit den Händen über die schwarzen Haare und ließ sie anschließend auf ihren Knien liegen.

»Ich bitte dich, Insa! Schreib das Haus noch nicht ab.« Er machte eine kurze Pause. »Schreib *uns* noch nicht ab.«

Unwillkürlich lenkte sie ihren Blick zum Fenster, starrte in die inzwischen weit vorangeschrittene Dämmerung. Sie glaubte, das erste helle Licht des Leuchtturms über die Insel huschen zu sehen. Insa wartete. Aber ihr Bauch schwieg. Und vielleicht sagte sie deshalb: »Ich werde darüber nachdenken.«

Steffen beugte sich vor, um sie zu küssen. Doch sie drehte den Kopf zur Seite. »Allein.«

»In Ordnung«, sagte er nach kurzem Zögern und schlich aus der Küche.

Fünf Minuten später verließ auch Insa das Haus.

Benedikt

Ich wusste es!« Moniques Lachen dröhnte blechern aus seinem Smartphone. »Niemand kann deinem Schuljungencharme widerstehen. Auch nicht der Bürgermeister von Hiddensee.«

»Ich versichere dir: Christian Brüsehaver ist allem, aber nicht meinem Charme erlegen.«

Benedikt stand im fahlen Licht einer Laterne unweit des Seglerhafens. Nachdem er in einem Restaurant zu Abend gegessen hatte, war er ziellos durch Kloster gestreift. In Grübelei verfallen, ob er Monique über Brüsehavers Entschluss informieren sollte. Insa hatte ihm im Vertrauen davon erzählt. Nicht ahnend, dass er die Wurzel allen Übels war. Als Benedikt zum dritten Mal am menschleeren Hafen entlanggelaufen war, hatte er sich schließlich dazu durchgerungen, Monique anzurufen. Sie war nun mal seine Geschäftspartnerin und wie er in Sorge, dass der Grundstückskauf platzen könnte. Trotzdem konnte Benedikt nicht in die Jubelstürme seiner Ex-Frau einfallen. Insas Tränen hatten sich in ihm eingebrannt.

»Wie auch immer«, plapperte Monique aufgedreht weiter. »Die Hauptsache ist, der Mann stimmt für uns.«

»Nicht für uns«, betonte er eindringlich. »Christian Brüsehaver tut es allein für seine Frau. Wenn er könnte, wie er wollte, bekämen wir nicht mal den Stellplatz für einen mobilen Kiosk genehmigt.«

»War er so deutlich?«

»Kaffeefirlefanz. Plastikmüll. Reicht das?«

»Der Tag wird kommen, da wird auch der Herr Bürgermeister glückselig lächeln, wenn er unsere Kaffeeränder von der Ladentheke seiner Frau wischen darf.« Monique quiekte leise und fragte: »Woher weißt du so plötzlich von seinem Entschluss? Nach eurem gestrigen Termin war doch noch alles offen.«

Benedikt überlegte kurz, entschied sich aber, Monique besser im Unklaren zu lassen. »Du hast deine Quellen, ich die meinen.«

»Quellen?«, meinte sie belustigt. »Hast du dich in einer verräucherten Seemannsspelunke unter die Einheimischen gemischt?«

»Lass es gut sein, Monique.« Er schnaubte gereizt. »Du hast, was du wolltest, okay?«

Entgegen seiner Erwartung blieb es am anderen Ende einen Moment lang still, bis er sie voller Verwunderung fragen hörte: »*Du?* Ich dachte, wir wären ein *wir*.«

Erneut Stille. Nur diesmal war er es, dem die Stimme versagte.

»Benedikt?«

Er räusperte sich. »Ja, … natürlich. Wir haben, was wir wollten. Mit Brüsehaver auf unserer Seite dürfte bei der Abstimmung kaum mit Gegenwind zu rechnen sein.«

»Das hoffe ich.« Monique war in einen routinierten, geschäftigen Tonfall übergegangen. »Im Übrigen will Brüsehaver mich morgen umgehend telefonisch über das Ergebnis informieren. Es ist also unnötig, weiter vor Ort zu bleiben.«

»Ich bleibe, wie besprochen, bis nach der Abstimmung. Falls doch noch Fragen auftauchen. Sicher ist sicher«, redete er sich heraus. Warum zum Teufel zögerte er bloß?

»Wie du meinst. Ich rufe dich an, sobald ich etwas von Brüsehaver höre.«

»Mach das. Bis morgen.«

Seine Hand war schon auf halbem Weg nach unten, als er bemerkte, dass sie noch in der Leitung war.

»Benedikt …?«

Er nahm das Telefon wieder ans Ohr. »Ja?«

»Was immer du auf dem Eiland treibst: Krieg dich wieder ein. Ich muss mich auf dich verlassen können.«

Er brachte kein Wort heraus, musste es auch nicht. Monique hatte längst aufgelegt.

Benedikt warf den Kopf in den Nacken. Ein paar tiefe Atemzüge lang blieb er stehen und starrte den hinter dünnen Wolken verschleierten Mond an. *Du hast, was du wolltest.* Es war ihm so selbstverständlich über die Lippen gekommen, er hatte es nicht einmal gemerkt. *Semaro* war doch auch seine Firma. *Sein Baby.* Verflucht! Monique hatte recht: Er musste endlich wieder mit dem Kopf denken und nicht mit dem faustgroßen Muskel in seiner Brust. Gleich morgen würde er in aller Herrgottsfrühe die Fähre besteigen, seine Gefühle für Insa auf Hiddensee lassen und nach Lüneburg zurückkehren. In sein altes, strukturiertes und durchgeplantes Leben.

Hastig schob er das Handy in die Hosentasche und schlug den Weg zurück ins Dorf ein, den Blick auf den sandigen Boden geheftet. Mit den Händen hielt er den Kragen seines Sakkos zusammen. Der kühle Wind, der vom Vitter Bodden her durch die Gassen wehte, ließ ihn erschauern. Sein Hals begann zu kratzen. Er sehnte sich nach einem heißen Tee. *Tee?* War ihm gerade wirklich Tee in den Sinn gekommen? Benedikt seufzte lautlos. Wieder eine neue Seite, die er an sich entdeckt hatte.

Nach einigen Metern schaute er auf, um die Abzweigung zum Ferienhaus nicht zu verpassen. Abrupt blieb er stehen. *Insa.* Auf dem ausgeleuchteten Weg sah er sie direkt auf sich zukommen. Selbstvergessen vor sich hin starrend. Sie bemerkte ihn erst, als sie auf gleicher Höhe waren.

»Du ...?«

Es klang, als hätte sie über alles Mögliche nachgedacht. Nur nicht über ihn. Ein Anflug von Ernüchterung nagte an ihm.

Benedikt neigte den Kopf zur Seite. »Enttäuscht?«

»Quatsch«, erwiderte sie und schenkte ihm ein zaghaftes Lächeln, »ich war nur in Gedanken.«

»Habe ich gemerkt.«

Mit dem Kinn deutete er an, gemeinsam weiterzugehen, und

ignorierte das freudige Pochen in der Brust, als Insa ohne Zögern mit ihm in den Weg einbog. Für eine Weile herrschte Schweigen zwischen ihnen. Kein peinliches, eher eines wie zwischen alten Freunden. Trotzdem bemühte er sich, ein Gespräch in Gang zu bringen. Erst jetzt fiel ihm auf, wie sehr er Insa eigentlich vermisst hatte. Benedikt wollte ihre Stimme, ihr Lachen hören.

»Besitzt deine Tante eventuell Flyer für ihr Ferienhäuschen?«

Verdutzt sah sie ihn an. »Flyer? Wozu?«

»Ich würde es gern Freunden und Geschäftspartnern empfehlen.«

»Und das aus deinem Munde.« Sie lachte und zog den Reißverschluss ihrer schwarzen Fleecejacke bis unters Kinn hoch.

»Wieso?« Benedikt tat ahnungslos. »Ich hatte mich auf der Stelle in das Ferienhaus deiner Tante verliebt.«

»WLAN ... Minibar ... Klingelt da was?«

»Es war nur ein Test für Swantje.«

Insa legte die Stirn in Falten. »Ach ja?«

»Ich wollte wissen, wie sie unter Stress reagiert. In einem Notfall muss ich mich zu hundert Prozent auf meine Assistentin verlassen können.«

»Und? Hat sie deinen Test bestanden?«

»Hm. Was soll ich sagen? Motivation und Einstellung stimmen, nur in puncto mentale Stärke hege ich Zweifel, ob Swantje dem Job gewachsen ist.«

»Du willst ihr kündigen?«

»Wo denkst du hin? Swantje darf für mich arbeiten, bis sie alt und grau ist. Sie hat mich bei deiner Tante einquartiert und mir damit den besten Kuchen meines Lebens beschert.« Durchdringend sah er sie an. »Und nicht nur den.«

Sofort senkte Insa den Blick auf den Sandboden. Warum konnte er nicht seine Klappe halten?

»Wofür genau muss Swantje eigentlich hundert Prozent geben?«, fragte sie, während sie die Spitzen ihrer Sneakers betrachtete.

»Für mich, ihren Chef, natürlich.«

Insa schüttelte den Kopf. »Ich meine: Was machst du beruflich?«

Für einige Sekunden hielt Benedikt den Atem an. Da war er wieder. Der Moment, die Dinge zu korrigieren, Insas Fall ins Bodenlose abzufedern. Doch er konnte, er *wollte* den innigen Augenblick nicht zerstören. Wieder einmal.

»Ich habe Betriebswirtschaft studiert und arbeite für ein Lebensmittelunternehmen nahe Hamburg«, sagte er vage. »Den Großteil meiner Zeit ärgere ich mich mit lästigem Papierkram und trockenen Zahlen herum. Controlling, Akquise, Marketing, Personalwesen. Such dir was aus.«

Ein Grinsen zeigte sich auf ihrem Gesicht. »Dann bist du also einer dieser aalglatten, versnobten Managertypen?«

»Eher das Mädchen für alles.«

Sie lachte wieder, und Benedikt versuchte schnell, das Gespräch auf weniger gefährliches Terrain zu lenken. »Seit wann genau besitzt deine Tante das Ferienhaus?«

Insa steckte die Hände in die Jackentaschen. »Das *Haus Helene* gehörte schon immer unserer Familie. Mein Urgroßvater hat es Mitte der Zwanzigerjahre gebaut.«

»Also entstammst du einer waschechten Hiddenseer Fischersfamilie?«

»Oh, nein. Ganz und gar nicht«, widersprach sie lächelnd. »Mein Urgroßvater war ein Freilichtmaler aus Berlin. Nach dem Ersten Weltkrieg kam er regelmäßig für Licht- und Naturstudien auf die Insel. Wie viele andere damals auch. Hiddensee ist eine ehemalige Künstlerkolonie. Maler, Schriftsteller, Schauspieler. Sie alle fühlten sich von der rauen, unberührten Natur angezogen.«

»Wie der große Dichter und Nobelpreisträger Gerhart Hauptmann.«

»*Du* kennst Gerhart Hauptmann?« Sie war sichtlich beeindruckt.

»Deutsch Leistungskurs«, sagte er grinsend. »Daher weiß ich auch, dass er in Kloster ein Haus hatte und hier auf dem Friedhof begraben liegt.« Sein Grinsen wurde breiter. »Allerdings gab es noch keine Gelegenheit, dem Museum im Hauptmann-Haus einen Besuch abzustatten. Ein Termin jagt den nächsten.«

»Heuchler.« Sie stieß ihm leicht in die Seite.

Benedikt bemerkte eine feine Haarsträhne, die sich in ihren Lippen verfangen hatte. Nur mühsam unterdrückte er den Impuls, sie ihr aus dem Gesicht zu streichen.

»Demzufolge war also auch dein Urgroßvater dem Zauber von Hiddensee erlegen«, nahm er das ursprüngliche Thema wieder auf.

»Es war wohl eher der Zauber meiner Urgroßmutter, die hier lebte.«

»Doch eine arme Fischersfamilie?«

»Ich muss dich nochmals enttäuschen.« Insa schaute erneut auf ihre Schuhspitzen. »Lene, meine Urgroßmutter, arbeitete in dem Gasthof, in dem Franz während seiner Studienaufenthalte abstieg.«

»Franz, dein Urgroßvater?«

Sie nickte. »Es war die berühmte Liebe auf den ersten Blick zwischen den beiden. Franz konnte es sich als mittelloser Künstler eigentlich nicht leisten, jeden Abend in der Schankstube zu essen. Aber er war immer dort, an jedem einzelnen Tag seines Aufenthalts. Nur um Lene zu sehen. Fünf Jahre ging das so.«

»So lang?«, fragte er verblüfft. »Selbst für damalige Verhältnisse ist das eine beachtliche Zeitspanne für Verliebte.«

»Lene war verheiratet.« Insa lächelte vieldeutig. »Auch wenn in den Zwanzigerjahren Ehescheidungen im fortschrittlichen Berlin langsam salonfähig wurden, galten sie anderswo immer noch als handfester Skandal.«

»Und deshalb wollte Lene sich nicht scheiden lassen?«

»Doch, natürlich. Nur in Schimpf und Schande zu leben ist die eine Sache, aber ganz ohne Geld? Allein von Luft und Liebe konnte man auch in den Zwanzigern nicht leben.«

»Was hat dein Urgroßvater getan?«

»Er ist über seinen Schatten gesprungen.«

»Inwiefern?«

»Franz wollte als Maler hoch hinaus. Aber trotz seines vielversprechenden Talents konnte er nur wenige Bilder verkaufen. Vorwiegend an Verwandte oder Freunde. Um Lene ein anständiges Leben auf ihrer geliebten Insel bieten zu können, musste er sich etwas einfallen lassen. Also hat Franz bei einer Berliner Zeitung als Werbe- und Karikaturenzeichner begonnen. Eine für ihn künstlerisch sehr unbefriedigende Arbeit.«

»Die aber Geld einbrachte«, schlussfolgerte Benedikt.

»Exakt.« Zu Benedikts Bedauern zog Insa die widerspenstige Haarsträhne aus dem Mund. »Und zwar so viel, dass er nach einiger Zeit ein Grundstück in Kloster kaufen und mit dem Hausbau beginnen konnte.«

»Und Lene ist zu ihm gezogen?«

»Nicht sofort.«

»Ach nein?«

»Erst nachdem Franz das Schild über der Tür angebracht hatte«, sagte Insa mit einem Leuchten im Gesicht. »*Haus Helene.*«

Benedikt nickte verstehend. »Und Lenes Mann?«

»Er hat nie in eine Scheidung eingewilligt. Meine Urgroßeltern haben ihr ganzes Leben in wilder Ehe verbracht.«

Für eine Weile verfielen sie wieder in Schweigen. Eine angenehme Stille, die nur vom Rauschen vereinzelter Bäume und Sträucher durchbrochen wurde. In Benedikt stieg ein wohliges Gefühl auf, wie er es schon lange nicht mehr gespürt hatte. Und vielleicht ließ er sich deshalb hinreißen zu sagen: »Ein Haus auf einer Insel ist ein romantischer Gedanke.«

Schlagartig blieb Insa stehen und starrte ihn mit schreckgeweiteten Augen an. Benedikt kam der Verdacht, dass sie wegen seines Hangs zum Kitsch so konsterniert war. Zugegeben, er selbst war nicht weniger überrascht.

Benedikt stoppte ebenfalls. »Okay, romantisch war jetzt dämlich ausgedrückt, aber was ich …«

»Nein!«, unterbrach sie ihn mitten im Satz. »Das ist es nicht.«

»Sondern?«

Ihre Pupillen huschten unruhig umher, die Nasenflügel flatterten. Es war ihr deutlich anzumerken, wie sie mit sich rang, ob sie ihn einweihen sollte. In was auch immer. Benedikt konnte sich keinen Reim darauf machen, warum seine Worte sie so in Unruhe versetzt hatten.

Insa schüttelte schließlich den Kopf. »Ach, nichts.«

Sie ging weiter. Nachdenklich sah Benedikt ihr nach. Sollte er Insa weiter bedrängen? Sie bitten, ihm ihr Herz auszuschütten? Und dann? In knapp neun Stunden würde er die Insel mit der Absicht verlassen, Insa nie wiederzusehen. Je weniger er von ihr wusste, umso leichter würde ihm das Vergessen fallen.

Langsam folgte er ihr und stellte enttäuscht fest, dass sie mittlerweile beim Ferienhaus angelangt waren. Über dem berüchtigten Namensschild ging der Bewegungsmelder an. Automatisch blieben sie am Gartentor stehen. Verlegen schweigend. Unsicher lächelnd. Die Leichtigkeit, die noch vor wenigen Minuten zwischen ihnen geherrscht hatte, war verflogen.

Insa fing sich zuerst. »Wünsch mir Glück.«

»Glück? Wofür?«

»Für die Abstimmung morgen.«

Ein stechender Schmerz jagte durch seinen Magen. »Ich wünsche dir, dass du dein Café nicht schließen musst«, sagte er aufrichtig.

»Danke. Obwohl ich nicht weiß, was mich letztlich mehr grämen würde. Dass ich mir einen neuen Job suchen muss oder dass man Hiddensee zukünftig mit *Semaro* statt mit Naturparadies und Künstlerkolonie verbindet.«

»Meinst du nicht, es könnte beides funktionieren?«

»Für Kathi sicher.« Sie zuckte mit den Achseln. »Vielleicht auch für meinen Bruder.«

»Und für dich?«

»Niemals.«

Benedikt spürte, dass Insa auf eine Erwiderung wartete. Auf Zustimmung oder Verständnis. Doch dafür war er der Falsche.

Als sein Schweigen sich immer weiter in die Länge zog, deutete sie schließlich hinter ihn.

»Alles in Ordnung mit dem Haus?«

»Ja.«

»Ist es nicht zu kalt?«

»Nein.«

»Hast du genug Handtücher?«

»Ja.«

Herrgott! Konnte er nur einsilbig herumstammeln?

»Falls du irgendetwas brauchst, kann ich es Doris ausrichten. Sie bringt es dir gern vorbei.«

»Das ist nicht nötig. Ich reise morgen früh ab.«

Insa starrte ihn an. »Schon?«

Ungerührt? Überrascht? Traurig? Benedikt war nicht sicher, welche Nuance in ihrer Stimme mitschwang. Doch er hoffte – *wünschte*, es möge letztere sein. Es war paradox.

»Ich muss fahren.«

Sie nickte, biss schweigend auf ihre Unterlippe.

»Es geht nicht anders. Leider.«

Wieder nickte sie stumm.

»Insa, so sehr ich auch will … *dich* will …« Er schluckte hart, sammelte sich. »Ich kann nicht bleiben. Die Dinge sind kompliziert.«

Insa sah an ihm vorbei, ihr Gesicht halb in Schatten getaucht. »Würde es die Dinge verkomplizieren, wenn du mich auf einen letzten Tee hereinbittest?«, fragte sie leise.

»Wenn es nicht so wäre, hätte ich es längst getan.«

Er bemerkte, dass sie zitterte. Vor Kälte? Vor Enttäuschung? Vermutlich beides. Benedikt musste sich zwingen, sie nicht in den Arm zu nehmen. Wenngleich er sich nach nichts anderem sehnte.

Als eine Windböe durch das Kiefergeäst über ihnen rauschte, wandte Insa ihm wieder das Gesicht zu. »Meine Strickjacke.«

Der Themenwechsel kam so unvermittelt, dass Benedikt sie verwirrt anstarrte. »Was?«

»Meine Strickjacke. Sie liegt noch im Haus.«

»Ach ja, natürlich. Komm«, erwiderte er und öffnete das niedrige Tor.

Er ging voran, hörte das Laub unter ihren Füßen rascheln. Gedämpfte, langsame Schritte, die den Abschied hinauszögern wollten. Ohne sich umzublicken, schloss Benedikt die Haustür auf. Er wusste auch so, dass Insa direkt hinter ihm war. Er roch den blumigen Duft ihres Shampoos, spürte die Wärme ihres Körpers im Rücken.

Energisch drückte Benedikt die Klinke hinunter und floh ins Haus. Im Wohnzimmer schaltete er die Lampe auf der Kommode ein, suchte ihre Jacke. Er fand sie zerknautscht auf dem Sofa. Dort, wo er am Nachmittag gehockt und sein Gesicht in die weiche Wolle vergraben hatte. Er streckte die Hand aus, da vernahm er ihre Schritte im Flur. Benedikt schloss die Augen, zählte im Stillen bis drei, holte Luft und drehte sich um. Insa stand im Türrahmen. Ihre blonden Haare zeichneten sich vor dem Dunkel des Flures ab und umrahmten die schmalen, von der Nachtluft geröteten Wangen. Ihre Augen schimmerten schwarz. Sehnsuchtsvoll.

Insas Stimme war nur ein Flüstern. »Kennst du dieses Gefühl, wenn es in deinem Kopf laut Nein schreit, aber du in deinem Bauch ein leises Ja vernimmst?«

Er kannte es. Seit er gestern aus Brüsehavers Büro getreten war. Und in keinem Moment war es stärker gewesen als jetzt.

Sie lächelte matt. »Du bist so ein Gefühl, Benedikt.«

Er ging auf sie zu, behielt sie fest im Blick, bis er ihren heißen, flachen Atem auf seinem Gesicht spürte. Ihre Augen bohrten sich ineinander, und jeder Vorsatz, jeder Zweifel fiel von ihm ab. Er wollte sie. Mit jeder Faser seines Körpers. Benedikt zog sie an sich. Die Finger vergruben sich in ihren Haaren. Er küsste ihre linke Braue, zweimal, streifte die kalte Wange und fuhr sanft mit der Zungenspitze ihren Hals hinab. Insa stöhnte auf. Sofort presste er den Mund auf ihren. Fordernd schob er seine Zunge zwischen die weichen, vollen Lippen und küsste sie gierig. Kurz wich Insa zurück, so als wäre sie von der Heftigkeit überrascht. Benedikt erschrak, ließ von ihr ab. Doch sie schmiegte sich wieder an ihn. Drängender. Ungehemmt und voller Begehren.

Im Schlafzimmer ließen sie sich treiben. Erforschten zärtlich jeden Zentimeter nackter Haut des anderen. Erregten im Halbdunkel ihre feucht schimmernden Körper. Mit den Händen, den Lippen, mit ihren Zungen. Sie flüsterten, lachten leise. Als sein Erschauern stärker, ihr Atem immer heftiger wurde, umfasste er ihre Hüften. Er setzte sie rittlings auf sich und drang in sie ein. Ein tiefer Ton entrang sich ihrer Kehle. Er wartete, suchte ihren Blick. Als er ihn fand, begann er sich zu bewegen. Vorsichtig, ihren Rhythmus suchend, bis sie eins waren und er das Beben zwischen ihren Schenkeln spürte. Benedikt ließ sich fallen, kam und dachte, wie vollkommen dieser Augenblick war.

Wie unglaublich vollkommen Insa war.

Steffen

Gähnend erhob er sich vom Stuhl, stellte die leere Müslischale in die Spüle und nahm die Treppe hinunter zum Fahrradverleih. In der Werkstatt angekommen, griff er nach seinem Sweatshirt, das über einem aufgebockten E-Bike hing. Er zog es über den Kopf und ging nach vorn, um die beiden Flügel der Ladentür zu öffnen. Wie jeden Morgen blieb Steffen einige Minuten davor stehen. Er bog den Rücken durch, atmete die klare, frische Luft ein und dann langsam wieder aus.

Sein Fahrradverleih lag in der Nähe der Inselkirche. Von der Stelle, an der Steffen stand, konnte er immer einen Blick auf das strahlend weiße Gemäuer und die roten Dachziegel erhaschen. Vor allem jetzt im Herbst, wenn die ersten Blätter gefallen waren. Einige Passanten hasteten grüßend an ihm vorbei. Zwei Schulkinder trödelten mit ihren Ranzen auf dem ungepflasterten Weg entlang. Im Haus gegenüber hockte eine rot getigerte Katze auf dem Fenstersims. Steffen liebte dieses Bild des erwachenden Inseldorfs. Er würde den Anblick in Neuendorf vermissen.

Während er anfing, unter dem wolkenlosen Oktoberhimmel nach und nach die Räder vor dem Laden aufzureihen, drifteten seine Gedanken zu Insa ab. Schon wieder. Denn im Grunde hatte er in der letzten Nacht an nichts anderes gedacht. Natürlich hatte er Insa mit dem Hauskauf überfahren, sie verletzt, weil er ihr Katharinas finanzielle Probleme verschwiegen hatte. Doch die Heftigkeit, mit der sie reagiert hatte, hatte ihn schockiert, machte ihm Angst. Hatte er zu viel gewollt? Zu viel riskiert?

Steffen war kein Träumer. Ihm war klar, dass seine Gefühle tiefer gingen und Insa ihn auf eine andere Weise liebte. Freundschaftlicher, leidenschaftsloser. Er hielt das aus. Aber seit gestern Abend fragte er sich pausenlos, ob es diese eine andere Weise überhaupt noch gab. Wieder kam Steffen der dunkelblonde Mann im Café in den Sinn. Die lässig aufgekrempelten Ärmel des Businesshemds, der vor Lebendigkeit sprühende Blick. Und er dachte an Insa, an das verklärte Lächeln, das ihre Lippen umspielt hatte.

Hatte sie *ihn* jemals so angesehen?

»Morgen.«

Er fuhr herum und sah Christian auf sich zukommen. Trotz des recht kühlen Morgens trug er keine Jacke, lediglich ein olivgrünes Poloshirt. Steffen lehnte das Mountainbike, das er gerade aus dem Laden geschoben hatte, gegen die Hauswand und schlug in die ihm dargebotene Hand ein.

»Was treibt dich so früh hierher?«, fragte er ohne Begrüßung. »Es ist noch nicht einmal …«

Steffen blickte auf sein Handgelenk, musste jedoch feststellen, dass die Uhr fehlte. Er hatte den Anruf abermals verschwitzt.

Christian sah nun über Steffens Schulter hinweg in die Werkstatt. »Ist Insa wach?«

»Sie war heute Nacht nicht hier.«

Er konnte an Christians Miene ablesen, dass ihn die Antwort in leichtes Staunen versetzte. Doch Steffen hatte keine Lust auf Erklärungen, wieso er und Insa getrennt voneinander geschlafen hatten.

»Was gibt es denn so Dringendes?«, versuchte er rasch das Thema zu wechseln.

»Ich hätte Insa gern noch ein paar Dinge gesagt, bevor …« Christian unterbrach sich, kratzte nervös an seinem glatt rasierten Kinn. »… ach, du weißt es ja selbst.«

»Die Abstimmung wegen *Semaro*.«

Die Wörter hingen bedrohlich in der Luft. Wie aufgetürmte, pechschwarze Gewitterwolken, die jede Minute ihre aufgestaute Energie entladen würden.

»Ist Insa sehr wütend?«

Oh, ja. Das war sie. Doch nicht allein wegen ihres Bruders.

Steffen nickte. »Ziemlich.«

»Mist«, knurrte Christian. »Sie wird vermutlich nie mehr ein Wort mit mir reden.«

Steffens Brustkorb schnürte sich zusammen. Er kannte diesen Gedanken nur zu gut. »Insa wird es verstehen«, sagte er und fügte mehr an sich selbst gerichtet hinzu: »Irgendwann.«

Beklommen blickte Christian ihn an. »Glaubst du, ich tue das Richtige?«

»Bestimmt.«

Wieder schien der Freund mit der knappen Antwort unzufrieden. Doch Steffen konnte ihm keine Absolution erteilen. Er nicht.

»Ich werde mal weiter ... Sag mir Bescheid, wenn du Insa siehst.« Christian, der zu spüren schien, dass sein Gegenüber heute kurz angebunden war, wandte sich zum Gehen.

Steffen stutzte. »Warte!«

Er blieb stehen. »Ja?«

»Wenn ich Insa sehe? Was heißt das?«

Zwischen Christians blonden Augenbrauen entstand eine schmale Falte. »Dass ich nicht weiß, wo sie steckt. Im Café war niemand, und zu Hause habe ich nur unsere Tante angetroffen. Sie meinte, Insa wäre heute Nacht nicht da gewesen, und deshalb nahm Doris an, sie hätte bei dir übernachtet.«

Die Gedanken explodierten in seinem Kopf. »Nein ... Insa war nicht hier.«

»Das weiß ich nun auch.« Christan machte wieder ein paar Schritte auf ihn zu. »Hattet ihr Streit?«

Steffen schnappte nach Atem. »Ja ...«

»Das erklärt einiges.«

»Aber ... wo ist sie?«

Christian legte ihm die Hand auf die Schulter. »Mach dich nicht verrückt. Sie hat sicher bei Vicky in der Pension geschlafen.«

»Bei Vicky? Wieso das denn?«

»Frauen«, grinste Christian. »Meine Schwester brauchte vermutlich eine Schulter, an der sie sich ausheulen konnte.«
»Möglich wäre es.« Allmählich fing Steffen an, sich zu entspannen. »Ich fahre trotzdem besser bei der *Dünenrose* vorbei.«
»Tu das.«
Als Christian sich wieder in Bewegung setzte, machte Steffen sich daran, die Fahrräder vor dem Laden abzuschließen. Am liebsten hätte er sich sofort auf sein Mountainbike gesetzt, um nach Insa zu suchen. Doch da er heute Morgen keine Aushilfe im Verleih hatte, mussten die Räder noch schnell gesichert werden.
»Ach, Steffen, da ist noch was …«
Er richtete sich auf. Insas Bruder stand bereits an der Hausecke.
»Wusstest du, dass dieser Typ im *Haus Helene* abgestiegen ist?«
Es dauerte eine Weile, bis Steffen zwischen Typ und *Haus Helene* einen Zusammenhang hergestellt hatte. *Er ist ein Gast von Doris,* sah er Insa wieder mit glühend roten Wangen stammeln.
»Typ?«, krächzte er.
»Der Geschäftsführer von *Semaro*. Benedikt Kirchner.«
Steffen erstarrte. Wieso hatte er so lange gebraucht? Schon gestern im Café war ihm der Gedanke gekommen, dass er den Kerl von irgendwoher kannte. Steffen hatte sein Foto in dem Exposé gesehen, das dem Gemeinderat vorlag. Kirchner. Natürlich. Der Mann hinter *Semaro*.
Der Mann aus dem Café.
Sein Herz begann zu rasen, sein Kopf schien zu zerspringen. Er war so ein Idiot. Denn plötzlich ahnte Steffen, mit wem seine Freundin die vergangene Nacht verbracht hatte.

Insa

Insa streckte den Arm unter der Bettdecke hervor und tastete blind nach ihrem Slip auf dem Boden. Als sie ihn endlich zu fassen bekam, atmete sie lautlos aus. Sie setzte sich auf, schob vorsichtig die schlafwarme Decke zurück und schlich auf Zehenspitzen in den Flur, wo sie geradewegs über die verstreuten Klamotten stolperte. Ihre Fleecejacke, Benedikts Sakko, sein Hemd, die Jeanshosen. Auf der Türschwelle zum Wohnzimmer fand sie ihren brombeerfarbenen Pulli. Insa streifte ihn über und schlüpfte in den Slip. Unwillkürlich musste sie grinsen. Das letzte Mal war sie im Alter von vier Jahren splitterfasernackt durch das Ferienhäuschen ihrer Tante spaziert.

Sie trat an die Terrassentür, zog diese ein Stück weit auf und lehnte sich mit Kopf und Schulter gegen den Rahmen. Zwischen den Ästen des knorrigen Kirschbaums brach sich das Licht der aufgehenden Sonne. Tau glitzerte auf dem Gras. Sie roch das Meer, dessen jodgetränkte Luft sich mit dem herbsüßen Duft der Astern in den Blumenkübeln mischte. Der Wind strich über ihre nackten Beine. Böig und kühl. Insa merkte es kaum. Ihre Gedanken schweiften ab. Zu der Nacht, die hinter ihr lag. Es war wunderschön gewesen. Die sinnlichen Berührungen, die sie lustvoll erbeben ließen. Ihre ineinander verschlungenen Körper, die sich im Gleichklang bewegten. Wieder spürte sie Benedikt in sich, schmeckte seine salzige Haut auf ihren Lippen. Sie würde diese Nacht nie vergessen.

Sie würde Benedikt niemals vergessen.

Das stille Lächeln in ihrem Gesicht verschwand. Er würde fahren. Heute. Wenngleich sie die Gründe dafür nur ahnte, spürte Insa, dass es kein Wiedersehen für sie beide geben würde. *Die Dinge sind kompliziert.* Gestern hatte sie noch alles weit von sich geschoben, hatte nur auf ihren Körper gehört, sich ihrer Lust hingegeben. Sie war zu berauscht gewesen, um an ein Morgen zu denken. Doch jetzt? Benedikt würde Hiddensee verlassen, zurückkehren in ein anderes Leben. Egal, wie sehr sie einander begehrten.

Ihr Blick fing den Holzstapel ein. Sie dachte an Steffen und daran, dass sie mit ihm reden musste. Es war vorbei. Schon vor drei Tagen, als sie hier auf der Terrasse Benedikt gegenübergestanden hatte, hatte sie es gefühlt. Sie liebte Steffen nicht. Sie hätte es ihm gestern sagen müssen. Es war falsch gewesen, ihn hinzuhalten. Mit dem Haus, mit ihrer Beziehung. Steffen hatte es nicht verdient, ihm etwas vorzuspielen. Dafür mochte sie ihn viel zu sehr.

»Wolltest du dich davonstehlen?«

Sie blickte sich um. Benedikt war ins Wohnzimmer gekommen. Er trug seine Boxershorts. *Schade.*

Insa schloss die Terrassentür. »Ich muss ins Café.«

»Wirklich?«

Er hockte sich auf die Sofalehne. Auffordernd streckte er seinen linken Arm nach ihr aus. Insa ging auf ihn zu. Noch bevor sie ihre Hand in seine legen konnte, packte Benedikt sie bei den Hüften und zog sie zwischen seine Oberschenkel. Seine warmen Hände glitten unter ihren Pulli. Er küsste sie. Lang. Hungrig.

»Kannst du nicht ein Schild in die Tür hängen?«, raunte er ihr ins Ohr, während seine Daumen sanft ihre harten, erregten Brustwarzen umkreisten.

»Doris wird sich Sorgen machen«, hörte Insa ihre gestammelte Antwort, denn ein wohliges Kribbeln breitete sich gerade in ihrem Unterleib aus.

»Ruf sie an.« Er presste sich an sie, sodass sie die Wölbung in seiner Boxershorts deutlich spürte. »Ich will dich. Jetzt.«

Mit einem leichten Ruck machte Insa sich frei. Sie konnte es nun nicht mehr vor sich herschieben. »Und deine Fähre?«

»Ich nehme die nächste.«

»Benedikt …«, sagte sie gedehnt. »Ich meine es ernst.«

Seinen blaugrauen Augen veränderten sich. Kein Schalk, nicht einmal ein winziges, schelmisches Funkeln lag in ihnen. Sie schimmerten so klar wie die Ostsee an windstillen Tagen, wenn man bis auf ihren hellen Grund blicken konnte.

»Ich meine es auch ernst, Insa. Ich will dich. Jetzt, morgen und übermorgen. Und wenn du mich auch willst, bleibe ich, bis deine Haut schrumpelig wie die einer welken Kartoffel ist.«

»Einer welken Kartoffel?« Sie stieß ein unsicheres Lachen aus.

Benedikt umklammerte ihre Hände. Seine Augen glänzten erwartungsvoll. »Ich bleibe für immer.«

Sie sagte nichts, kaute nur an der Innenseite ihrer Wange.

»Du zögerst?«

»Nein.«

»Aber?«

Mit klopfendem Herzen sah sie ihn an. »Ich dachte nur, weil wir miteinander geschlafen haben, hätte es die Dinge verkompliziert.«

»Hat es auch. Doch diese Dinge spielen keine Rolle mehr, wenn du dir sicher bist.« Er klemmte ihr eine Haarsträhne hinters Ohr. »Denn ich bin mir in meinem ganzen Leben noch nie so sicher gewesen wie mit dir, Insa Brüsehaver.«

Sie hörte ihren Bauch flüstern. Lächelte. »Dann bleib! Bis ich eine welke Kartoffel bin.«

Überschwänglich schlang sie ihre Arme um seinen Nacken. Sie küssten sich, fielen über die Lehne auf das Sofa, lagen Bauch an Bauch. Seine Finger schoben sich in ihren Slip.

Insa protestierte lachend. »Ich muss ins Café!«

»Gleich«, murmelte er keuchend.

Sie richtete sich auf, zog ihren Pulli über den Kopf und ließ ihn auf den Dielenboden fallen. »Herr Krusendorf, Sie sind verrückt.«

Als sie sich hinunterbeugen wollte, um ihn zu küssen, hielt Benedikt sie an den Ellbogen fest. Beinahe flehend sah er sie an.

»Erinnere mich daran, dass ich dir heute Abend etwas sagen will, ja?«

Insa war verwirrt. »Was denn?«

Doch statt einer Antwort murmelte er: »Erinnere mich einfach daran.« Dann zog er sie zu sich herab, küsste sie gierig, und der seltsame Moment verging, so schnell, wie er gekommen war.

* * *

»Es tut mir so leid.« Insa nahm die Schürze vom Haken und band sie vor ihrem Bauch. »Ich hätte mich nicht verspäten dürfen.«

»Es war doch nur eine halbe Stunde«, erwiderte Doris amüsiert. »Und ich arbeite nicht erst seit gestern hier. Ich kenne die Abläufe.«

Doris stellte eine weiße Tasse unter den Auslauf des Kaffeeautomaten und betätigte den Knopf. Die mechanischen Mahlgeräusche erfüllten das Café. Insa sah sich um. Zu ihrer Erleichterung entdeckte sie lediglich ein Paar mit Kleinkind beim Kaminofen. Natürlich fand sich ihre Tante zurecht. Doch wäre es rammelvoll gewesen, wäre Doris mit dem Frühstücksgeschäft gehörig ins Schleudern geraten. Ganz zu schweigen von den Vorbereitungen, auf denen sie ihre Tante hatte sitzen lassen. Sie hätte nicht zu spät kommen dürfen. Schmetterlinge im Bauch hin oder her.

Benedikt und sie hatten sich kaum voneinander losreißen können. Nachdem sie sich auf dem Sofa geliebt hatten, war sie rasch unter die Dusche gesprungen, und er hatte ihr in der Küche einen Tee gemacht. Nackt. Sogar an der Haustür, während sie sich stürmisch küssend voneinander verabschiedet hatten, war er wie sie als Vierjährige umhergelaufen.

»Verrätst du es mir?«

Entgeistert sah Insa ihre Tante an. »Was?«

»Wieso du lächelst.«

Vermutlich wurde sie knallrot, denn Doris sagte nun: »Behalte es ruhig für dich. Das Wichtigste ist, du tust es wieder.« Ihre Tante nahm die volle Tasse und schob sie auf das Tablett. »Obwohl ich nicht gedacht hätte, dass du mit Steffen nach Neuendorf ziehst.«

Insa, noch immer am Knoten ihrer Schürze nestelnd, hörte abrupt auf. »Woher weißt du von dem Haus?«

»Von Steffen natürlich«, sagte Doris ein wenig verwundert. »Er wollte dich doch überraschen.«

Er hatte also bereits Doris von dem Haus erzählt. *Vor ihr.* »Verstehe.«

Ihre Tante betätigte den Automaten ein weiteres Mal. »Seid ihr denn gestern Abend noch dort gewesen?«

»Wo dort?«

»In Neuendorf.«

»Nein. Warum fragst du?«

»Weil niemand zu Hause war, als ich heimgekommen bin.«

Erst da wurde Insa bewusst, dass sie Doris über ihr nächtliches Fortbleiben nicht informiert hatte. »Ach so, ... ja, ... ich wollte ...«

»Bei Steffen schlafen«, beendete diese ihr wirres Stammeln.

Mit bangem Blick sah sie ihre Tante an. »Ich war nicht bei Steffen.«

»Darum also.«

»Darum was?«

Die Mahlgeräusche verstummten, und aus der Auslaufdüse begann die schwarzbraune Flüssigkeit zu rinnen.

»Sauberes Geschirr, unbenutzte Servietten, ein offener Rotwein, der nur fingerbreit angerührt wurde, die Kette ... Es sah nicht unbedingt nach einer gelungenen Überraschung aus.«

Insa seufzte. »Steffen hat mich regelrecht überfahren.«

»Mit dem Haus oder seiner Liebe?« Die trüben Augen lächelten bedeutungsvoll.

Sie brauchte Doris nicht zu antworten. Sie verstand Insa auch ohne Worte. Und Insa war ziemlich sicher, ihre alte Tante wusste längst, bei wem sie heute Nacht gewesen war.

Der Automat blinkte grün. Doris griff nach der gefüllten Tasse, stellte sie zu der anderen und stemmte das Tablett in die Höhe.

»Schieb es nicht auf, Insa. Sag es Steffen.«

»Ja, natürlich.«

»Ich meine, tu es jetzt.« Doris machte eine leichte Bewegung Richtung Eingang.

Langsam wandte Insa sich um, fast ängstlich. Als sie Steffen in der Tür erblickte, straffte sie ihre Schultern und ging nach nebenan in die Küche. Es war an der Zeit, dass sie endlich miteinander redeten.

Eine Minute später lehnte Steffen sich gegen den Kühlschrank. »Guten Morgen.«

Insa erschrak beim Klang seiner Stimme. Er hörte sich gekränkt an. Verletzt. Wusste er, dass …? Nein, er konnte nichts wissen.

»Hallo«, erwiderte sie nur. Insa wartete darauf, dass er den Anfang machte.

»Du hast mir gefehlt.«

Das war definitiv nicht der Anfang, den sie sich erhofft hatte. »Steffen …«

»Vergiss es einfach.« Er drückte mit Daumen und Zeigefinger seine Nasenwurzel zusammen, den Blick dabei auf den Fliesenboden gerichtet. »Hast du dir Zeit zum Nachdenken genommen?«

»Habe ich.«

Ein trauriges, beinahe zynisches Lächeln zeigte sich auf seinen Lippen. »Und? Bist du zu einem Ergebnis gekommen?«

»Ich möchte nicht mit dir nach Neuendorf ziehen.«

Steffen sah sie an. Nicht enttäuscht oder untröstlich. Er schien zornig. »Darf ich die Gründe dafür erfahren?«

Weil ich dich nicht liebe. Aber Insa sagte es nicht. Sein kalter, ablehnender Blick hielt sie davon ab. Sie versuchte, es anders anzugehen.

»Neuendorf liegt an der Südspitze von Hiddensee. Bis Kloster sind es mit dem Rad gute dreißig Minuten. Das ist viel zu umständlich.«

»Bisher bist du gern mit dem Rad über die Insel gefahren.«

»Das waren Ausflüge.« Insa schüttelte den Kopf. »Dir mag es ja gefallen, tagtäglich von einem Ende der Insel zum anderen zu strampeln. Mir nicht. Zumal ich schnell vor Ort sein muss, falls etwas Unerwartetes im Café passiert.«

»Das Café, ja?« Steffen lachte bitter. »Das ist also deine Ausrede.«

»Ich rede mich nicht heraus«, erwiderte sie halsstarrig. »Mein Café ist nun mal in Kloster, und da will ich auch meinen Lebensmittelpunkt haben.«

Mit schmalen Augen blickte er sie an. »Du klingst plötzlich sehr zuversichtlich, was die Zukunft deines Cafés betrifft. Hast du mit deinem neuen Konkurrenten bereits irgendwelche Absprachen getroffen? Er öffnet vormittags, du nachmittags?« Wieder stieß Steffen ein bitteres Lachen aus. »Ach, nein, so bliebe ja keine Zeit mehr für gemeinsame Freizeitaktivitäten.«

Was zum Henker faselte er da? Absprachen? Freizeitaktivitäten?

»Steffen, was soll das?«, rief sie aufgebracht. »Akzeptiere doch einfach, dass ich dein bescheuertes Haus nicht will.«

Ruckartig richtete er sich gerade auf, seine Miene war wie in Stein gemeißelt.

Sie war zu weit gegangen.

Steffen ging zur Tür, umfasste die Klinke. Regungslos verharrte er in dieser Haltung, bis Insa ihn mit wehmütiger Stimme sagen hörte: »Bitte verzeih mir, dass ich so bescheuert bin, dich zu lieben.«

Sekunden darauf war Steffen Facklam verschwunden.

Insa

Besonders edel sieht der nicht mehr aus, aber er wird seinen Dienst tun.«

Vicky stellte den Espressokocher zusammen mit dem Babyfon auf den Tisch und nahm Insa gegenüber Platz. Die beiden Frauen saßen im dämmernden Abendlicht in der Küche der Pension *Dünenrose*. Insa blickte zum Fenster. Ein Lächeln stahl sich auf ihr Gesicht. Der Garten hinter dem Haus verzauberte sie jedes Mal aufs Neue. Die wild gewachsenen Kiefern, die gusseiserne Bank mit der reich verzierten Lehne, die prächtigen Rhododendronbüsche, die auch ohne ihre weiß-rosa Blüten wunderschön aussahen. Sie beneidete Vicky und Tobias um diesen Anblick.

»Wozu brauchst du das alte Ding überhaupt?«, holte Vicky sie aus ihrer Versunkenheit.

Insa streckte ihre Hand aus und strich mit zwei Fingern über das angelaufene Aluminiumgehäuse. Am Nachmittag war ihr der Gedanke mit dem Espressokocher gekommen, und auf Verdacht hatte sie spontan nach dem Feierabend bei Vicky vorbeigeschaut und Glück gehabt. Weit hinten in einem der Küchenschränke war ihre Verpächterin fündig geworden.

»Ich möchte jemanden überraschen«, sagte Insa.

Vicky wurde hellhörig. »Diesen Benedikt Krusenstern?«

»Krusendorf«, verbesserte Insa.

»Meinetwegen.« Vicky ließ sich nach hinten fallen und musterte sie neugierig aus ihren katzengleichen Augen. »Dann hat dir Herr Krusendorf also erklärt, wieso er draußen vor deinem Café herumgelungert hat, statt im Warmen zu feiern?«

»Nicht direkt.«

»Und indirekt?«

»Ich glaube, er ist in einer Beziehung.«

»Du *glaubst*?«

Das Babyfon knisterte leise, verstummte jedoch wieder.

»Ich bin mir sicher.« Insa schob den Kocher ein Stück beiseite. »Nach der Geburtstagsparty war Benedikt bei mir. Er meinte, wenn es nur um Steffen ginge, würde er bleiben. Für mich bedeutet das, er ist gebunden.«

»Hm«, machte Vicky. »Ein notorischer Fremdgeher, der den Schwanz einklemmt?«

»Hör schon auf!« Insa schüttelte lachend den Kopf. »Du bekommst Benedikt in keine deiner Kategorien gepresst.«

Vicky wies auf den Espressokocher. »Offensichtlich ist er aber nach wie vor auf der Insel. Was hat sich also geändert?«

»Wir haben miteinander geschlafen.«

Sie wartete, dass Vicky irgendeine Reaktion zeigen würde, doch die starrte sie nur ausdruckslos an.

»Bist du jetzt enttäuscht von mir?«, fragte Insa.

»Rede keinen Unsinn.« Vicky beugte sich vor und umfasste ihr Handgelenk. »Ich hoffe nur, *er* wird dich nicht eines Tages enttäuschen. Wenn dein Benedikt gebunden ist, bleibt immer ein Restrisiko.«

»Restrisiko?«

»Eine unerwartete Vaterschaft, kranke Kinder, Unfälle …«

»Wir wollen zusammenbleiben. Egal, was kommt.«

»Na dann …«

»Benedikt ist sich sicher«, sagte Insa nachdrücklich. »Und ich bin es auch.«

Auf Vickys Stirn erschien eine kleine Falte. »Hast du es Steffen schon gesagt?«

Insa spürte ein dumpfes Pochen in ihrer Brust. »Ich habe es gleich heute Morgen versucht. Ehrlich. Doch mit einem Mal wurde Steffen richtig jähzornig, und wir haben angefangen zu streiten.«

Die Falte wurde tiefer. »Wir sprechen aber schon über denselben ruhigen und besonnenen Steffen Facklam vom Fahrradverleih, oder?«

Insa nickte, obwohl es überflüssig war. »Er war beinahe aggressiv und hat wirres Zeug dahergeredet.«

»Worüber habt ihr denn gestritten?

»Es ging um das Haus.«

»Welches Haus?«

Insa entzog sich Vickys Griff und stand auf. Die Arme um den Oberkörper geschlungen stellte sie sich ans Fenster. »Steffen hat eine größere Erbschaft gemacht und ein Haus für uns gekauft. Reetdach, Boddenblick …«

»Hm«, machte Vicky. »Ich kann nicht sagen, dass ich die Idee völlig daneben finde.«

Sie wandte sich um. »In Neuendorf.«

Erstaunt sah Vicky sie an. »Warum ausgerechnet dort? Dein Café, sein Fahrradverleih … Das ständige Pendeln ist viel zu zeitraubend.«

»Sehe ich ebenso.« Insa nickte. »Aber Neuendorf allein ist nicht der Grund, wieso ich so sauer auf ihn bin.«

»Was denn noch?«

»Steffen hat mich nicht in die Entscheidung miteinbezogen. Er hat den Kauf getätigt, ohne mich zu fragen, ob ich diesen Schritt überhaupt mit ihm gehen möchte. Ich hätte mir das Haus doch wenigstens einmal anschauen müssen, wenn er schon plant, seine und meine Kinder darin großzuziehen.« Insa merkte, wie sie begann, sich in Rage zu reden. »Steffen stellt mich unentwegt vor vollendete Tatsachen. Das Haus, seine Reise zur Fahrradmesse, das Spanferkel für die Party …«

»Insa!«

Sie drehte sich um. Vicky hatte ihre Hände nun auf dem Tisch ineinander verschränkt. »Ich pflichte dir bei, mit seinem Alleingang, ein Haus zu kaufen, ist Steffen über das Ziel hinausgeschossen. Aber du bist nicht so sauer wegen eines Schweins. Da ist doch noch etwas, oder?«

Obwohl sie wütend war, musste sie schmunzeln. Insa setzte sich wieder. Ihr Daumen glitt über den Deckel des Espressokochers. »Steffen weiß seit vier Wochen, dass Kathis Boutiquen miserabel laufen. Und er hat kein Sterbenswort gesagt.«

Überrascht schaute ihre Verpächterin sie an. »Das wusste ich nicht.«

»Ich auch nicht.« Insa klappte den Deckel einige Male auf und zu. »Weißt du, wie blöd ich aus der Wäsche geguckt habe, als ich hörte, dass Christian für *Semaro* stimmen will?«

»Weil deine Schwägerin von der neuen Laufkundschaft in Kloster profitiert«, schlussfolgerte Vicky sofort.

Mit resigniertem Blick schaute Insa zur Uhr über der Küchentür. »Genau in diesen Minuten hebt mein Bruder vermutlich seine Hand in die Höhe.«

Sie hatte den ganzen Tag über kaum an die Abstimmung gedacht. Viel zu oft waren ihre Gedanken abgedriftet. Zu Benedikt. Aber nun wurde ihr doch ein wenig mulmig. In wenigen Minuten würde über ihre berufliche Existenz entschieden. Wie sollte es bei einem positiven Entscheid für *Semaro* mit ihrem Café weitergehen?

Wieder spürte sie Vickys Hand auf ihrer. »Auch wenn Steffen in der letzten Zeit ein paar Entscheidungen getroffen hat, die nicht in Ordnung waren: Er wird dagegenstimmen. Gleichgültig, wie heftig euer Streit gewesen ist.«

Sie brachte nur ein Achselzucken zustande.

»Du vertraust ihm nicht?«

»Nicht mehr«, sagte Insa. »Vielleicht bin ich altmodisch, aber in einer Beziehung sollte man dem Partner nichts verheimlichen.«

»Auch nicht, wenn man es aus Liebe tut?«

»Auch dann nicht.«

Vicky suchte ihren Blick. »Apropos verheimlichen: Du musst Steffen endlich von deinem Benedikt erzählen.«

»Ich weiß.«

»Heute?«

»Er ist bei der Abstimmung in Vitte.«

»Du könntest es danach tun.«

»Nein.« Insa sah zum Fenster. »Ich würde in Steffens Miene lesen, wie das Ergebnis ausgefallen ist. Ich möchte es nicht wissen. Nicht heute.«

»Morgen«, dachte Insa. Morgen würde sie sich um alles kümmern. Ihre Beziehung zu Steffen beenden und über die Zukunft ihres Cafés nachdenken.

Sie würde eine Lösung finden.

Sie war verliebt.

Alles war möglich.

Benedikt

Benedikt verriegelte die Kamintür, hängte den Schürhaken in die Halterung zurück und ließ sich neben Insa auf das Sofa sinken. Den Kopf in die Hand gestützt, stierte sie in das aufflackernde Feuer hinter der rußigen Scheibe. Er konnte sich nicht satt an ihr sehen. An den langen, nackten Beinen, die unter seinem viel zu großen Hemd hervorschauten. Der feinen blonden Haarsträhne, die sich in ihrem Mundwinkel verfangen hatte. Dem entrückten Blick aus dunkel glänzenden Augen. Insa schien vollkommen versunken.

Schon als Benedikt den Espresso zubereitet hatte, war sie in sich gekehrt gewesen. Er war überzeugt, sie grübelte über die Abstimmung im Rathaus nach. Über eine Entscheidung, die längst gefallen war. Monique klingelte nämlich mittlerweile im Fünfminutentakt bei ihm durch. Doch Benedikt hatte das Handy auf stumm geschaltet. Er wollte das Ergebnis nicht erfahren. Nicht bevor er Insa offenbart hatte, in was für einen feigen Waschlappen sie sich eigentlich verliebt hatte.

Vor einer Stunde auf der Türschwelle war er noch fest entschlossen gewesen, sein Schweigen zu beenden und die Dinge endlich richtigzustellen. Aber dann war hinter ihrem Rücken der Espressokocher zum Vorschein gekommen, und Insa hatte so glückselig gelächelt, dass er es nicht fertigbrachte, ihr in diesem Augenblick den schmerzhaften Dolchstoß zu versetzen. Wortlos hatte er nach ihrer Hand gefasst und sie aufs Sofa gezogen und einfach da weitergemacht, wo sie am Morgen aufgehört hatten. Benedikt schüttelte sich innerlich. Es nützte nichts. Es war an der Zeit, es hinter sich zu bringen. Irgendwie.

Er beugte sich vor und griff nach seiner Tasse auf dem Sofatisch. »Wusstest du, dass das Leben eines Espresso kürzer als das einer Eintagsfliege ist?«

Insa löste den Kopf aus der Hand und grinste. »Ich habe nicht einmal gewusst, dass er überhaupt *lebt*.«

»Der Espresso ist ein zartes Wesen aus drei Schichten. Am Boden das dunkle Herz, in der Mitte der voluminöse Körper, oben die nussig braune Crema.« Mit dem Zeigerfinger zeichnete er drei imaginäre Striche an der Tasse an. »Gleich nach der Zubereitung breitet sich das Herz nach oben aus. In wenigen Sekunden hat es den Körper vollkommen geschluckt. Bei durchsichtigen Gläsern kannst du es sehr gut beobachten.«

»Ich werde über eine Anschaffung nachdenken«, spaßte sie.

»Es ist wichtig, den Espresso innerhalb dieser Sekunden zu trinken, denn danach verändert er sein Aroma. Sein Mundgefühl ist weniger geschmeidig, und im Nachgang schmeckt er bitter. Er ist quasi tot.«

Insa zog die Stirn kraus und zeigte auf die Alukanne. »Mein Kocher steht bereits einige Sekunden länger auf dem Tisch. Der Espresso dürfte inzwischen mausetot sein.«

»Nun ja, genau genommen macht dein Kocher auch keinen Espresso«, sagte er in bedauerlichem Ton.

»Ach nein?« Gespielt verstimmt verschränkte sie ihre Arme.

»Es liegt am Druck. Mit deiner Caffettiera oder Moka, wie die einschlägigen Bezeichnungen dafür lauten, erzeugst du maximal eineinhalb Bar. Daher hast du keinen Espresso, für den du etwa neun Bar benötigst, sondern nur ein Kaffee-Perkolator-Getränk.«

Insa lachte. »Und wie schmeckt dir mein Kaffee-Dingsbums-Getränk?«

Benedikt hob seine Tasse an die Lippen, trank in einem Zug leer und stellte sie wieder auf den Tisch. »Für ein Kaffee-Perkolator-Getränk gar nicht übel.« Er nickte bekräftigend und tat dann, als prüfe er noch einmal kritisch den Geschmack. »Obwohl im Nachgang fehlt etwas mehr … «

Blitzschnell warf sie sich auf ihn und boxte ihm sanft in den

Bauch. Einen Moment lang rangen sie miteinander, alberten herum, bis Insa mit dem Kopf in seinem Schoß liegen blieb. Allmählich verflachte ihrer beider Atem, und sie drehte sich so, dass sie ins Feuer schauen konnte. Seine Finger spielten zärtlich mit einer blonden Haarsträhne, während er ihr Profil betrachtete.

»Woher weißt du das alles?«, murmelte sie.

»Weiß ich was?«

»Herz, Körper, Mundgefühl, Kaffee-Pre-kla ...«

»Perkolator.«

»Dingsbums. Sag ich doch.« Benedikt hörte sie leise lachen. »Stehst du nach Feierabend noch irgendwo als Barista hinter der Theke?«

»Der Gedanke könnte mir gefallen. Aber nein, kein Barista.«

Er spürte ein Klopfen in seiner Brust. Hart und unregelmäßig.

»Okay, lass mich weiterraten«, sagte Insa vergnügt und ließ ihre Fingerspitzen langsam über seinen Arm gleiten, den er um sie gelegt hatte. »Du arbeitest als Manager im weltweiten Kaffeehandel, jettest zwischen Kenia und Costa Rica hin und her und besitzt eine eigene Plantage mitten im Dschungel?«

»Flugangst.« Er lachte, obwohl sein Herz beinahe schmerzhaft schlug.

»Schade, der Gedanke hätte mir gefallen.«

Seufzend hielt sie inne und verschränkte ihre Finger mit seinen. Schweigend lauschten sie dem unsteten Knacken des Feuers.

»Ich hab's!« Insa fing an, sich zu rekeln. »Du bist ein Spion von *Semaro* und nur nach Hiddensee gekommen, um mir das Kuchenrezept meiner Tante abzuluchsen.«

Sein Herz schlug ihm bis zum Hals. »Wäre das schlimm?«

»Logisch! Hier geht's um Familienbesitz.«

Benedikt hob den Kopf, starrte ins Feuer. »Ich meine, wenn ich einer von denen wäre?«

»Von *Semaro?*« Ihr Tonfall hatte sich verändert. Irgendetwas zwischen reserviert und abweisend.

»Ja, *Semaro*«, wiederholte er. »Wäre das so schlimm?«

»Ich denke schon«, schien sie noch zu überlegen und machte eine kurze Pause. Dann hob sie ihre Stimme an. »Doch, ich denke, das wäre mehr als schlimm. Diese raffsüchtigen Profitgeier, die nur auf fette Gewinne aus sind und mit ihrem Fast-Food-Tempel die Insel ruinieren, könnte ich …«

Mit zwei Fingern verschloss er ihre Lippen. Insa drehte den Kopf, blickte ihn irritiert an. Sekunden verstrichen. Benedikt beugte sich hinab. Langsam nahm er seine Hand von ihrem Mund. »Keine hässlichen Worte, Frau Brüsehaver.«

Als er sie küsste, spürte Benedikt, dass dieser Kuss anders war. Tiefer, schmerzvoller. Und er war ein Anfang. Der Anfang von einem Ende, das bald kommen würde.

Insa

»Danke, Vicky.« Insa lehnte ihr Fahrrad gegen die Hauswand und zog die Zeitung aus dem Briefkasten. »Es war lieb, dass du mich angerufen hast.«

»Ist doch selbstverständlich. Außerdem bin ich deine Verpächterin. Das Ja für *Semaro* trifft auch mich.«

Insa erwiderte nichts. Auch wenn sie sich innerlich auf diese Nachricht vorbereitet hatte, brauchte sie noch einen Moment.

»Kopf hoch! Wir kriegen das hin«, versuchte Vicky sie aufzumuntern. »Komm doch am Abend zu uns, und wir reden.«

»Ich kann nicht.«

»Herr Krusendorf?«

Insa spürte ein warmes Kribbeln im Bauch. »Ja, Herr Krusendorf.«

»Und gegen ihn hat selbst die kleine Luise keine Chance?«

»Heute Abend nicht, nein.«

Vicky lachte leise. »Aber du weißt, du kannst jederzeit in die *Dünenrose* kommen, in Ordnung?«

»In Ordnung.«

Sie legten auf. Insa schaute kurz zum Leuchtturm. Es dämmerte bereits. Bald würde sein Licht erlöschen. Sie lief zur Haustür und erstarrte, als ein bedruckter Stoffbeutel in ihr Blickfeld rückte. Sie wartete, holte Luft. »Heute«, dachte sie. Heute würde sie sich endlich um alles kümmern. Entschlossen schnappte sich Insa die Brötchen und trat in den Flur. Dort legte sie die Zeitung auf den Schuhschrank und hängte ihre Fleecejacke an die Garderobe. Mit dem Stoffbeutel in der Hand schlurfte sie in die Küche.

Doris stand an der Spüle und füllte gerade das Wasser in den Teekessel. Sie drehte sich um. Insa las an ihrem bekümmerten Gesicht ab, dass sie das Ergebnis der Abstimmung längst kannte. Kloster war eben ein Dorf wie jedes andere.

Ratlos hob Insa ihre Schulter. »Nur drei Gegenstimmen.«

»Ein bisschen mehr Gegenwehr hatte ich mir schon erhofft«, meinte Doris und streichelte ihr im Vorbeigehen über den Arm. »Allerdings war mir nach dem Gespräch mit deinem Bruder klar, dass wenig Hoffnung auf ein Nein besteht. Selbst wenn er anders …« Ihre Tante brach ab und stellte den Kessel auf den Herd.

Insa setzte sich an den gedeckten Frühstückstisch. »Vielleicht ist es ja auch ein Zeichen.«

»Ein Zeichen? Wofür?« Doris blickte sie verwundert an.

»Für einen Neuanfang.« Insa knetete die Hände in ihrem Schoß. Wie immer wenn sie nervös oder unentschlossen war. »Das mit Steffen und mir ist endgültig vorbei, und bei dir unterm Dach kann ich auch nicht auf ewig wohnen bleiben. Ich denke, es ist Zeit, die Zelte in Kloster abzubrechen.«

»Du gibst kampflos auf?«

»Ich mache mir nichts vor, Doris. Gegen *Semaro* kann ich auf Dauer nicht bestehen. Zwischen dem Grundstück und meinem Café liegen gerade mal hundertachtzig Meter. Selbst Stammgäste werden der Versuchung kaum widerstehen können, dort vorbeizuschauen. Sei es aus purer Neugier oder weil *Semaro* ihnen beim fünften Besuch einen Gratis-Cappuccino spendiert. Früher oder später rentiert sich das Café nicht mehr. Vicky wird schnell wieder jemanden finden, der ihre Räumlichkeiten übernimmt.« Insa verkniff spöttisch ihr Gesicht. »Sie könnte ja mal Kathi fragen. Trendige Modeboutiquen haben gute Karten.«

Ihre Tante setzte sich nun ebenfalls. »So resigniert kenne ich dich gar nicht.«

»Ich habe nicht resigniert, ich bin nur realistisch.«

Doris' graue Augen musterten sie forschend. »Ist an deiner Trübsal mein charmanter Gast im *Haus Helene* schuld?«

Insa legte ihre Hand auf die ihrer Tante. »Keine Sorge, deine Nichte ist immer noch bis über beide Ohren verliebt.« Sie sah zum alten Büfettschrank, wo die entkorkte Weinflasche stand. »Obwohl Benedikt natürlich ein wenig schuld an meinem Sinneswandel ist. Er lebt und arbeitet in der Nähe von Hamburg. Wahrscheinlich wird er seinen Job nicht ohne Weiteres an den Nagel hängen können, und mir fällt es nach der gestrigen Entscheidung leichter, das Café aufzugeben.«

»Du willst zu ihm ziehen.«

Insa sah ihre Tante an, lächelte matt. »Ich mag ja eine idealistische Träumerin sein, wie mein Bruder behauptet, aber ich bin nicht weltfremd. Nein, fürs Erste suche ich mir etwas Eigenes. Das Zusammenziehen wird sich dann irgendwann schon finden.« Seufzend ließ sie sich nach hinten fallen. »Hamburg ist für uns nun mal die einfachste Lösung. Außerdem gibt es dort jede Menge Museen, und mein Master in Geschichte ist am Ende vielleicht doch zu was nütze. Christian wird hocherfreut sein.«

»Verzeihst du deiner alten Tante, wenn sie trotzdem einen Einwand erhebt?«

Insa nickte heftig. »Ich weiß, was du sagen willst: Ich kenne Benedikt erst seit vier Tagen, und schon will ich alles stehen und liegen lassen. Und um ehrlich zu sein, habe ich selbst keine Ahnung, was in mich gefahren ist. Außer, dass er aus Hamburg kommt und eine Leidenschaft für Espresso hegt, weiß ich tatsächlich wenig über ihn.«

»Nicht zu vergessen, dass er ganz passabel Kartoffeln und Zwiebel schälen kann«, meinte Doris mit einem Schmunzeln.

Insa musste ebenfalls schmunzeln. Dann wurde sie wieder ernst. »Vielleicht hat Kathi ja doch recht.«

»Womit?«

»Dass ich nicht weiß, was ich will.«

Doris strich ihr über die Wange. »Wer von uns kann schon wissen, ob die eine oder andere Entscheidung, die er getroffen hat, auch morgen noch die richtige ist. Wichtig ist doch nur, man weiß, was man genau jetzt in dieser Phase seines Lebens will. Und ich glaube, das weißt du.«

Ja, sie wusste es.

Insa legte den Kopf schräg. »Ich bin verrückt, oder?«

»Ein klitzekleines bisschen. Aber sind wir das nicht alle, wenn wir verliebt sind?«

Benedikt

»Herr Kirchner! Wie gut, dass Sie anrufen. Ihre Frau versucht bereits den ganzen Morgen, Sie zu erreichen.«

Swantje klang gehetzt, völlig aufgelöst. Deshalb unterließ er es, sie bezüglich seines Beziehungsstatus zu korrigieren. Benedikt war sicher, dass Monique seiner Assistentin die Hölle heißgemacht hatte, ihn endlich an die Strippe zu bekommen. Denn immer noch ignorierte er ihre Anrufe. Worüber sollten sie auch reden? Er kannte den Ausgang der Abstimmung. Nachdem Insa in der Früh gegangen war, hatte er Moniques WhatsApp-Nachricht geöffnet, die kurz nach Mitternacht auf seinem Handy eingegangen war. Benedikt hatte darauf gewartet, dass sich beim Lesen irgendein Gefühl einstellen würde. Aber er fühlte nichts, außer dem tennisballgroßen Kloß in seinem Hals.

»Wo brennt's denn?«, fragte er mit gelöster Stimme. Swantjes Kurzatmigkeit klang inzwischen besorgniserregend.

»Frau Kirchner will wissen, wann Sie gedenken, wieder auf der Matte zu stehen.«

Benedikt grinste in sich hinein. Er hegte keine Zweifel, dass seine Assistentin Moniques Wortlaut haargenau wiedergegeben hatte. »Richten Sie meiner Ex-Frau aus, ich treibe mich noch ein paar Tage in den Seemannsspelunken herum.«

Am anderen Ende war nur ein hektisches Atmen zu vernehmen.

»Swantje?«

»Das wird ihr nicht gefallen, Herr Kirchner.«

»Ich weiß. Richten Sie es ihr trotzdem aus.«

Kurz blieb es still, bis Swantje die Luft hörbar entweichen ließ. »Wie Sie meinen …«

»Gut. Sonst noch was?«

»Nein, Herr Kirchner. Nur der Termin mit dem Notar, den Sie bestätigen müssen. Ihre Frau hat bereits zugesagt.«

Notar? Über den Verkauf des Grundstücks war vor gerade mal zwölf Stunden entschieden worden, und sie hatten schon einen Notartermin? Benedikt fragte sich, was Monique noch alles hinter seinem Rücken im Vorhinein eingefädelt hatte. Aber gegenwärtig interessierte ihn das nicht besonders. Er hatte ein gravierenderes Problem.

»Verschieben Sie ihn. Ich melde mich.«

Benedikt legte auf, streifte sein Jackett über und trat in den Garten. Ein regenverhangener Himmel wölbte sich über dem alten Kirschbaum. Es war kühler geworden, und der böige Ostseewind wirbelte die Blätter vom Rasen auf. Die milden, sonnigen Herbsttage auf Hiddensee schienen endgültig vorüber. Wie seine eigene Zeit auf der Insel.

Die Hände in den Hosentaschen, schlenderte Benedikt auf die Hollywoodschaukel zu und ließ sich auf dem Drahtgeflecht nieder. Die rostigen Scharniere quietschten, als er sich zurücklehnte und müde die Augen schloss. Einen Tag, höchstens zwei, länger konnte er seine Abreise nicht mehr hinausschieben. Er musste zurück nach Lüneburg und das tun, was man als Geschäftsführer von *Semaro* von ihm erwartete: Termine wahrnehmen, Preise aushandeln, Verträge absegnen. Doch stattdessen schlug er kostbare Zeit in einer klapprigen Gartenschaukel tot und wartete auf den einen perfekten Moment, um Insa alles zu erklären. Dabei fühlte Benedikt, dass dieser Augenblick längst verstrichen war. Viel zu lange hatte er geschwiegen und den liebeskranken Herrn Krusendorf aus Hamburg gemimt. *Du bist so ein Gefühl, Benedikt.* Spätestens da hätte er es ihr sagen müssen. Aber er hatte nur feige die Klappe gehalten und sie ins Schlafzimmer gezogen. Egal, was er zu seiner Verteidigung vorbringen würde, Insa würde ihm nicht verzeihen.

Plötzlich drang ein dumpfes Krachen an sein Ohr. Benedikt schlug die Augen auf, blinzelte zum Haus. Nichts. Sein Blick wanderte nach links. Dann sah er, was ihn aus seinen finsteren Gedanken gerissen hatte. Oder besser *wer*. Langsam setzte Benedikt sich aufrecht hin und stand dann von der Schaukel auf. Sein Besucher bemerkte ihn, hieb die Axt in den Hauklotz und kam auf ihn zu.

»Guten Morgen«, grüßte er freundlich. Übertrieben freundlich, wie Benedikt fand. »Stört es Sie, wenn ich das Holz hacke?«

»Nein.«

Er wollte weitergehen, doch der Mann wischte schnell seine Hand an der Cargohose ab und streckte sie ihm entgegen.

»Steffen Facklam.«

Benedikt schlug ein. Lange, kräftige Finger spannten sich um seine. Er entzog sich dem viel zu festen Griff und entschied, auf Höflichkeiten zu verzichten. Seinen Namen musste Facklam nicht vor Insa kennen.

»Wie gesagt, machen Sie ruhig weiter. Es stört mich nicht«, sagte Benedikt und wollte ins Haus gehen. Doch Facklam hielt ihn auf.

»Sie sind Benedikt Kirchner, der Chef von *Semaro*, richtig?«

Da wusste er, dass dies kein zufälliger Besuch war, um Holz zu spalten. Ein anderer Grund hatte den Mann hierhergeführt, und Benedikt war sich sicher, dass er ihn gleich erfahren würde.

Er nickte vorsichtig. »Richtig.«

Facklams Mund verzog sich zu einem schiefen Grinsen. »Ich muss schon sagen: Donnerwetter! Sie hätte ich nicht in einem Ferienhäuschen vermutet.«

»Schön, dass ich Sie damit überraschen konnte.«

Noch immer grinsend deutete Facklam zum Ferienhaus. »Und gefällt es Ihnen?«

Benedikt sagte nichts. Er hatte keine Lust auf diese Spielchen.

»Nun, da Sie noch hier sind, muss es das wohl.« Facklams Grinsen verschwand. »Aber falls Sie in Zukunft wegen Ihres neuen Coffeeshops auf Stippvisite sind, möchte ich Sie bitten, sich eine andere Bleibe in Kloster zu suchen.«

»Hören Sie, Herr Facklam, ich denke nicht, dass es Sie …«
»Dass es mich etwas angeht?«, fiel er Benedikt ins Wort. »Wenn das Fahrrad meiner Freundin morgens um halb sechs vor Ihrer Tür steht, geht mich das was an, finden Sie nicht?«

Hatte der Mann Insa und ihm etwa nachspioniert? Benedikt räusperte sich verlegen. »Diese Angelegenheit sollten Sie besser mit Insa klären.«

Facklam stieß ein heiseres Lachen aus. »Insa ist für Sie also eine *Angelegenheit*, ja?«

»Sie wissen, was ich meine.«

Die braunen Augen funkelten zornig. »Ich weiß nur, dass Sie meiner Freundin irgendetwas vorspielen. Auch wenn ich keinen blassen Dunst habe, was Sie damit bezwecken.«

Benedikt ging weiter, doch Facklam fasste ihm grob an den Oberarm. »Es ist Zeit, die Koffer zu packen, Herr Kirchner.«

»Sie sollten besser Ihre Hand wegnehmen«, sagte er, bemüht, souverän zu klingen.

Steffen Facklam gab ihn nach kurzem Zögern frei.

»Hauen Sie ab!«, zischte er. »Es reicht doch, dass Sie Ihr blödes Grundstück bekommen haben und zukünftig mit Ihrem Plastikmüll die Insel überschwemmen.«

Da ihm keine passende Antwort einfiel und er auch kein Verlangen verspürte, weiter mit dem Mann dieses unerfreuliche Gespräch zu führen, ließ Benedikt ihn stehen und ging Richtung Terrasse.

»Insa und ich haben uns ein Haus gekauft, wussten Sie das?«

Abrupt blieb Benedikt stehen. Ein Haus? Wovon redete Facklam da?

»Anscheinend nicht«, hörte er Steffen Facklam hinter sich sagen. »Aber vermutlich hat Insa einfach nur vergessen, zu erwähnen, dass wir gerade im Begriff sind, eine Familie zu gründen.«

Langsam drehte er sich zu dem Mann um. Steffen Facklam sah

ihn mit ausdrucksloser Miene an. Doch Benedikt glaubte, einen wässrigen Schimmer in seinen Augen zu erkennen.

»Wir stecken mitten in den Hochzeitsvorbereitungen. Verstehen Sie das?«

Benedikt nickte wie ferngesteuert, nicht fähig, einen Ton hervorzubringen.

»Machen Sie Insa und mir das nicht kaputt, Kirchner«, sagte Facklam mit zittriger Stimme. »Sie haben doch schon genug bekommen. Packen Sie Ihre sieben Sachen und verschwinden Sie aus unserem Leben.«

Steffen Facklam wartete gar nicht erst auf eine Erwiderung. Mit einem Ruck wandte er sich ab und stapfte davon. Auch als er um die Hausecke gebogen war, rührte Benedikt sich nicht vom Fleck. Regungslos starrte er auf die Hügellandschaft hinter der Steinmauer. Die leuchtende herbstliche Farbenpracht war verschwunden, und nur eine düstere Trostlosigkeit breitete sich vor seinen Augen aus.

Wie in seinem Herzen.

Insa

»Ist dir im Café der Wein ausgegangen?«

Vivienne, die Verkäuferin im *Lütt Eck*, beäugte Insa mit einem schiefen Grinsen.

»I wo!« Insa zog das Portemonnaie aus ihrer Handtasche. »Ein Gast meinte nur, er hätte ihn bei euch gekauft und ich müsste diesen Rotwein unbedingt probieren.«

Skeptisch kräuselte Vivienne ihren glänzenden Lipgloss-Mund. »Die Flasche ist nicht das, was man unbedingt als preiswert bezeichnen würde. Aber eine Rarität? Das wäre mir neu.«

»Freu dich doch, dass euer Sortiment so gut bei den Urlaubern ankommt.« Insa schob einen Geldschein über die Verkaufstheke. »Wir alle werden bald wesentlich weniger Coffee to go verkaufen. Ein anderes Standbein kann da nicht schaden.«

Vivienne nahm den Schein und tippte den Betrag mit ihren neongrün lackierten Fingernägeln in die Kasse ein. »Wem sagst du das?«, stöhnte sie laut. »Mein Chef ist wegen *Semaro* auch schon völlig deprimiert. In Zukunft wird vermutlich jeder, der von der *Blauen Anna* steigt, gleich mit Werbeschild und Maskottchen am Fähranleger begrüßt und dann schnurstracks am *Lütt Eck* vorbeimarschieren. Am Ende darf ich mir noch einen Job auf dem Festland suchen.«

Sie reichte Insa das Wechselgeld. Diese steckte es ins Portemonnaie und ließ es zurück in ihre Tasche gleiten. Insa war über Viviennes Bekümmertheit wegen *Semaro* überrascht. Irgendwie hätte sie darauf gewettet, die junge Verkäuferin aus dem *Lütt Eck* wäre eine der Ersten, die sich bei der trendigen Coffeeshop-Kette bewerben würden. Aber Vivienne stammte aus Kloster und gehörte wohl zu der Gruppe Einheimischer, die *Semaro* kritisch gegenüberstand.

»So schlimm wird es schon nicht werden«, versuchte Insa sie

aufzubauen. »Immerhin habt ihr Friesennerze im Angebot. Die sind bekanntlich ein Dauerbrenner. Und in den Boutiquen meiner Schwägerin werden die Touristen sie ganz bestimmt nicht finden.«

Vivienne grinste. »Kathi und Friesennerze? Was für ein absurder Gedanke.«

»Und den hier gibt es bei euch ja auch.« Insa nahm die Weinflasche in die Hand, schwenkte sie lachend und wandte sich zum Gehen. Nach drei Schritten vernahm sie Viviennes helle Stimme hinter sich.

»Ach, Insa?«

Sie blickte über ihre Schulter zum Verkaufstresen. Die Verkäuferin runzelte nun die Stirn.

»War dein Gast mit dem Rotwein so ein großer Schlanker? Dunkelblonde Haare? Sauteure Klamotten? Freches Grinsen?«

»Passt«, meinte Insa lächelnd, die nicht verwundert war, dass Vivienne sich an Benedikt erinnerte. Er hatte sich wahrscheinlich im *Lütt Eck* genauso bestürzt wie in Doris' Ferienhaus umgeschaut.

Vivienne nickte nur, und Insa lief zur Tür. Als ihre Hand auf der Klinke lag, hörte sie die Verkäuferin noch etwas wie: »Lies heute unbedingt die Zeitung«, rufen, aber da war sie in Gedanken längst wieder bei Benedikt. Draußen fuhr ihr der kühle Wind, der vom Wasser her wehte, durch die offenen Haare. Der Mittagshimmel hing tief über dem Vitter Bodden. Ein nahezu lückenloses, bleigraues Wolkenmeer. Das sonnige Herbstwetter hatte sich verflüchtigt. Vorsorglich zog Insa den Reißverschluss ihrer Jacke bis unters Kinn. Anschließend legte sie Handtasche und Rotwein in den Lenkerkorb, entriegelte das Schloss und zog ihr Fahrrad aus dem Ständer. Doch statt aufzusteigen, schob Insa es selbstvergessen neben sich her. Seit Vicky sie in der Früh angerufen hatte, kreisten ihre Gedanken unablässig um die Zukunft ihres Cafés. Eine Zukunft, die es nach dem gestrigen Beschluss der Gemeinde im Grunde gar nicht mehr hatte. Insa machte sich nichts vor. Es war, wie sie am Morgen zu Doris gesagt hatte: Gegen *Semaro* konnte ihr kleines Inselcafé auf Dauer nicht bestehen.

Womöglich gab sie wirklich zu schnell auf, und vielleicht war Benedikt Krusendorf tatsächlich nicht ganz unschuldig daran. Nein, nicht vielleicht. Ganz bestimmt sogar. Aber warum sollte sie auf der Insel gegen Windmühlen kämpfen, wenn sie eine Zukunft mit Benedikt hatte? *Ich bin mir in meinem ganzen Leben noch nie so sicher gewesen wie mit dir, Insa Brüsehaver.* Und Insa war es sich auch mit ihm. Ihre Zeit als Gastronomin auf der Insel war vorüber, und Benedikt war der Mann, mit dem sie zusammen sein wollte. Wieso sollte sie da keinen Neustart in Hamburg wagen? Heute Abend würde sie Benedikt ihren Entschluss mitteilen. Doch vorher musste sie noch etwas zu Ende bringen.

Insa hatte sich für eine Stunde aus dem Café gestohlen, weil sie zu Steffen in den Fahrradverleih wollte. Es wäre unfair, ihn noch länger in dem Glauben zu lassen, dass sich alles wieder einrenken würde. Ihre Beziehung war vorbei. Zumindest für sie. Woran Benedikt Krusendorf jedoch die wenigste Schuld traf. Die Sache mit dem Hauskauf in Neuendorf hätte Insa auch wütend gemacht, wenn er nicht in ihr Leben getreten wäre. Steffen hätte eine solch tief greifende Entscheidung niemals alleine fällen dürfen.

Insa spürte, wie ihr mit jedem Meter flauer im Magen wurde. Seit ihrem Streit im Café sah sie dem Gespräch mit einem gewissen Unbehagen entgegen. Steffens aggressives Auftreten war eine Seite, die sie bisher nicht an ihm gekannt und in ihr ein seltsames Gefühl der Beklemmung hinterlassen hatte. Wie würde er wohl reagieren, wenn sie ihm sagte, dass endgültig Schluss zwischen ihnen war?

Das Schellen einer Klingel ließ Insa zusammenfahren. Sie riss den Kopf hoch, und ein Junge auf einem Laufrad schoss an ihr vorbei. Noch immer erschrocken, schaute Insa ihm nach und stellte fest, dass sie die Abzweigung ins Dorf verpasst hatte. Sie stand mitten auf dem Fähranleger. Insa schimpfte leise über ihre eigene Schusseligkeit und wendete das Rad. Dabei streifte ihr Blick die *Blaue Anna*, die in den Hafen einlief. Eine größere Gruppe von Passagieren wartete bereits ungeduldig am Kai. Familien mit Kindern, Paare jeden Alters und Wanderer mit Rucksack und Trekkingstöcken. Das unwirtliche Wetter vertrieb die Menschen von der Insel. Sie wollte gerade auf ihr Fahrrad steigen und den Weg ins Dorf nehmen, als sie etwas innehalten ließ. Wenige Meter von der Menge entfernt erblickte Insa eine lederne Reisetasche und einen schwarzen Pilotenkoffer. Daneben saß ein Mann auf einem Hafenpoller. Er hatte ihr den Rücken zugewandt. Sie erkannte sein Haar, das Jackett, die braunen Schuhe. Insa war sich sicher, wer da an der Kaikante hockte. Dennoch verstand sie es nicht. Wieso wartete Benedikt mit gepackten Taschen auf die Fähre?

Erneut wendete Insa das Rad. Ihre Knie wurden weich, während sie sich ihm näherte. Gleichzeitig sagte sie sich jedoch, dass es keinen Grund gab, beunruhigt zu sein. Jemand aus seiner Familie könnte in einen Unfall geraten oder plötzlich schwer erkrankt sein und er hatte keine Zeit mehr gefunden, sie im Café aufzusuchen. Es würde schon eine plausible Erklärung für diese unerwartete Abreise geben.

Jetzt war sie nur noch wenige Schritte von ihm entfernt. Insa blieb stehen. Ihre Stimme drohte zu versagen, als sie ihn ansprach.

»Benedikt ...«

Abrupt sprang er vom Poller auf und wirbelte herum. Insa konnte nicht sagen, welcher Ausdruck in seinem Gesicht lag. Verwirrung? Entsetzen? Scham? Sie wusste nur, dass es etwas war, was sie sich keinesfalls erhofft hatte.

»Was tust du hier?«, stammelte er und fuhr sich nervös durch die Haare.

»Diese Frage sollte wohl besser ich stellen.« Insa deutete auf sein Gepäck.

Benedikt hob den Blick in den grauen Himmel. Sein Adamsapfel hüpfte unruhig, während er schluckte. Endlose Sekunden verstrichen, ehe er sie wieder anschaute.

»Ich kann nicht, Insa.«

»Was kannst du nicht?«

»Bleiben.« Er machte einen Schritt auf sie zu. »Bei dir.«

»Gibt es einen Notfall?«, fragte sie überflüssigerweise. Denn sie hatte längst begriffen, was er ihr beibringen wollte.

Unmerklich schüttelte Benedikt den Kopf.

»Dann bleib ... ich meine, du musst nicht fahren ... nicht jetzt«, erwiderte sie stockend.

Er stand nun direkt vor ihr. »Ich muss zurück, Insa. Zurück in mein altes Leben.«

Ein stählerner Ring zog sich um ihre Brust. »Und was ist mit: Diese Dinge spielen alle keine Rolle mehr, wenn man sich sicher ist?«

Benedikt wollte nach ihren Händen greifen, die den Lenker umfassten. Doch sie wich ihm aus, indem sie das Rad ein Stück nach hinten schob. Seine Arme sanken hinab.

»Ich bin mir sicher. Immer noch. Aber ...« Er schaute zur Fähre, als überlegte er, wie er ihr sein Handeln erklären sollte, ohne sie zu verletzen. Dabei hatte er es längst getan. Nach einer Weile sah Benedikt sie wieder an, und ein trauriger Zug lag um seinen Mund.

»Ich kann nicht über meinen Schatten springen.«

Insa brauchte einen Moment, bis sie verstand, was er ihr sagen wollte. Franz hatte sein altes Leben aufgegeben, seine Träume für Helene begraben. Benedikt war nicht wie Franz. Er konnte es nicht. Nicht für sie.

Ohne ein Wort des Abschieds stieg Insa auf ihr Rad und ließ Benedikt am Fähranleger zurück. Und mit ihm ihr Bauchgefühl, das sie so schmerzhaft betrogen hatte.

Insa

Ein Zittern ging durch ihren Körper. Insa öffnete die Augen und setzte sich auf. Das Badewasser war eiskalt, der Schaum hatte sich schon seit geraumer Zeit aufgelöst. Fröstelnd kletterte sie aus der Wanne. An der Tür hing ihr Bademantel. Der dicke, flauschige Stoff streichelte wärmend ihre Haut. Insa ließ das Wasser ab, nahm die Bodylotion und ging in ihr Zimmer. Dort holte sie Slip und Socken aus dem Schrank und plumpste aufs Bett. Mit der Kapuze rubbelte sie sich die Haare trocken und griff anschließend nach der Lotion, um sich einzucremen. Ihre Haut war vom langen Liegen in der Wanne geradezu aufgeweicht. *Schrumpelig wie eine welke Kartoffel*, ging es ihr durch den Kopf. Insa spürte, wie Tränen in ihre Augen schossen. Mit Nachdruck stellte sie die Flasche auf den Nachttisch zurück. Für heute hatte sie genug herumgeheult.

Vom Hafen war Insa direkt zum Haus ihrer Tante gefahren. Sie hatte Doris angerufen und sie gebeten, noch eine Weile im Café die Stellung zu halten. Zwei Stunden darauf hatte Insa ihre Tränen mit dem Ärmel abgewischt und war zurück an ihre Arbeit gegangen. Doris hatte kein Wort über ihre roten Augen verloren, nur sacht ihre Wange gestreichelt. Wie immer schien ihre Tante genau zu wissen, was sie gerade brauchte. Nach dem Feierabend war Insa dann in die Badewanne gestiegen und hatte versucht, sich einzureden, dass Benedikts Abreise richtig war. Schließlich ging es nicht allein um sie beide. Auch wenn ihre Beziehung zu Steffen bereits vorher einen Knacks weggehabt hatte, musste das nicht zwingend für Benedikts Partnerschaft gelten. Sie selbst hatte doch vor wenigen Tagen noch die Ansicht vertreten, dass man wegen ein paar Schmetterlingen im Bauch nicht gleich alles hinschmiss. Womöglich Ehefrau und Kinder im Stich ließ. Nein. Benedikt hatte nur vernünftig, besonnen entschieden. Dennoch ... Es schmerzte Insa. Er hatte Hoffnungen in ihr geweckt, sie träumen lassen und war dann aus ihrem Leben verschwunden. Aber wie hatte Vicky gestern gemeint? *Ein Restrisiko bleibt immer.*

Das kurze, schrille Läuten der Türglocke riss sie aus ihren düsteren Gedanken. Insa lauschte in die Stille des Hauses, wartete auf Doris' vertraute Schritte im Flur. Aber nichts rührte sich. Als der Besucher sich erneut bemerkbar machte – das Klingeln war inzwischen in einen lang gezogenen Ton übergegangen – fiel ihr ein, dass Doris bei ihrem Romméabend im *Klabautermann* war. *Verflixt!* Sie verspürte wenig Lust, jemandem aus dem Dorf wegen ihrer verquollenen Augen Rede und Antwort zu stehen. Das Beste wäre, den ungebetenen Besucher einfach zu ignorieren. Doch mit dem dritten Läuten unterstrich er die Dringlichkeit seines Anliegens, und Insa gab sich geschlagen.

Rasch schlüpfte sie in ihre Unterwäsche, streifte Jeans und Pullover über und verließ das Zimmer. Auf der Treppe musste sie an Benedikts Sturmklingeln vor vier Tagen denken, an sein warmes Lächeln, mit dem er durch die Tür getreten war. Obwohl ihr Kopf sie lächerlich schimpfte, keimte in ihrem Bauch ein Funken Hoffnung auf, dass er der späte Besucher war. *Ich bin mir sicher. Immer noch.* Unwillkürlich nahm Insa die Treppenstufen schneller. Unten hielt sie inne, um sich zu sammeln. Viel Zeit dafür blieb jedoch nicht. Die Türglocke schrillte immer energischer. Nach einem letzten tiefen Atemzug riss sie die Haustür auf.

»Oh ...«

Insa wusste nicht, welches Gefühl in ihr mehr überwog. Überraschung oder Enttäuschung.

»Darf ich reinkommen?«

»Ist etwas passiert?«, fragte sie alarmiert. Ihr Bruder tauchte nie grundlos bei ihr auf. Und Sturm klingelte er erst recht nie.

»Nein, ich möchte nur ...«, er stockte, »... einiges richtigstellen.«

»Christian, das ist gerade kein guter Zeitpunkt«, erwiderte Insa matt, die ahnte, dass es um die Gemeinderatsabstimmung ging.

»Nur ein paar Minuten.« Mit einem Kopfnicken wies er Richtung Küche.

Eine Fürbitte um Verständnis für Kathis finanzielle Notlage war das Letzte, was Insa jetzt hören wollte. Trotzdem zog sie die Tür ganz auf. Im Gegensatz zu Benedikt versuchte Christian ihr wenigstens seine Beweggründe zu erklären. Und das rechnete Insa ihrem Bruder hoch an.

Sie lief voran in die angrenzende Küche und stellte sich ans Fenster. Der böige Wind rauschte ungestüm durch den Goldregen vor dem Haus. Am Abendhimmel brach sich der Mond durch die schwere Wolkendecke.

Nachdem Christian seine Jacke an die Garderobe gehängt hatte, kam er zu ihr in die Küche und holte zwei Stühle unter dem Tisch hervor. »Wollen wir uns nicht besser setzen?«

»Nein.« Insa verschränkte demonstrativ die Arme vor dem Oberkörper. Sollte er ruhig spüren, dass sie stinksauer auf ihn war.

Aus dem Augenwinkel erkannte sie, wie Christian bittend stehen blieb, schien aber doch zu merken, dass sie seiner Aufforderung nicht folgen würde. Er nahm Platz und legte die Hände ineinandergefaltet auf den Tisch. Mit gewichtiger Miene schaute Christian zu ihr auf.

»Als Bürgermeister bin ich verpflichtet, die Interessen aller Einwohner der Gemeinde zu vertreten, Insa«, begann er ohne Umschweife. »Ich darf mich bei meiner Entscheidungsfindung nicht von persönlichen Motiven leiten lassen. Deshalb ...«

»Dafür bist du hergekommen?«, unterbrach sie ihn. »Um mich mit diesen abgedroschenen Phrasen zu besänftigen?«

»Ich bin gekommen, um mit dir zu reden.«

»Reichlich spät, findest du nicht?«

»Ich war hier, aber du hattest keine Zeit.« Seine buschigen Augenbrauen fuhren in die Höhe. »Du erinnerst dich?«

Natürlich tat sie das. Wie sollte sie es auch vergessen? Es war der

Abend, an dem Benedikt bei ihr gewesen war. Der Tag, an dem sie sich Hals über Kopf verliebt hatte. Trotzdem hatte Christian keinerlei Recht dazu, ihr den Schwarzen Peter zuzuspielen. Er war es gewesen, der sie hatte auflaufen lassen.

»Es dürfte noch genug andere Gelegenheiten dafür gegeben haben«, sagte Insa mit Trotz in der Stimme. »Aber du hast es ja vorgezogen, deiner Frau diese undankbare Aufgabe zu überlassen. Obwohl ich in Kathis Fall so meine Zweifel hege, dass sie es ungern getan hat. Ich habe auf dem Geburtstag unserer Tante wie eine Idiotin dagestanden.«

»Was einen handfesten Ehestreit zwischen Katharina und mir ausgelöst hat.«

»Keine Sorge, Bruderherz«, Insa lachte heiser, »die gestrige Abstimmung dürfte deine Frau sicher wieder milde gestimmt haben.«

Ihr Bruder hob beschwichtigend die Hand. »Ich weiß, ich hätte früher mit dir über *Semaro* und den Grundstücksverkauf sprechen müssen. Und zwar allein. Doch an meiner Situation hätte es nichts geändert.«

»An *deiner* Situation?«, wiederholte sie konsterniert. »Mein Café wird die nächste Saison nicht überleben, Christian.«

»Das habe ich nicht zu verantworten.«

Seine Dreistigkeit verschlug Insa beinahe die Sprache. »Du sitzt doch in der Gemeindevertretung, oder irre ich mich?«

»Tust du nicht, aber ...«

»Na also!«, unterbrach sie ihn unwirsch. »Dank dir kann ich dichtmachen. Und von der Verschandelung unseres Ortes will ich gar nicht erst reden.«

Eine Weile starrte Christian sie schweigend an, bis er sich leise räusperte: »Dürfte ich auch mal etwas sagen?«

Urplötzlich wurde Insa bewusst, dass sie sich in ihre Wut hineingesteigert hatte. Betreten ließ sie die Arme sinken. »Ja. Bitte.«

Christian stand auf. Er kam näher und setzte sich auf die Tischkante. Auffordernd streckte er ihr die rechte Hand entgegen. Nach kurzem Zögern legte Insa die ihre hinein.

»Du weißt, dass ich von deiner Idee, Vickys Café zu übernehmen, nie sonderlich begeistert war. Doch das hatte nichts damit zu tun, dass ich an deiner Begeisterung oder Ernsthaftigkeit für die Sache Zweifel hatte, nur allein damit, dass ich uns beiden so etwas wie das hier ersparen wollte.« Christian drückte ihre Hand fester. »Mir war klar, früher oder später würde ich im Gemeinderat eine Entscheidung treffen müssen, die dir wenig gefallen würde. In meinen acht Jahren als Bürgermeister habe ich diese Situation zu oft erlebt. Du glaubst gar nicht, wie viele Insulaner wegen eines von mir abgesegneten Beschlusses spinnefeind mit mir sind.« Er zuckte gleichgültig die Schultern. »Das geht in Ordnung, und ich kann damit leben. Aber wenn es bedeutet, meine kleine Schwester unglücklich zu machen, kann ich es nicht.«

Irritiert sah Insa ihn an. »Soll das heißen, du hast nicht für *Semaro* gestimmt?«

Er nickte. »Das versuche ich dir die ganze Zeit zu sagen, aber du lässt mich ja nicht zu Wort kommen.«

Sie konnte es nicht glauben. »*Du* hast gegen den Grundstücksverkauf entschieden?«

»Nein.«

Nun war sie komplett durcheinander. »Christian, ich verstehe nicht …«

»Ich habe mich der Stimme enthalten.«

Insa ließ seine Worte auf sich einwirken, verstand und nickte langsam. »Das bedeutet mir sehr viel. Auch wenn es am Ende nichts genützt hat.«

»Gib nicht gleich auf, Schwesterherz. Noch steht der Kaffeetempel nicht. Bis zur Eröffnung fließt noch viel Wasser in die Ostsee.« Er lächelte aufmunternd. »Ich verspreche dir, ich werde es dem feinen Herrn Kirchner so schwer wie nur irgend möglich machen.«

Insa sah über seine Schulter. Natürlich wurmte sie das positive Votum für *Semaro* nach wie vor. Aber in den letzten Stunden hatte Benedikt die Zukunft ihres Cafés weit in den Hintergrund rücken lassen. Abgesehen davon hatte sie im Moment auch keine Kraft, sich über ihren neuen, übermächtigen Kontrahenten aufzuregen.

»Danke, Christian«, sagte Insa matt.

Wortlos zog er sie an sich und nahm sie in den Arm. Es war lange her, dass Christian das getan hatte. Trotzdem fühlte es sich vollkommen vertraut an, und Insa merkte, wie sehr sie die Nähe ihres großen Bruders vermisst hatte. Unweigerlich stiegen Tränen in ihr hoch. Sie war überrascht, dass sie überhaupt noch welche hatte.

Nach einer Weile lösten sie sich voneinander. Insa knuffte Christian in seinen muskulösen Oberarm. »Hast du noch Zeit, oder ruft bereits wieder die bürgermeisterliche Pflicht?«

»Auch der Dorfschulze hat ein Anrecht auf Freizeit«, entgegnete er lachend.

»Was du zu oft vergisst.«

»Ich bin auf dem Weg der Besserung.«

Insa ging zur Anrichte hinüber, wo neben ihrer Handtasche die Rotweinflasche aus dem *Lütt Eck* stand. Ursprünglich hatte sie andere Pläne für den Wein gehabt, doch die hatten sich bekanntlich zerschlagen. Jetzt konnte sie ihn wenigstens entkorken, um mit ihrem Bruder das Kriegsbeil zu begraben. Sie nahm zwei Weingläser aus der Anrichte und stellte sie auf den Küchentisch, an dem Christian inzwischen wieder Platz genommen hatte.

»Und Kathi? Was sagt sie zu deiner Entscheidung?«, erkundigte Insa sich neugierig, während sie in der Schublade nach einem Korkenzieher suchte.

»Keine Ahnung.« Er grinste schief. »Wir haben Ehekrach, wie du weißt.«

»So schlimm?«

»Schlimmer.«

Mit betretenem Blick hielt sie ihm Wein und Korkenzieher hin. »Das wollte ich nicht.«

»Den Streit habe ich ganz allein vom Zaun gebrochen«, sagte er kopfschüttelnd und nahm ihr die Sachen ab. »Du brauchst dich nicht schuldig zu fühlen.«

»Irgendwie fühle ich mich trotzdem dafür verantwortlich.«

»Das musst du wirklich nicht«, der Korken ploppte aus der Flasche, »Katharina wird sich wieder beruhigen. Du kennst sie doch. Sie macht gern viel Lärm um nichts.«

Außerdem hat sie ja bekommen, was sie will, dachte Insa, froh, es nicht laut ausgesprochen zu haben. Kathi blieb trotz ihres hässlichen Disputs auf Doris' Geburtstag immer noch Christians Ehefrau.

»Und ihr?«

»Ihr?«, echote Insa, während sie sich ebenfalls hinsetzte.

»Na, Steffen und du.« Er reichte ihr ein volles Weinglas. »Ich nehme mal an, er ist der Grund für deine roten Augen.«

Sie zuckte innerlich zusammen. Seit sie Benedikt am Fähranleger begegnet war, hatte sie keine einzige Sekunde mehr an Steffen gedacht. Dabei war sie gerade auf dem Weg in den Fahrradverleih gewesen, um endlich reinen Tisch mit ihm zu machen.

»Steffen und mich gibt es nicht mehr«, wisperte sie.

»Verstehe ich.« Christian nickte unmerklich. »Ich hätte nie geglaubt, dass Steffen sich einfach so über dich hinwegsetzen würde.«

Insa war wenig überrascht. Christian war Steffens bester Freund. Natürlich wusste er von ihrem Streit wegen des Hauskaufs.

»Das zwischen uns funktionierte schon länger nicht mehr. Ich brauchte nur einen Anstoß, um es zu begreifen«, gestand sie. »Der Hauskauf hat das Ende unserer Beziehung nur besiegelt.«

Christian starrte sie an. »Welches Haus?«

»Das Haus in Neuendorf? ... Das Haus, das er eigenmächtig für uns gekauft hat?«, entgegnete sie mit einem unsicheren Lachen und nippte kurz an ihrem Wein. Die Ahnungslosigkeit ihres Bruders irritierte sie. »Was hattest du denn gemeint?«

Für ein paar Sekunden blieb der verwirrte Ausdruck auf seinem Gesicht, dann machte er eine wegwischende Handbewegung und sagte salopp: »Nichts Wichtiges.«

»Oh, nein, so leicht kommst du mir nicht davon.« Insa setzte das Weinglas ab. »Was ist los?«

Er zierte sich noch immer. »Das sollte dir Steffen besser selbst sagen.«

»Christian!« Sie zwickte ihn in den Oberschenkel. »Aus der Nummer kommst du sowieso nicht mehr heraus.«

»Ja, doch«, gab er sich knurrend geschlagen.

Christian hob sein Weinglas an die Lippen. Er trank es in einem Zug leer und umschloss danach Insas Hand, die auf der Tischplatte lag. Wieder lag dieser gewichtige Ausdruck auf seinem Gesicht.

»Die Abstimmung fand unter Ausschluss der Öffentlichkeit statt. Eigentlich dürfte ich ...«

»Komm zum Punkt!«

»Steffen hat für *Semaro* gestimmt.«

Insa spürte den Worten nach. Aber nichts. Weder Wut noch Enttäuschung lösten sie in ihr aus. Sie war nicht einmal überrascht.

»Irgendwie hatte ich nach unserem Streit damit gerechnet.« Sie lehnte sich zurück. »*Semaros* Coffeeshop ist auch für Steffen ein Segen. Je mehr Besucher auf der Insel, desto höher die Auslastung seines Fahrradverleihs. Und mir gegenüber muss er sich nun nicht mehr verpflichtet fühlen.«

Ihr Bruder brummte, was Insa als eine mürrische Zustimmung interpretierte. Sie lächelte versöhnlich.

»Hauptsache, du hast nicht für diese Profitgeier gestimmt.«

Noch einmal schenkte Christian sich ein, schob das Glas aber beiseite und stierte verärgert vor sich hin.

»Was dachte Doris sich eigentlich dabei, den Mistkerl in ihrem Ferienhäuschen wohnen zu lassen?«

Insa hielt die Luft an. Jetzt war sie wirklich überrascht. Hatte Doris ihrem Bruder von Benedikt erzählt? Sie konnte es kaum glauben. Aber seine Wortwahl ließ keine Zweifel daran.

»Du weißt davon?«

»Wir wohnen auf einer Insel«, meinte er amüsiert. »Hier bleibt nichts geheim.«

Sie schluckte. Einerseits war sie froh, dass Doris nicht geplaudert, sondern der Buschfunk die Runde gemacht hatte. Wahrscheinlich hatte jemand aus dem Dorf sie mit Benedikt am Hafen stehen und dann heulend davonradeln sehen. Andererseits war Insa etwas unbehaglich zumute, weil ihr Bruder über Benedikt Bescheid wusste. Nun würde er nicht lockerlassen, bis er jede Einzelheit aus ihr herausgequetscht hatte.

»Es ist alles noch zu nah«, sagte Insa müde. »Ich kann und will noch nicht über ihn reden.«

»Müssen wir auch nicht.« Christian drückte mitfühlend ihre Hand. »Doch ich wüsste schon gern, was in unsere Tante gefahren ist, Kirchner in ihrem Ferienhaus einzuquartieren.«

Insa lachte leise auf. »Krusendorf.«

»Wie bitte?«

»Du hast eben Kirchner gesagt. Vermutlich, weil du gedanklich noch immer bei der Abstimmung warst. Mein Benedikt heißt aber Krusendorf.«

Blitzartig ließ Christian sie los. »Sekunde! Über wen reden wir hier eigentlich?«

»Benedikt Krusendorf.« Insa warf ihrem Bruder einen fragenden Blick zu. »Er wohnt im *Haus Helene* ...«, sie stockte und verbesserte sich, » ... wohnte.«

Erneut leerte Christian sein Weinglas in einem Zug. Langsam begann Insa, sich über das merkwürdige Verhalten ihres Bruders ernsthaft zu wundern.

»Wo hat Doris die Zeitung?« Christian schob den Stuhl zurück und blickte sich suchend in der Küche um.

»Die Zeitung von heute?«

»Ja. Wo ist sie?«

Insa hob die Achseln. »Ich weiß nicht ... in der Diele, glaube ich.« Sie erinnerte sich vage, sie am Morgen dort auf den Schuhschrank gelegt zu haben.

Ihr Bruder stürmte aus der Küche.

»Christian«, rief sie ihm nach. »Erklär mir endlich, was hier los ist!«

Sekunden später kam er in der Zeitung blätternd zurück.

»Ich schätze, das solltest wohl besser du *mir* erklären.« Christian hob den Kopf. Anscheinend hatte er gefunden, wonach er suchte. Langsam kam er zum Tisch und legte die aufgeschlagene Zeitung vor sie hin. Sein Gesicht war kalkweiß. Und der Ausdruck darin ließ ein seltsames Unbehagen in ihr aufsteigen. Sie konnte nicht sagen, warum, aber er machte ihr Angst. Wie in Zeitlupe senkte sie den Kopf. Unruhig huschte ihr Blick über die dicht bedruckte Seite, bis er rechts unten ein Foto einfing. Insa stockte der Atem. Neben einer Brünetten im perfekt sitzenden Kostüm stand Benedikt. Die weißen Hemdsärmel aufgekrempelt, blickte er direkt in die Kamera. Obwohl das Haar etwas kürzer und sein Teint eine Spur sonnengebräunter schien, war es fraglos Benedikt. Nur die Bildunterschrift stimmte nicht. *Der Familienname.* Wieder und wieder glitten Insas Augen über die Zeilen, bis ihr Verstand das

Unmögliche endlich akzeptierte. Sie hatte ihr Herz an den Mann hinter *Semaro* verloren.

Sechs Wochen später

Insa

»Drei Bleche *Hiddenseer Welle*. Denkst du, die werden reichen?«

Insa goss einen Liter Sahne in die Rührschüssel und schaute zu ihrer Tante Doris hinüber, die gerade eine Buttercremetorte mit einer riesigen Zwanzig verzierte.

»Sicher. Der Kurdirektor meinte, höchstens dreißig Gäste. Dazu die Obstböden, vier Hefezöpfe und die hier …«. Doris legte den Spritzbeutel beiseite und begutachtete ihr Werk. »Das langt allemal.«

»Hoffentlich.«

Doris bedachte sie mit einem nachdenklichen Blick. »Wieso diese Zweifel? Wir beide stemmen eine Kaffeetafel nicht zum ersten Mal.«

»Es soll eben alles perfekt sein.« *Klang sie trotzig?*

»Du musst niemandem etwas beweisen, Insa. Weder dem Kurdirektor noch Herrn Kirchner.«

»Aber mir.«

Jetzt klang sie ganz sicher trotzig.

Schnell schaltete Insa das Rührgerät ein und versenkte die Rührstäbe in der Schüssel, ehe ihre Tante zu einer Erwiderung ansetzen konnte. Bis zum Eintreffen der Gäste lag noch ein straffes Pensum vor ihnen, und sie sollten sich besser ranhalten. Dazu war Insa nicht in der Stimmung, um tiefgründige Gespräche zu führen. Und über Benedikt Kirchner schon gar nicht. Mit Nachdruck stellte sie das Rührgerät auf die höchste Stufe, damit der Krach sie ablenkte. Doch es half nicht. Wie die Rührstäbe in der Sahne rotierten ihre Gedanken längst wieder um Benedikt.

Seit er vor sechs Wochen von der Insel verschwunden war, hatte

Insa ein regelrechtes Wechselbad der Gefühle durchlebt. So intensiv und heftig, dass sie mittlerweile nicht mehr wusste, welches davon sie eigentlich am stärksten getroffen hatte: Schock. Verzweiflung. Wut auf Benedikt. Wut auf sich selbst. Verbitterung. Traurigkeit. Hoffnung. Rache. Sie konnte es nicht sagen. Anfangs war Insa wie gelähmt gewesen, hatte kaum geschlafen und keinen einzigen Bissen runtergekriegt. Im Café hatte sie Doris die Bewirtung der Gäste überlassen und sich tagelang nach hinten verkrochen. Dorthin, wo niemand mitbekam, wenn ihr urplötzlich Tränen in die Augen schossen, sie laut meckerte oder wütend die Eier aufschlug. Dabei sollte sie eigentlich rein gar nichts für diesen Mann empfinden. Benedikt Kirchner hatte sie gezielt belogen und getäuscht. Es wäre nur folgerichtig, ihn aus ihren Gedanken zu verbannen. Aus ihrem Herzen.

Und doch schaffte sie es nicht.

Seine Nummer war noch immer in ihrem Handy abgespeichert. Christian hatte Benedikts Visitenkarte noch am selben Abend, an dem er ihr die Augen über ihren Herrn Krusendorf geöffnet hatte, kommentarlos auf Doris' altes Büfett gelegt. Gefühlte hundert Nachrichten hatte Insa Benedikt schon geschrieben, enttäuschte, verzweifelte. Meistens wünschte sie ihm darin die Pest an den Hals. Nur abgeschickt hatte sie keine einzige davon. Nicht etwa, weil ihr Benedikts Antwort gleichgültig war, sondern vielmehr, weil sie sich davor ängstigte, am Ende vergeblich auf eine Antwort von ihm zu warten.

»Hat der Kurdirektor Butter zum Dienstjubiläum bestellt?«

Insa fuhr herum. Hinter ihr stand Vicky Wolff.

»Was meinst du?« Sie stellte das Rührgerät aus und sah die Pensionswirtin irritiert an.

»Das da.« Sichtlich erheitert deutete Vicky in die Schüssel, wo die Rührstäbe inzwischen in einem gelben, zähen Klumpen steckten. Sie hatte die Sahne zu Butter geschlagen.

Laut schimpfend zog Insa den Stecker und knallte das Rührgerät hart auf die Arbeitsplatte. Sie spürte, wie ihre Augen feucht wurden. *Wieder einmal.*

»Hey, Insa.« Vickys Arm legte sich um ihre Schultern. »Das ist doch kein Beinbruch, hm?«

»Nein, ... aber ...«, schniefte sie und brach ab. Es gab kein Aber. Es *durfte* keines geben. Trotzdem fing sie bei jeder Gelegenheit an zu heulen.

»Komm mal mit.«

Vicky führte Insa nach nebenan ins leere, halbdunkle Café. Da es erst kurz vor sieben war, hatten sie noch geschlossen, und nur die Lichter über dem Tresen waren eingeschaltet. Am Fenster drückte Vicky sie in eine Polsterbank und hielt ihr eine Packung Taschentücher hin. »Du trocknest deine Tränen, und ich mache uns einen Kaffee.«

Insa zog ein Taschentuch heraus und schnäuzte hinein, unterdessen schaltete Vicky den Kaffeeautomaten an. Neben Christian und Doris war auch ihre Verpächterin in ihre bittersüße Liaison mit Benedikt Kirchner eingeweiht. Insa war froh, sich vor Vicky nicht verstellen zu müssen. Sie fühlte sich dadurch irgendwie weniger als Abtrünnige im Dorf.

Vicky kam mit zwei Tassen zurück und setzte sich ihr gegenüber.

»Wo ist Doris hin?«, fragte Insa, der aufgefallen war, dass keine Geräusche mehr aus der Küche kamen.

»Sahne holen.«

»Sahne? Wir haben doch reichlich da.«

»Das war nur Spaß.« Vicky strich ihr lächelnd über die Hand. »Doris wollte kurz ins *Lütt Eck*. Ich bin ihr an eurem Hintereingang begegnet.«

»Ach so.« Mit einem letzten Schniefen stopfte Insa das Taschentuch in ihre Hosentasche.

»Und?« Vicky warf die kupferrote Lockenmähne nach hinten

und führte ihre Tasse an den Mund. »Wer ist schuld an der Butter? Benedikt Kirchner oder Steffen Facklam?«

Steffen. Ein mulmiges Gefühl machte sich in Insas Magen breit. Wie immer, wenn sie an ihn dachte. Einen Tag nach Benedikts Abreise hatte sie ihm in einer dreizeiligen WhatsApp-Nachricht mitgeteilt, dass ihre Beziehung vorbei war. Endgültig. Auch jetzt, sechs Wochen später, fühlte Insa sich deshalb entsetzlich. Trotz aller Verbitterung wegen seines Alleingangs mit dem Hauskauf war ihr Verhalten unentschuldbar. Sie war wütend auf Benedikt, und Steffen hatte es abbekommen. Sie hatte sich wie eine pubertierende Vierzehnjährige aufgeführt.

Und gerade tue ich es wieder, dachte sie verzagt.

»Ich habe Steffen nicht mehr gesprochen, seit …«, Insa stockte und fügte leise hinzu, » … du weißt schon.«

»Ich weiß.« Vicky setzte die Tasse ab. »Und *du weißt*, dass du da Riesenmist gebaut hast.«

Insa blickte verschämt auf die Tischplatte und ließ die Fingerspitzen darübergleiten.

»Du solltest noch einmal mit Steffen reden«, hörte sie Vicky nach einer Weile eindringlich sagen.

»Ich glaube kaum, dass er mir zuhören wird, nach allem, was gewesen ist.«

»Papperlapapp! Du kennst Steffen. Er wartet nur auf ein Zeichen von dir.«

Es stimmte, was Vicky sagte. Und das wusste sie. Insa hatte natürlich bemerkt, dass Steffen weiterhin ihre Nähe suchte. Ständig lief er wie zufällig draußen vor dem Café entlang oder fuhr mit dem Mountainbike am Haus ihrer Tante vorbei.

»Vielleicht hast du recht«, sagte sie. »Ich sollte das endlich bereinigen. Wir können uns auf einer Insel ja schlecht für den Rest unseres Lebens aus dem Weg gehen.«

Vicky hob überrascht die Brauen. »Du hast dich also entschieden, *Semaro* die Stirn zu bieten?«

Insa spürte, wie der Trotz zurückkehrte, mit dem sie bereits ihrer Tante vor einigen Augenblicken beim Thema Benedikt Kirchner begegnet war.

»Ich mache mir nichts vor, Vicky. Früher oder später werde ich das Café schließen müssen, sobald *Semaro* seine Türen öffnet. Aber bis dahin gebe ich alles.« Sie hob den Blick. »Und von Hiddensee lasse ich mich von Herrn Kirchner schon gar nicht vertreiben.«

Dabei hätte sie die Insel noch vor wenigen Wochen mit Freuden für Benedikt verlassen. *Welch Ironie,* dachte Insa bitter.

Mit einem Stirnrunzeln beugte Vicky sich vor. »Auf wen bist du wirklich sauer, Insa?«

»Ich verstehe nicht, was du meinst«, sagte diese verwirrt.

Vickys Augen wurden schmal. »Bist du sauer auf Benedikt Kirchner, weil er dich angelogen hat, oder bist du sauer auf dich, weil du noch immer Gefühle für ihn hegst?«

Ohne dass Insa es wollte, wurde ihre Stimme schrill. »Natürlich hege ich Gefühle für ihn. Ich bin stinkwütend.«

»Und das zu Recht«, entgegnete Vicky ruhig, »diese Krusendorf-Nummer war unterste Schublade. Zumal ihm bekannt war, dass du das Café selbst betreibst.«

»Eben.« Insa streckte rebellisch das Kinn vor, merkte aber, wie halbherzig die Geste herüberkam.

Vicky legte die Hand auf ihre. »Aber wenn du ehrlich mit dir selbst bist, wurmt es dich doch viel mehr, dass du trotz allem verrückt nach diesem Scheißkerl bist.«

Insas trotzige Haltung fiel in sich zusammen. Es tat bereits weh, sich die Wahrheit in Gedanken einzugestehen. Sie ausgesprochen zu hören, war jedoch weitaus schmerzhafter.

»Bin ich so leicht zu durchschauen?«, fragte Insa leise.

»Du vergisst, dass ich dieses Café jahrelang selbst geführt habe.«

Vicky schmunzelte. »Ich habe hier schon die eine oder den anderen sitzen und vor Liebeskummer zerfließen sehen.«

Insa musste lachen, obwohl ihr alles andere als danach war. »Ich bin ein beklopptes Huhn, was?«

»Bist du«, antwortete Vicky und lachte ebenfalls. Doch dann drückte sie Insas Hand und sagte in einfühlsamem Ton: »Aber Liebe ist nun mal Gefühl und nicht Verstand.«

Insa ließ die Worte auf sich wirken. Ja, es stimmte. Alles in ihrem Kopf schrie danach, Benedikt Kirchner nichts als Gleichgültigkeit entgegenzubringen. Er hatte sie verletzt und wissentlich mit ihren Gefühlen gespielt. Trotzdem verspürte Insa noch immer dieses warme, flaue Ziehen in ihrem Bauch, wenn sie an ihre gemeinsamen Stunden im *Haus Helene* dachte.

»Meinst du, es hört irgendwann wieder auf?«, fragte sie seufzend.

Vicky sah sie lange an, ehe sie eine Antwort gab.

»Benedikt Kirchner ist ein Restrisiko, das immer in deinem Herzen bleiben wird.«

Benedikt

»Doktor Bohnke hat angerufen. Er kommt gegen fünfzehn Uhr.«
Benedikt blickte von seinem Notebook auf und nahm die Unterschriftenmappe entgegen, die seine Assistentin ihm über den Schreibtisch reichte. »War der Termin nicht um eins?«

Auf Swantjes hellem, sommersprossigem Gesicht zeigte sich ein schiefes Grinsen. »Ein unaufschiebbarer Zahnarztbesuch.«

»Nun, in diesem Fall ist es wohl das Beste für uns alle, dass Doktor Bohnke sich in Behandlung begibt, bevor er unsere neuen Lieferantenverträge aufsetzt.«

Doktor Bohnke war *Semaros* langjähriger Notar und Rechtsanwalt. Benedikt mochte den Kerl nicht, Swantje ebenso wenig. Ein aufgeblasener, affektierter Snob, der mit Moniques Vater Golf spielte. Vor wenigen Wochen hätte Benedikt sich mit Sicherheit maßlos über die Verspätung aufgeregt. Aber jetzt nahm er das Ärgernis einfach nur zur Kenntnis. Eine Nichtigkeit, für die es sich nicht lohnte, seine Nerven zu strapazieren.

»Was gibt es noch?«, fragte Benedikt, während er seine Unterschrift auf das erste Schriftstück in der Mappe setzte.

»Die Betriebsratssitzung findet heute in der Lounge im Erdgeschoss statt.«

»Weshalb?«

»Im Beratungsraum sind die Maler.«

»Wurde der Raum nicht erst im letzten Jahr renoviert?«

»Ihre Frau ...«

Benedikt sah tadelnd zu seiner Assistentin hoch, die gerade ihren karottenroten Pferdeschwanz zusammenband. Abrupt ließ sie die Arme sinken.

»Äh ... Frau Kirchner«, verbesserte Swantje sich. »Jedenfalls war sie der Ansicht, der Beratungsraum könnte ein Relaunch vertragen.«

»So, war sie das?«

Swantje zupfte am Saum ihrer Kostümjacke. »Wir anderen haben uns auch darüber gewundert, aber Frau Kirchner hielt einen Neuanstrich für dringend nötig.«

Benedikt winkte ab und unterzeichnete die restlichen Papiere. Auch Moniques Alleingänge prallten in zunehmendem Maße an ihm ab. Zuweilen erschreckte ihn die Lethargie, mit der er seit Kurzem auf die Dinge um ihn herum reagierte. Vor allem auf Belange, die *Semaro* betrafen. Er wusste, dass er diesen Zustand schleunigst ändern sollte, damit er der Firma nicht irgendwann einen größeren Schaden zufügte als unsinnige Renovierungsausgaben. Doch der alte Benedikt Kirchner schien eine längere Pause für sich zu beanspruchen. Er konnte nur hoffen, dass diese besorgniserregende Phase bald enden und er wieder in gewohnter Manier an die Arbeit gehen würde.

Benedikt klappte die Mappe zu und gab sie seiner Assistentin zurück. »Bitte seien Sie so nett und bringen Sie mir die Vertragsentwürfe für den Termin mit Doktor Bohnke!«

»Klar doch.« Swantje drückte die Mappe an ihre Brust und eilte davon. Sie war schon halb durch die Tür, da tippte sie sich gegen die Stirn. »Das hätte ich doch glatt vergessen!«

Sie kam zurück zum Schreibtisch. »Das Hotel hat angerufen. Sie wollen wissen, wohin sie denn nun die Armbanduhr schicken sollen. An unsere Firmen- oder an die angegebene Privatadresse.«

»Welche Uhr?«, fragte Benedikt entgeistert.

Sie hob die Schultern. »Ich nehme mal an, Ihre. Die Frau am Telefon sagte nämlich, Sie hätten die Armbanduhr Anfang Oktober dort vergessen.«

Er spürte, wie sich sein Magen zusammenzog. »Anfang Oktober? Da war ich auf Hiddensee.«

Swantje nickte eifrig. »Eben drum.«

Die aufflackernden Erinnerungen ignorierend, schob er den

linken Ärmel seines Pullovers hoch. »Das kann nicht sein. Ich vermisse keine Uhr.«

»So was in der Richtung meinte die Frau auch, denn sie hätte Sie deshalb wohl schon zweimal angemailt. Aber Sie hätten nicht reagiert.«

Doris Brüsehaver und eine E-Mail? Die Sache wurde immer merkwürdiger.

»Ich habe nie eine Mail bekommen.« Benedikt musterte seine Assistentin argwöhnisch. »Sie?«

»Nein! Ich schwöre.« Swantje hob die Hand. »Darum habe ich die Dame auch gebeten, mir alles noch einmal zuzuschicken. Per Fax diesmal. Ist gerade angekommen.«

»Und?«

»Sie hat versehentlich Frau Kirchners E-Mail-Adresse benutzt. Daher hatten weder Sie noch ich etwas im Postfach.«

Benedikt grübelte. Wieso war Doris Brüsehaver im Besitz von Moniques E-Mail-Adresse? Er entsann sich, das Anmeldeformular für das Ferienhaus nicht einmal vollständig ausgefüllt zu haben. Aber sehr wahrscheinlich hatte sie sie von ihrem Neffen bekommen. Christian Brüsehaver lagen natürlich neben seinen eigenen auch Moniques Kontaktdaten vor. Trotzdem musste das Ganze ein Missverständnis sein. Benedikt vermisste keine Uhr.

»Legen Sie das Fax mit zu den Vertragsentwürfen«, bat er Swantje und stand auf. »Ich schaue da mal drüber.«

»Kommt sofort. Einschließlich des doppelten Espresso.«

Mit Schwung machte seine Assistentin auf ihrem Absatz kehrt und verließ das Büro. Wie immer hatte Swantje ihm sein dringendes Verlangen nach Koffein am Augenaufschlag abgelesen. Das Mädchen war einfach unbezahlbar. Zumindest wenn es um seine lückenlose Versorgung mit Koffein ging.

Benedikt trat ans Fenster, versenkte die Hände in die Hosentaschen und starrte in den nebelgrauen Novembermorgen. Sechs

Wochen waren vergangen, seit der Grundstücksverkauf mit der Gemeinde Hiddensee über die Bühne gegangen war. Benedikt war kaum zwei Tage von der Insel zurück gewesen, da hatte Monique ihn zur Beurkundung zu Doktor Bohnke geschleift. Er hatte wie fremdbestimmt funktioniert und seinen Namen, ohne zu zögern, auf das Schriftstück gesetzt. Erst später, nachdem er stundenlang im Lüneburger Kurpark umhergeirrt war, war ihm bewusst geworden, dass er das Aus für Insas Café nun endgültig besiegelt und sein allerletztes Ass im Ärmel verspielt hatte. Möglicherweise hätte sie ihm die Maskerade als Manager Krusendorf irgendwann verziehen, vielleicht auch sein feiges Davonstehen von der Insel. Aber seine Unterschrift auf dem Kaufvertrag würde Insa ihm niemals verzeihen.

Benedikt hegte keine Zweifel daran, dass sie seine wahre Identität inzwischen kannte. Garantiert war sein Foto nach der Abstimmung des Öfteren durch die Lokalpresse gegeistert. Früher oder später musste auch Insa darübergestolpert sein. Abgesehen davon wussten Christian Brüsehaver und Steffen Facklam sehr genau, wer tatsächlich im *Haus Helene* abgestiegen war. Vor allem Facklam hatte sicher keine Mühen gescheut, seiner Freundin die hässliche Wahrheit über ihren Seitensprung zu offenbaren: ein egoistischer, gefühlskalter Macho, der sich mit plumpen Ausflüchten vom Acker gemacht hatte.

Der fatale Fehler, den er sich niemals verzeihen würde.

Dennoch hatte Benedikt mit jedem Blick aufs Handy die stille Hoffnung gehegt, eine Nachricht von Insa vorzufinden. Schließlich wäre es für sie ein Leichtes, sich seine Telefonnummer von ihrem Bruder zu beschaffen. Vermutlich wäre Benedikt sogar glücklich gewesen, wenn Insa ihn darin zum Teufel gewünscht hätte. Auch Wut war ein Gefühl und allemal besser als nichts. Doch sein Handy schwieg hartnäckig, und die absurde Hoffnung auf eine zweite Chance war längst erloschen.

Insa Brüsehaver hatte ihn aus ihrem Leben gestrichen.

»Herr Kirchner?«

Swantjes Stimme holte ihn aus seinen trüben Gedanken. Als Benedikt sich umdrehte, beklopfte sie den Papierstapel, der jetzt neben einer dampfenden Espressotasse auf dem Schreibtisch lag. »Das Fax vom Hotel liegt obenauf. Inklusive Rechnung und Meldeschein.« Sie lachte unsicher. »Aber das auf dem Schein sind gar nicht Sie.«

Benedikt winkte ab. »Bin ich.«

»Wie jetzt? Waren Sie inkognito unterwegs?«

»So in etwa.« Müde rieb er sich mit den Händen mehrmals über das Gesicht. »Ich versichere Ihnen, es hat alles seine Ordnung.«

Schmollend wandte sie sich zum Gehen. »Wenn Sie meinen ... Sie sind der Boss.«

Noch geradeso konnte er ihr ein »Danke, Swantje« hinterherrufen, bevor sich die Bürotür wieder schloss. Benedikt ging zum Schreibtisch. Im Stehen nahm er die weiße Tasse zwischen Daumen und Zeigefinger und führte sie zum Mund. Der nussige Geschmack breitete sich wohlig auf seiner Zunge aus. Nach einem zweiten, gierigen Schluck schielte er nun zu dem Papierstapel hinüber. Er setzte die Tasse ein weiteres Mal an, da hielt er abrupt inne. Stirnrunzelnd stellte Benedikt den Espresso beiseite und langte nach dem Meldeschein. Aufmerksam glitten seine Augen über jede einzelne Zeile. Als er fertig gelesen hatte, ließ er das Schriftstück sinken, überflog die Rechnung und studierte erneut den Meldeschein. Allmählich begriff er, was sein Verstand ihm signalisierte. Die anfängliche Ungläubigkeit wich, und eine unsagbare Wut stieg in ihm auf, die ihn mehr und mehr beherrschte.

Benedikt stürmte aus dem Zimmer. Aus dem Augenwinkel nahm er wahr, wie Swantje ihm von ihrem Schreibtisch aus mit offenem Mund hinterherstarrte. Im Flur schwenkte er nach links, wo am Ende die Räumlichkeiten seiner Ex-Frau lagen. Grußlos betrat er Moniques Vorzimmer und steuerte ihr Büro an.

»Herr Kirchner, Sie können nicht einfach ...«

Moniques Assistentin brach ab, als er ihr einen warnenden Blick zuwarf. Offenbar war ihm deutlich anzusehen, dass es klüger war, ihn nicht davon abzuhalten, ungefragt das Büro ihrer Chefin zu betreten.

Benedikt riss die Tür auf. Ohne sie hinter sich zu schließen, baute er sich vor Moniques Schreibtisch auf und schmiss ihr den Meldeschein hin.

»Erklär mir das!«

Im Gegensatz zu ihrer Angestellten wirkte Monique völlig unbeeindruckt. Weder sein Hereinplatzen noch sein bellender Tonfall lösten irgendeine Regung bei ihr aus. Während sie gelassen ihren straffen braunen Haarknoten neu zurechtrückte, streiften ihre Augen kurz den Meldeschein. Dann erhob sich Monique, glättete ihr grünes Top, ging an ihm vorbei und schloss die Tür.

»Espresso?«, säuselte sie.

»Hast du nicht verstanden?« Benedikt schlug mit der Faust auf das Formular. »Ich will eine Erklärung. Keinen Scheißespresso.«

»Mäßige dich, Benedikt! Denk an die Angestellten.«

»Sorry, aber für deren Befindlichkeiten habe ich jetzt echt kein Ohr.«

Sie kam zurück, nahm die rote Kostümjacke von der Lehne ihres Bürosessels und zog sie über. Ihre Finger, deren Nägel farblich passend zur Jacke lackiert waren, griffen nach dem Papier auf dem Schreibtisch. »Ein Meldeschein für ein Hotel. Und?«

»Du weißt genau, was ich meine.«

»Entschuldige, aber ich habe keine Ahnung, worauf du anspielst. Jemand hat auf meine Kosten in einem Hotel übernachtet. Das passiert schon hin und wieder. Wo liegt also das Problem?«

»Jemand?«, zischte Benedikt verächtlich. »Der Mann sitzt im Gemeinderat von Hiddensee.«

»Deshalb darf ich keinen Kontakt mit ihm pflegen?«

»Hör auf, das Dummchen zu spielen, Monique!«

Seine harschen Worte lockten sie endlich aus der Reserve. Beleidigt schürzte sie die Lippen. »Wieso regst du dich überhaupt auf? Bisher hat es dich einen feuchten Kehricht interessiert, mit welchen Mitteln ich unsere Firma in die richtigen Bahnen lenke. Und das hier …«, sie fuchtelte mit dem Meldeschein vor seiner Nase herum, »… tut niemandem weh.«

»Du willst es nicht begreifen, oder?« Benedikt schnappte nach Luft. Ihre aufgesetzte Naivität brachte ihn zunehmend auf. »Wenn die Sache herauskommt, stehen wir in den Medien unter Dauerbeschuss. Ist dir das klar?«

»Na, wenn schon!«, erwiderte Monique schnippisch. »Das bisschen schlechte Publicity wird uns nicht umbringen. Die Leute lechzen schließlich nach unserem Kaffee.« Sie grinste breit. »Unsere Privatgeschäfte interessiert die nicht die Bohne.«

Die Arroganz, mit der Monique seinen Einwand herunterspielte, machte Benedikt fassungslos. Doch sie weiter mit Vorwürfen zu bombardieren, hatte keinen Zweck. Zudem brannte ihm eine andere Frage unter den Nägeln.

»Wie viel?«

»Genug, um zu bekommen, was wir wollten«, sagte sie halsstarrig.

Eisige Stille füllte die nächste Minute aus. Dann schüttelte er traurig den Kopf. »Wie konntest du nur so weit sinken, Monique?«

»Jetzt mach aber mal halblang! Du hörst dich an, als hätte ich mich prostituiert.« Sie feuerte den Meldeschein auf den Schreibtisch. »Außerdem vergiss nicht: Ich habe das auch für dich getan.«

»Darf ich dich daran erinnern, dass ich bis vor …«, Benedikt blickte auf seine Uhr, »… exakt fünf Minuten keinen Schimmer von deinem kleinen Komplott hatte. Hätte unsere Telefonzentrale den Anruf des Hotels nicht versehentlich an Swantje durchgestellt, wäre die Sache völlig an mir vorbeigegangen. Und ich tippe mal, das war auch genau deine Absicht.«

Monique straffte die Schultern. »So wie du dich wegen dieser Lappalie aufführst, war es augenscheinlich die richtige Entscheidung.«

Benedikt biss sich auf die Zunge. Er würde seine Worte sonst irgendwann bereuen. Nicht wegen Monique. Es hatte vielmehr damit zu tun, dass er sie sich selbst nicht verzeihen würde.

»Sind wir jetzt fertig?«, fragte sie ungeduldig in sein Schweigen hinein. »Ich habe heute noch dringendere Angelegenheiten zu erledigen. Und du sicher ebenso.«

Sein Blick wanderte zur Fensterfront hinaus. Trotz des Nebeldunsts hinter den hohen Scheiben sah Benedikt völlig klar, wusste plötzlich, was er zu tun hatte. Wieso hatte er nur so lange gebraucht, um das zu erkennen? Dabei war alles so logisch. Glasklar und einfach. Benedikt sah seine Ex-Frau wieder an.

»Danke«, sagte er ohne jeglichen Anflug von Ironie.

»Danke? Wofür?« Verdutzt schraubte Monique ihre akkurat gezupften Augenbrauen in die Höhe.

»Dass du mir auf die Sprünge geholfen hast.«

»Und wobei bitte?«

»Endlich auf meinen Bauch zu hören.«

Insa

Insa drückte den Startknopf der Spülmaschine. Der letzte schmutzige Teller war endlich eingeräumt. Feierabend. Sie band die Schürze hinter dem Rücken auf und lockerte ihre verspannten Schultern. Alles, was sie jetzt noch wollte, war ein heißes Bad nehmen und ins Bett fallen. Sie war hundemüde. Die Feier zum Dienstjubiläum des Kurdirektors hatte sie völlig erschöpft. Nicht wegen der Berge an dreckigem Geschirr und der Hektik, die bei solchen Anlässen immer spürbar mehr waren. Es waren die sensationslüsternen Fragen nach ihrer neuen Konkurrenz gewesen, die Insa unentwegt beantworten musste. Zuversichtlich und höflich lächelnd.

Sie spähte auf die Uhr der Mikrowelle. Viertel nach acht. Sie brauchte nur noch die Lichter zu löschen, dann konnte sie los. Energisch warf Insa die Schürze über einen Stuhl und ging nach nebenan ins Café. Auf dem Tresen stand die Handtasche ihrer Tante. Doris musste sie dort vergessen haben, als sie vor einer halben Stunde selbst aufgebrochen war. Insa schmunzelte in sich hinein. Das Dienstjubiläum des Kurdirektors hatte offenbar nicht nur sie geschlaucht. Rasch schulterte sie die Tasche und öffnete die Klappe des Sicherungskastens. Mit lautem Klacken legte sie einen Schalter nach dem anderen um. Ihr Zeigefinger schwebte über dem letzten Schalter, da ließ sie ein lautes Klopfen zusammenfahren.

Insa blickte sich um. Hinter der Eingangstür stand Steffen, die Hand ruhte auf der Glasscheibe. Trotz des schummrigen Lichts konnte sie ein Lächeln auf seinem Gesicht erkennen. Wehmütig, beinahe entschuldigend. Augenblicklich überfielen sie Gewissensbisse. Denn eigentlich war es an ihr, Steffen um Verzeihung zu bitten. Insa griff in ihre Hosentasche und holte den Schlüsselbund heraus. Als Steffen sah, dass sie sich auf ihn zubewegte, ließ er den

Arm sinken. Der Schlüssel glitt ins Schloss, und die Tür schwang auf. Ein kühler Luftzug traf sie.

»Hast du einen Moment?«

»Natürlich.«

Insa trat zur Seite und musterte ihn aus den Augenwinkeln, während er ins Café kam. Etwas war anders. *Steffen* war anders. Statt der üblichen Cargohose trug er schwarze Jeans. Unter der Lederjacke erkannte sie ein bordeauxrotes Hemd. Bisher hatte sie ihn nie in etwas anderem als Shirt oder Pullover gesehen. Selbst an Doris' Siebzigstem hatte er eines seiner innig geliebten Sweatshirts getragen. Einzig die Sportschuhe erinnerten Insa an den Steffen Facklam, mit dem sie noch bis vor Kurzem zusammen gewesen war.

Er drehte sich um. Ihre Blicke trafen sich.

»Ich möchte …«, begannen sie beide gleichzeitig. Als Steffen lachte, stimmte sie mit ein.

»Du zuerst«, sagte er schließlich.

Insa trat ein Stück näher. »Ich habe mich dir gegenüber ziemlich mies verhalten. Und ich möchte, dass du weißt, wie sehr mir das leidtut.«

»Nach allem, was ich mir geleistet habe, hatte ich es auch ein kleines bisschen verdient.«

»Nein, Steffen!« Insa protestierte mit einem resoluten Kopfschütteln. »Diese WhatsApp-Nummer war echt daneben. Ich war wütend auf jemand anderen und habe es an dir ausgelassen. Wir beide sind erwachsene Menschen. Wir waren ein Paar. Ich hätte mit dir reden müssen.«

»Wir tun es immerhin jetzt.« Ein Lächeln umspielte seine Lippen.

Sie lächelte zurück. »Und ich bin froh darüber. Sehr froh.« Dann wurde sie wieder ernst. »Weißt du, dein Alleingang mit dem Hauskauf hat mich wirklich maßlos geärgert. Ich fühlte mich übergangen und von dir bevormundet. Aber niemand ist fehlerfrei, und jeder tut einmal Dinge, mit denen er den anderen vor den Kopf stößt. Auch in einer Beziehung. Und ich bin mir sicher, wir beide hätten eine Lösung gefunden, nur ...« Insa geriet ins Stocken.

»... liebst du mich nicht«, beendete Steffen den Satz für sie.

Insa nickte leicht betreten.

Kurz legte er den Kopf in den Nacken. An seinem Hals traten die Sehnen hervor. Er atmete hörbar ein und blickte sie wieder an. Traurig, aber gleichzeitig auch wissend.

»Ich habe das immer gespürt. Von Anfang an«, begann Steffen mit belegter Stimme. »An deinen Blicken, deinen Worten, an der Art, wie du mich berührt hast. Doch ich habe mich der Illusion hingegeben, ich müsste mich nur genug bemühen, mich nur genug anstrengen, dann würde aus deiner Sympathie für mich schon Liebe werden. Und was ist dabei herausgekommen? Am Ende habe ich es übertrieben und alles vergeigt.«

»In der Liebe kann man es nicht übertreiben.« Insa lächelte matt.

»Gut, du schaffst es ein bisschen. Aber dass es mit uns nicht funktioniert hat, liegt schlichtweg an mir. An meinen Gefühlen für dich.«

»Eher an deinen *fehlenden* Gefühlen für mich.«

»Nein, Steffen. Ich ...«

»Lass gut sein! Ich weiß, was du mir sagen willst«, unterbrach er sie mit einem leichten Kopfnicken. »Ich hatte genügend Zeit zum Nachdenken ... über uns.«

Steffen streckte den Arm nach ihr aus, ließ ihn jedoch auf halbem Weg wieder fallen. »Es ist vollkommen gleichgültig, ob ich um einiges älter bin, ob wir verschiedene Dinge mögen oder sich der eine mehr anstrengt als der andere. Liebe passiert oder sie passiert nicht. Und in letzterem Fall muss man die Gefühle des anderen akzeptieren. Egal, wie schmerzhaft es auch ist.« Er schluckte hart, ehe er weitersprach. »Ich weiß, ich kann deine Liebe nicht erzwingen, Insa, und ich hoffe, es ist nicht zu spät, das zu erkennen. Denn wenngleich ich dich als Partnerin verloren habe, möchte ich dich nicht auch noch als Freundin verlieren.«

Insa berührte ihn am Arm. »Hör zu, Steffen! Ich werde jetzt nicht sagen: Es ist nicht zu spät, wir können immer noch Freunde bleiben. Wir beide wissen, dass das ein Trugschluss ist. Aber vielleicht schaffen wir es irgendwann, wieder normal miteinander umzugehen. Wenigstens halbwegs. Ich für meinen Teil werde es versuchen.«

Über Steffens Nasenwurzel zeigte sich eine kleine Falte. »Heißt das, du schließt das Café nicht und bleibst auf Hiddensee?«

Natürlich hieß es das. Wo sollte sie auch hin? Der Traum von einem Leben mit Herrn Krusendorf in Hamburg war wie eine Pusteblume im Wind zerstoben. Doch das war ein Thema, über das sie mit Steffen Facklam als Allerletztem reden würde.

»Solange es irgend möglich ist, halte ich das Café am Laufen«, antwortete sie und nahm ihre Hand von seinem Arm. »Was dann kommt, muss ich sehen.«

»Du kannst jederzeit auf mich zählen. Monteur, Tellerwäscher, Aushilfskellner. Was immer anfällt.« Er räusperte sich verlegen. »Ganz schuldlos bin ich an der Situation ja nicht.«

Insa wiegelte ab. »Du brauchst dich wegen der Abstimmung nicht schuldig zu fühlen. Wir waren damals so gut wie kein Paar mehr. Ich verstehe, dass du letztlich für dich und deinen Fahrradverleih entscheiden musstest.«

Er schien sichtbar froh. »Es ist jedenfalls sehr schön, dass du bleibst. Und ich für meinen Teil werde auch versuchen ...«

Der Nachrichtenton eines Handys erklang. Insa starrte Steffen verwirrt an, bis es ein weiteres Mal piepte.

Er neigte den Kopf. »Willst du nicht nachsehen.«

Erst jetzt begriff sie, dass es ihr eigenes Telefon war.

»'tschuldigung«, murmelte Insa und zog es aus der Seitentasche ihrer Fleecejacke. Wie stets in den zurückliegenden Wochen schlug ihr Puls dabei höher. Und wie stets spürte sie beim Blick auf das Display Enttäuschung in sich aufsteigen.

Zwei Nachrichten von Vicky Wolff.

Ruf mich an!

Du wirst es nicht glauben.

»Und? Was Dringendes?«, wollte Steffen wissen.

»Nur Vicky. Ich soll sie anrufen.«

»Worauf wartest du? Vielleicht ist es wichtig.«

»Ach, bin ja eh gleich daheim.«

Insa steckte das Handy zurück in die Jacke. Mit betretenem Blick wies sie zur Eingangstür. »Ich müsste jetzt abschließen.«

Steffen nickte, blieb aber stehen. »Wenn es okay für dich ist, würde ich dich gerne nach Hause begleiten.«

Es war für Insa alles andere als okay. Denn das hatte ihr keineswegs unter einem halbwegs normalen Umgang vorgeschwebt. Doch sie hatten sich gerade erst ausgesprochen, und sie wollte Steffen nur ungern gleich wieder verstimmen.

»In Ordnung«, sagte sie deshalb, woraufsich ein breites Strahlen auf seinem Gesicht zeigte.

Nachdem Insa die Tür verriegelt und die restlichen Lichter gelöscht hatte, verließen sie zusammen das Café durch den Hintereingang. Draußen empfing sie ein nasskalter, aber windstiller Novemberabend. Insas Fahrrad lehnte wie üblich an der Hauswand. Steffen griff nach dem Lenker, und Insa sperrte die Tür zu. Als sie sich zu ihm umwandte, kniete er vor dem Vorderrad. Er schien irgendetwas zu prüfen.

»Stimmt was nicht?«, fragte sie und ging auf ihn zu.

»Die Bremsbeläge sind hin.«

»Schon? Du hast das Rad doch erst im Frühjahr aufgemöbelt.«

»Man kann nicht hineingucken.« Steffen schaute zu ihr auf. »Ich sollte sie auf jeden Fall erneuern. Am besten du kommst gleich morgen bei mir im Verleih vorbei. Abgemacht?«

Insa bezweifelte stark, dass die Beläge in den wenigen Monaten derart in Mitleidenschaft gezogen worden waren, dass sie umgehend ausgewechselt werden mussten. Vermutlich war es nur ein Vorwand, um ihre Nähe zu suchen. Dennoch fiel es ihr schwer, seinen Vorschlag zurückzuweisen. Das schlechte Gewissen nagte weiter an ihr.

Mit einem zögernden Nicken willigte sie ein. »Abgemacht.«

Steffen schien zufrieden und widmete sich wieder ihrem Vorderrad. Aus dem linken Jackenärmel blitzte eine silberne Uhr hervor. Insa kannte sie nicht. Offenbar war auch sie Teil seiner Stilveränderung.

»Eine neue Uhr?«, fragte sie.

»Mmmh.«

»Sieht gut aus.«

»Hallo, Insa!«

Der Klang der rauen Stimme fuhr ihr bis in die Zehenspitzen. Insa riss den Kopf herum. Mit angehaltenem Atem starrte sie zu der hochgewachsenen Gestalt, die sich langsam aus dem spärlich beleuchteten Kirchweg auf sie zubewegte. Braune Schuhe, Jeans, ein knielanger Wollmantel. Das Gesicht war im Halbdunkel verborgen. Aber Insa wusste auch so, wem die Stimme gehörte.

Als Benedikt Kirchner in den Lichtkegel der Außenlampe trat, schnappte sie dennoch nach Luft.

»Du ...?«

Für den Bruchteil einer Sekunde erschien der Anflug eines Lächelns auf seinen Lippen. Doch im nächsten Moment erstarrten seine Gesichtszüge, und Benedikts Augen glitten an ihr vorbei. Ein feindseliger, wütender Blick, der jemand anderem galt. *Steffen!* Schlagartig wurde sich Insa wieder seiner Anwesenheit bewusst. Sie sah sich um. Steffen war inzwischen aus der Hocke gekommen und stand direkt hinter ihr. So dicht, dass sie die dick hervorgetretenen Adern auf seinem Hals erkennen konnte. Sein Gesichtsausdruck war nicht weniger hasserfüllt als der seines Gegenübers. Nur, dass Insa keine Erklärung dafür hatte. Bei Benedikt vielleicht. Aber Steffen? Konnte er von ihren Nächten im *Haus Helene* wissen? Bloß woher?

»Verschwinden Sie!« Steffen machte einen langen Schritt auf den Neuankömmling zu.

Dieser schien allerdings völlig ungerührt von der Aufforderung. Mit regloser Miene blickte Benedikt Steffen an. »So weit waren wir schon vor sechs Wochen. Sie wiederholen sich.«

»In Ihrem Fall anscheinend nicht oft genug. Ziehen Sie Leine!«

Jetzt war Insa komplett durcheinander. Wovon bitte redeten die zwei da?

Benedikt kam näher, bis die beiden nur noch eine Armlänge voneinander trennte. »Ich denke, das haben weder Sie noch ich zu entscheiden.« Sein Blick wanderte nun zu Insa. Abwartend, beinahe seelenruhig sah er sie an. »Insa?«

Die Sanftheit, die plötzlich in seiner Stimme lag, verwirrte und berührte sie zugleich. Bevor sie jedoch einen zusammenhängenden Gedanken fassen konnte, polterte Steffen:

»Was Sie denken, Kirchner, interessiert hier niemanden.«

Benedikt schnellte herum. Zwischen die Gesichter der beiden Männer passte kaum mehr das sprichwörtliche Blatt Papier.

»Ach, nein?«, fragte Benedikt mit Schärfe in der Stimme. »Was, meinen Sie, passiert, wenn ich Ihr kleines, schmutziges Geheimnis ausplaudere? Glauben Sie wirklich, Insa will dann immer noch ein gemeinsames Leben mit Ihnen beginnen?«

»Lieber mit einem geldgeilen Arschloch wie Ihnen, oder was?«

»Fragen wir sie.«

Blitzartig packte Steffen Benedikt beim Kragen. »Sie denken wohl, Sie können sich alles herausnehmen?«

Benedikt versuchte sich loszumachen, blieb aber erfolglos.
»Nehmen Sie Ihre Hände weg!«

»Damit Sie wieder meine Freundin betatschen können?«, presste Steffen zornig hervor.

Insa erstarrte innerlich. Er wusste es. Steffen wusste, dass sie ihn mit Benedikt betrogen hatte. Doch ihr blieb keine Zeit, weiter darüber nachzudenken, denn urplötzlich stieß Steffen Benedikt so grob gegen die Brust, dass dieser ins Straucheln geriet und rücklings zu Boden ging. Insa schreckte mit einem Aufschrei zusammen. Was Steffen bloß noch mehr anstachelte. Anstatt von ihm abzulassen, stürzte er sich auf Benedikt und drückte ihm das linke Knie in den Bauch. Erneut zerrte Steffen heftig am Mantelkragen seines Rivalen.

»Halten Sie Ihre Finger still. Verstanden?«

Endlich löste Insa sich aus ihrer Starre. Sie preschte auf die beiden zu und fasste Steffen am Oberarm. Selbst durch das schwere Leder der Jacke fühlte sie seine harten, angespannten Muskeln.
»Hör sofort auf!«, schrie sie.

Es führte zu nichts. Er hielt den Mann unter sich unbeirrt am Kragen fest.

»Lass ihn los!« Sie drückte energischer, doch Steffen reagierte nicht. Insa hätte beinahe gemeint, ihr Flehen würde ihn umso mehr anstacheln.

»Frau Brüsehaver? Alles in Ordnung bei Ihnen?«

Abrupt ließ Steffen von Benedikt ab. Insa warf ihm einen kurzen, wütenden Blick zu, bevor sie versuchte, im Halbdunkel zu erkennen, woher der Ruf gekommen war. Im Schein der Lampe zeichneten sich auf dem Kirchweg die Umrisse zweier Personen ab, die neugierig zu ihnen herüberblickten. Insa fluchte leise, als sie sie erkannte. Doris' unmittelbare Nachbarn, Frau und Herr Drebekow. Vor allem er war in Kloster das, was man als männliche Klatschbase bezeichnete.

Insa riss den Arm in die Höhe und winkte ihnen zu. »Ja, ja. Alles gut. Danke!«

Das Ehepaar nickte zögernd, entfernte sich aber. Nachdem ihre Schritte verklungen waren, ließ Insa den Arm sinken. Sie spürte, wie sie am ganzen Körper zitterte. Doch sie konnte nicht mit Bestimmtheit sagen, was sie mehr in Erregung versetzte. Die absurde Szene eben oder Benedikts unerwartetes Auftauchen.

»Habt ihr sie eigentlich noch alle?«, fuhr sie die beiden in gedämpftem Ton an, nachdem Benedikt wieder einigermaßen aufrecht stand. »Vielleicht erklärt mir mal einer von euch, was verdammt noch mal hier los ist?«

Übellaunig taxierte Steffen Benedikt, der gerade seinen Mantel abklopfte. »Erst wenn der die Fliege macht.«

»Leg endlich eine andere Platte auf, Facklam.«

Die letzte Silbe hing noch in der Luft, da traf Steffens Faust Benedikts Kinn. Er taumelte rückwärts, und für einen Moment sah es so aus, als würde er erneut zu Boden gehen. Aber er fing sich und krümmte den Oberkörper nach vorn. Insa setzte an, um ihm zu Hilfe zu eilen. Sofort hob er abwehrend die Hand.

»Er hat … recht.« Keuchend, das Kinn betastend richtete Benedikt sich auf. »Klärt … das besser … allein.«

Ohne sie anzusehen, wandte er sich um und tauchte in den dunklen Kirchweg ein, aus dem er nur wenige Minuten zuvor gekommen war. Minuten, die Insa beinahe surreal erschienen. Sie konnte kaum glauben, dass das eben tatsächlich passiert sein sollte. Benedikt war auf der Insel. Vor ihrem Café. Bei ihr. Und Steffen hatte ihm einen Kinnhaken verpasst.

Steffen!

Insa drehte sich zu Steffen um. Mit gesenktem Kopf rieb er sich die Finger der rechten Hand.

»Bist du noch ganz bei Trost?«, schrie sie und merkte, wie auch ihre Stimme vor Erregung zitterte. »Was ist bloß in dich gefahren?«

Steffen schaute auf. Seine Augen funkelten nach wie vor wütend, bei Weitem jedoch nicht mehr so aggressiv. »Der Mistkerl hatte das verdient.«

»Ach? Aber der Mistkerl ist gut genug, um deinen Fahrradverleih anzukurbeln?«

»Damit hat es nichts zu tun.« Er wirkte sichtlich getroffen. »Und das weißt du.«

Sicher wusste sie das. Auch wenn ihr erst seit diesem bizarren Aufeinandertreffen klar geworden war, dass Steffen die ganze Zeit über sie und Benedikt bestens informiert gewesen war. Und nicht nur das. Die beiden waren offensichtlich schon einmal aneinandergeraten.

Insa zog die Stirn kraus. »Woher kennt ihr euch?«

»Ist das jetzt wichtig?« Steffen kam auf sie zu.

»Du hast ihm gerade einen Schlag ins Gesicht verpasst. Ich denke, dass es sehr wohl wichtig ist.«

»Insa, ich …«

Mit einem Handzeichen bedeutete sie ihm, auf Abstand zu bleiben. Steffen schien kurz irritiert, blieb aber stehen. Seine wütende Miene war einem wehmütigen Ausdruck gewichen.

»Ich habe euch gesehen.«

Insa wurde abwechselnd heiß und kalt. »Wann?«

»An dem Morgen nach unserem Streit, am Ferienhaus deiner Tante.« Steffens Blick ging an ihr vorbei. »Christian kam in den Fahrradverleih. Er hat nach dir gesucht und nahm an, du hättest bei mir geschlafen. Was aber nicht der Fall gewesen war, wie wir beide wissen. Dann echauffierte Christian sich darüber, dass deine Tante diesen Benedikt Kirchner in ihrem Ferienhaus einquartiert hätte. Und da erinnerte ich mich wieder an den Mann im Café, als ich wegen des kaputten Kaffeeautomaten bei dir war.« Er stockte. »Schon da hatte ich das Gefühl, ihn zu kennen. Aber erst nachdem

Christian seinen Namen erwähnte, ging mir auf, dass der Kerl Kirchner war.«

»Warte kurz!« Insa holte Luft, um sich zu sammeln. »Gut, Christian hat dir von Doris' Gast erzählt. Aber woher wusstest du, dass ich die Nacht im *Haus Helene* war?«

Steffen wandte sich ihr wieder zu und zeigte ein trauriges Lächeln. »Deine Augen haben es mir verraten.«

»Meine Augen?«

»Ich habe gesehen, wie du Kirchner im Café angeschaut hast, Insa«, sagte er mit einem leisen, bitteren Lachen. »Was hätte ich dafür gegeben, wenn du mich in den ganzen Monaten nur ein einziges Mal so angeschaut hättest.«

Bei seinen Worten stiegen erneut die hässlichen Schuldgefühle in ihr hoch. Sie hatte Steffen betrogen. In jeder Hinsicht. Und am Ende hatte sie nicht einmal den Mumm gehabt, ihre Beziehung mit Anstand zu beenden. Er hatte jedes Recht, gekränkt, verletzt zu sein. Dennoch erklärte die Tatsache, dass Steffen sie beide zusammen gesehen hatte, nicht, woher er und Benedikt sich kannten. Doch Insa hatte so eine Theorie.

»Du bist zu Benedikt ins Ferienhaus gegangen.«

»Du warst meine Freundin, Insa. Was hättest du an meiner Stelle getan?«

Darauf konnte sie ihm keine Antwort geben. Was sie allerdings mächtig ärgerte, war, dass Steffen seinen Nebenbuhler in die Mangel nahm, bevor er sie zur Rede gestellt hatte.

»Es wäre angebracht gewesen, erst einmal mit mir zu sprechen.«

»Das habe ich«, entgegnete er ruhig. »Ich bin später zu dir ins Café gekommen. Du erinnerst dich?«

Es stimmte. Steffen hatte sie an diesem Vormittag im Café aufgesucht, doch der Anlass dafür war ein anderer gewesen.

Insa reckte die Schultern. »Es ging um das Haus in Neuendorf. Darum, wie ich mich entschieden hatte.«

Er nickte. »Du wolltest nicht jeden Tag über die ganze Insel radeln.«

»Exakt. Du hast mich also nicht nach Bene…«

»Ich liebe dich nicht«, unterbrach Steffen sie mitten im Satz.

»Wie bitte?«

»Ich liebe dich nicht, Steffen. Das allein hätte gereicht.« Er lachte humorlos. »Spätestens nach der Nacht mit Kirchner wird dir doch klar geworden sein, dass du es nicht tust. Musstest du mich mit dieser fadenscheinigen Ausrede abspeisen?«

Insa spürte, wie ihr die Röte ins Gesicht stieg. Zum Glück dürfte Steffen ihre Verlegenheit im diffusen Licht der Laterne nicht auffallen. Zudem wurmte es sie, dass er ständig versuchte, dem eigentlichen Thema auszuweichen.

»Was hast du Benedikt gesagt?«

»Dass er besser verschwinden soll.« Steffen wies auf den Kirchweg. »Genau wie eben.«

Entschieden schüttelte Insa den Kopf. »Da muss noch mehr gewesen sein.«

»Bist du enttäuscht, weil Kirchner meiner Bitte so schnell gefolgt ist?«

Insa stutzte und wunderte sich, woher Steffen von Benedikts überstürzter Abreise wissen konnte. Doch vermutlich hatte er ihr einfach weiter nachgestellt. Und da war noch etwas, das sie ins Grübeln brachte, aber Insa schob den Gedanken beiseite. Vorerst. Den Triumph würde sie Steffen nicht gönnen.

»Lenk nicht vom Thema ab!«, fauchte sie ihn statt einer Antwort an.

Beschwichtigend hob er die Hand. »Ist ja gut.«

Er hob den Kopf gen Nachthimmel. Nach einigen schweren Atemzügen blickte Steffen ihr fest in die Augen. »Wir würden mitten in den Hochzeitsvorbereitungen stecken. Das habe ich Kirchner gesagt.«

Erschüttert starrte sie ihn an. »Das ist nicht wahr!«

Er nickte nur stumm.

»Ich fass es nicht!«

Insa stapfte zu ihrem Rad. Sie hatte kaum nach dem Lenker gegriffen, da umklammerte Steffen ihren Arm. Nicht fest, nur so, dass sie ihn anschaute.

»Lass mich dir bitte alles erklären«, sagte er.

»Da gibt es nichts zu erklären. Du hast Benedikt eine faustdicke Lüge aufgetischt.«

»Das war keine Lüge.«

»Was?« Insa glaubte, sich verhört zu haben.

»Ich habe nicht gelogen.«

»Tut mir leid, Steffen«, sagte sie und lachte gequält auf. »Ich kann mich beim besten Willen nicht erinnern, dass wir jemals über dreistöckige Hochzeitstorten, Brautkleider oder den Goldton unserer Trauringe geplaudert hätten.«

»Wir haben darüber geredet, zusammenzuziehen und eine Familie zu gründen.«

»*Du* hast darüber geredet.«

»Okay, kann sein«, gab er zu Insas Überraschung zu. »Ich bestreite ja nicht, dass ich dich mit dem Haus überfahren habe. Doch ich dachte, wir würden uns schon einig werden, und eine Hochzeit wäre nur der nächste Schritt in unserer Beziehung …«, seine Hand fuhr sacht über ihren Arm, »… irgendwann.«

Insa machte sich los. Mit einem traurigen Kopfschütteln stieg sie auf ihr Rad. »Genau das ist der Punkt, Steffen. Aus irgendwann wird einfach nichts, wenn man den anderen nicht miteinbeziehet.«

Ohne eine Erwiderung abzuwarten, fuhr sie davon.

Insa

Die blubbernden Geräusche des Wasserkochers drangen zu ihr herüber. Insa schloss die Ofentür und hängte den Schürhaken in den Ständer neben dem Kamin. Zitternd rieb sie sich die Arme, während sie in die Küche ging. Das *Haus Helene* war völlig ausgekühlt. Jetzt, in der Nebensaison, wurde es nie richtig warm, ohne dass die Heizung auf Dauerbetrieb lief. Was aber nur im Fall einer Vermietung passierte. Und Doris' letzter Gast war bekanntermaßen vor sechs Wochen abgereist. Da stets Christian sich um die technischen Dinge im Ferienhaus kümmerte, wusste Insa nicht, wie man die Heizung umstellte. Sie hatte aber entschieden, besser nicht bei ihrem Bruder durchzuklingeln. Kathi würde vermutlich wieder einen Ehestreit vom Zaun brechen, wenn ihr Mann zu dieser späten Stunde aus dem Haus stürmte, nur um seiner liebeskranken Schwester eine warme Zuflucht zu verschaffen.

Insa brühte Pfefferminztee auf und lief zurück ins Wohnzimmer. Mit der Tasse in der Hand schlüpfte sie unter die schwere Wolldecke auf dem Sofa. Zufrieden stellte sie fest, dass das Kaminfeuer das Ferienhäuschen allmählich erwärmte. Insa blies einige Male vorsichtig in ihre Tasse. Nach dem ersten heißen Schluck legte sie den Kopf auf die Sofalehne und schloss die Augen.

Nachdem sie Steffen am Café hatte stehen lassen, war sie auf direktem Weg ins Ferienhaus gefahren, um ungestört nachdenken zu können. Doris hätte ihr an der Nasenspitze angesehen, dass etwas vorgefallen war, und Insa war mitnichten nach Erklärungen zumute. Zumal sie selbst keine hatte. Kurzerhand hatte sie Doris am Telefon weisgemacht, eine Freundin hätte überraschenderweise ihren Besuch angekündigt und sie müsse bis morgen das Ferienhäuschen herrichten. Nur mit Mühe hatte Insa Doris ausreden können, ihr zu Hilfe zu eilen. Sie hoffte inständig, ihre Tante würde nicht doch noch mit Eimer und Putzlappen bewaffnet aufkreuzen. Erst musste Insa das Gedankenwirrwarr in ihrem Kopf ordnen.

Zweifellos war sie von Steffen tief enttäuscht. Mehr als das. Er hatte ihr nachspioniert und sich hinterrücks in ihr Leben eingemischt. Vielleicht hätte Insa ihm Ersteres sogar über kurz oder lang verzeihen können. Sie selbst vermochte nicht zu sagen, ob sie sich an seiner Stelle ähnlich verhalten hätte, um Gewissheit zu bekommen. Aber mit seiner dreisten Lüge war Steffen eindeutig zu weit gegangen. Dazu hatte er kein Recht gehabt. Trotzdem. Je länger Insa über sein Geständnis nachdachte, desto mehr schmerzte sie etwas anderes. *Bist du enttäuscht, weil Kirchner meiner Bitte so schnell gefolgt ist?*

Diese Frage rotierte inzwischen pausenlos in ihrem Kopf. Was hatte Benedikt die Zeit mit ihr bedeutet, wenn er sich so leicht von Steffen zur Abreise hatte bewegen lassen? Was hatte *sie* ihm bedeutet? Benedikt war umgehend zum Fährhafen marschiert, ohne die Worte seines Nebenbuhlers eine Sekunde zu hinterfragen. Als hätte er nur nach einer passenden Gelegenheit gesucht. Diese Tatsache verletzte Insa weitaus mehr, als sie sich eingestehen mochte.

Ein Klopfen an der Tür ließ sie zusammenzucken. Prompt schwappte der Tee über den Tassenrand und ergoss sich über ihren Pullover.

»Mist!« Fluchend rappelte Insa sich vom Sofa auf. Da klopfte es wieder.

»Ich komm doch, Doris«, rief sie leicht ungehalten Richtung Flur. Insa war nicht über ihre Tante verärgert. Mehr über sich selbst. Sie hätte damit rechnen müssen, dass Doris die Sache mit dem Putzen keine Ruhe lassen würde. Ihre Tante war sehr pingelig, was das Herrichten ihres Ferienhäuschens betraf. Egal, ob Freunde oder wildfremde Leute Quartier bezogen. Zum Glück hatte Insa den Schlüssel von innen stecken lassen, sodass Doris ihre Flunkerei nicht auf der Stelle durchschauen konnte.

Mit einem Zipfel der Decke rieb sie an dem Flecken auf ihrem Pullover, gab aber auf, als es erneut klopfte. Mittlerweile deutlich drängender. Hastig faltete Insa die Decke zusammen und eilte in den Flur, wo sie das Licht anschaltete. Ohne hinzusehen, drehte sie den Schlüssel und zog die Tür auf. Um das Putzen für ihre Tante glaubhafter erscheinen zu lassen, sah Insa umtriebig die Fächer im Garderobenschrank durch.

»Hast du eine Idee, wo die Kehrgarnitur steckt?« Sie stellte sich auf die Zehenspitzen, um auch das oberste Fach zu durchwühlen. Nach kurzem Suchen griff sie sich Handfeger und Schaufel und sah sich um. »Ich hab sie gefu…«

Insa erstarrte, als sie den Besucher auf der Schwelle erblickte. Dabei war sie im Grunde wenig überrascht. Sie hatte mit seinem Kommen gerechnet. Benedikt Kirchner war nicht an ihrem Café aufgekreuzt, um bloß kurz Hallo zu sagen. Dafür gab es sicher einen triftigeren Grund. Insa war klar gewesen, dass er sich noch einmal bei ihr blicken lassen würde. Nur nicht mehr heute.

Sie legte die Kehrgarnitur zurück und schob die Hände in die Vordertaschen ihrer Jeans. »Woher wusstest du, dass ich hier bin?«

»Dein Fahrrad«, erklärte er mit einem kurzen Seitenblick.

Natürlich! Ihr Rad lehnte an der Hauswand.

Benedikt wies ins Haus. »Darf ich hereinkommen?«

Nach kurzem Zögern nickte sie. Er trat in den Flur und knöpfte seinen Mantel auf. Unter die kühle, salzige Nachtluft, die ein Windstoß durch die offene Tür wehte, mischte sich der unverkennbare Duft seines Aftershaves. Die Erinnerung traf Insa so unvermittelt, dass ihr leicht schwindlig wurde.

»Schließ die Tür, okay?«, murmelte sie und flüchtete ins Wohnzimmer.

Wenig später hörte sie sie in Schloss fallen, und Benedikt erschien im Türrahmen. Insa, die am Terrassenfenster stand, meinte, einen dunklen Fleck in seinem Gesicht auszumachen. Doch es war zu schummrig im Zimmer, sodass sie nicht mit Bestimmtheit sagen konnte, ob Steffens Kinnhaken Spuren hinterlassen hatte. Benedikt machte zwei Schritte auf sie zu, blieb jedoch stehen, als sie zurückwich.

Ein hilfloses Lächeln huschte über seine Lippen. »Wo soll ich anfangen?«

»Du hattest reichlich Zeit, dir darüber Gedanken zu machen«, entgegnete sie. Erstaunt, wie ruhig ihre Stimme klang.

Er nickte, fast reumütig. Nach einem kurzen Moment des Schweigens sagte er schließlich: »Ich weiß nicht mehr, ab wann die Dinge aus dem Ruder geraten sind, Insa. Doch ich hatte immer vor, das blöde Missverständnis mit Herrn Krusendorf auszuräumen. Schon bei unserem zweiten Treffen im Haus deiner Tante. Aber der Abend war so schön gewesen, und ich wollte ihn nicht wegen einer Nebensächlichkeit zerstören.«

»Einer *Nebensächlichkeit?*« Insa glaubte, sich verhört zu haben.

»Du weißt, wie ich das meine. Krusendorf oder Kirchner: Das spielte zu diesem Zeitpunkt noch keine Rolle zwischen uns«, versuchte er, das eben Gesagte abzumildern. »Ich hatte doch keine Ahnung, was du beruflich auf der Insel treibst. Ich wusste nur, dass ich dich wiedersehen musste.«

»Deshalb hast du unsere nächste Verabredung auch prompt platzen lassen.«

»Ich habe das Foto im Büro deines Bruders gesehen.«

»Welches Foto?«

»Das deiner Café-Eröffnung.«

Es war lange her, dass Insa Christian im Rathaus besucht hatte, aber an das Foto auf der Anrichte erinnerte sie sich selbstverständlich. Erst jetzt wurde ihr bewusst, wann und wo Benedikt herausgefunden hatte, dass sie in Kloster ein Café betrieb. Vermutlich war diese Erkenntnis für ihn ebenso ein Schock gewesen wie für sie, als sie die Zeitung mit seinem Foto aufgeschlagen hatte.

»Du hättest trotzdem zum Geburtstag meiner Tante kommen können«, protestierte sie leise.

»Ich hatte mich auf den Weg ins Café gemacht.« Er hob die Schultern. »Doch als ich davorstand, hielt ich es für keine gute Idee, mich in die Höhle des Löwen zu begeben.«

Insa erinnerte sich an den Morgen nach der Feier, als Doris von ihrem Telefonat mit Vicky berichtet hatte. *Ein Mann ist um das Café geschlichen. Kategorie Herz-Schmerz-Alarm.* Benedikt war dort gewesen. Und Insa konnte sich auch durchaus vorstellen, dass er plötzlich Muffensausen bekommen hatte, auf der Feier zu erscheinen. Das Café war rappelvoll gewesen. Ein Teil der Gäste hätte ihn garantiert erkannt. Die Situation wäre für sie beide mehr als peinlich geworden. Doch so leicht konnte er sich nicht herausreden.

»Ich gebe zu, Doris' Feier war sicherlich nicht die passende Gelegenheit, um das Missverständnis aufzuklären.« Trotzig hob sie das Kinn an. »Es gab jedoch genug andere.«

»Die, bei der du mir unter Tränen von deinem neuen Konkurrenten erzählt hast, wegen dem du demnächst das Café schließen musst?« Benedikt lächelte schwach. »Oder die, als du mir zu verstehen gegeben hast, dass die Leute von *Semaro* alle raffsüchtige Profitgeier für dich sind?«

In Insa stieg es heiß auf, sie hielt seinem Blick jedoch stand. »Spätestens am Fähranleger wäre der passende Augenblick für die Wahrheit gewesen. Aber du hast es vorgezogen, mich weiter im Unklaren zu lassen. Hast du auch nur eine Sekunde einen Gedanke daran verschwendet, wie ich mich dabei fühle?«

Statt einer Antwort schaute er zu Boden, was sie umso wütender machte. »Die halbe Insel wusste, wer du bist, Benedikt. Nur ich dummes Schaf war völlig ahnungslos und dachte die ganze Zeit, du würdest wegen Frau und Kind Abstand zu mir suchen. Und soll ich dir ein Geheimnis verraten? Als du abgehauen bist, hatte ich sogar Verständnis dafür. Redete mir ein, was für ein toller, aufrichtiger Ehemann und Vater du doch wärst. Einer, der nicht gleich seine Familie im Stich lässt, bloß weil die Hormone mit ihm durchgehen.«

»Dann verstehst du mich ja.«

»Bitte?«, entgegnete Insa irritiert.

Benedikt hockte sich nun auf die Sofalehne. Wie an dem Morgen, nachdem sie zum ersten Mal miteinander geschlafen hatten. Kurz rieb er sich den Nasenrücken, dann schaute er sie mit kleinlauter Miene an.

»Du weißt, dass meine Geschäftspartnerin und ich verheiratet waren?«

Insa, die noch immer keine Vermutung hatte, worauf Benedikt hinauswollte, war nicht sicher, ob dies als Frage gemeint oder nur eine Feststellung war. Daher sagte sie: »Christian hat es mir erzählt.«

Er nickte und steckte die Hände zwischen die Knie. Sein Blick blieb darauf liegen. »Zu Beginn unserer Ehe funktionierte es ausgezeichnet zwischen uns. Wir hatten die gleichen Träume, dieselben Ziele. Nicht nur privat. *Semaro* war unser gemeinsames Baby. Doch mit den Jahren schlichen sich nach und nach Meinungsverschiedenheiten über die Ausrichtung der Firma ein. Irgendwann kamen Geldnöte und Versagensängste dazu, und ich fing mit einer verheirateten Frau aus unserer Marketingabteilung eine lose Affäre an. Es waren keine Gefühle im Spiel. Auf beiden Seiten. Das glaubten wir zumindest.« Benedikt atmete scharf aus. »Nach vier Monaten flogen wir auf, und schlagartig wurde uns klar, wie sehr wir unsere Partner verletzt hatten. Ohnmacht, Wut, Verzweiflung, Eifersucht ... Das alles für ein paar berauschende, sorglose Stunden.«

Allmählich begann Insa zu ahnen, was Benedikt ihr sagen wollte.

Und als er sie anblickte, fühlte sie einen kalten Klumpen in ihrem Magen.

»Ich wusste, dass es jemanden in deinem Leben gab. Auch wenn du es nie gesagt hast. Und als Facklam plötzlich vor mir stand und von dem Haus und der Hochzeit erzählte …«

Er ließ den Satz unvollendet in der Luft hängen, als wartete er auf ein Zeichen von ihr. Zustimmung? Verständnis? Absolution? Aber nichts davon konnte Insa ihm geben. Steffens Frage lief auf Dauerschleife in ihrem Kopf.

Bist du enttäuscht, weil Kirchner meiner Bitte so schnell gefolgt ist?

»Was dann Benedikt?«, fragte sie säuerlich. »Hast du plötzlich die Chance gewittert, dich diesmal ohne unerquickliche Begleiterscheinungen aus der Affäre ziehen zu können?«

Kurz wirkte er schockiert, doch der Klang seiner Stimme blieb unverändert ruhig. »Das denkst du nicht wirklich.«

»Was soll ich denn deiner Meinung nach denken?« Insa machte eine ausladende Geste. »Du lässt von einer Minute zur anderen alles stehen und liegen und buchst dein Rückfahrticket. Ohne ein Wort der Erklärung. Sogar am Hafen gaukelst du mir noch den gestressten Manager Krusendorf vor.« Heftig schüttelte sie den Kopf. »Nein, Benedikt. Ich denke, du warst Steffen am Ende sogar dankbar, dass er dir diese Bürde abgenommen hat.«

Er widersprach ihr nicht. Schwieg. Insa hörte ihre eigenen hektischen Atemzüge, das unstete Knacken des Feuers. Endlose Sekunden verstrichen, bis er sich erhob und langsam auf sie zukam. Eine Armlänge von ihr entfernt blieb er stehen. Sie konnte den Fleck auf seinem Kinn nun deutlich erkennen.

»Vielleicht stimmt es, und ich war Facklam tatsächlich so etwas wie dankbar. Ich habe dich belogen, Insa. Tagelang. Aus feigen und egoistischen Motiven. Ich hatte nicht mehr die Hoffnung, dass du mir verzeihen würdest.« Benedikt machte eine Pause, wartete. Als

Insa nicht reagierte, sagte er leise: »Aber Steffen Facklam war bereit, dir zu verzeihen. Eure Beziehung konntest du noch retten...«, er stockte, »... und augenscheinlich habe ich damit recht behalten.«

Der Klumpen in ihrem Magen drückte qualvoll. Insa wollte es einfach nicht fassen. Wie konnte Benedikt glauben, sie wäre geradewegs in ihr altes Leben mit Steffen zurückspaziert? Nach allem, was zwischen ihnen gewesen war? Hielt er sie für so oberflächlich? Insa fühlte, wie ihre Fassungslosigkeit in Wut umschlug. Angriffslustig verschränkte sie die Arme vor der Brust.

»Was willst du jetzt hören, Benedikt? Tausend Dank, dass du mich vor einer Riesendummheit bewahrt und dich so heldenhaft für mein Glück geopfert hast?«

Erneut fixierte er sie mit diesem seltsam abwartenden Blick. »Bist du glücklich? Ich meine mit Facklam?«

»Darum bist du hier? Um mich *das* zu fragen«, erwiderte Insa ungehalten.

Entschieden schüttelte er den Kopf. »Nein.«

»Sondern?«

Sie spürte ein kurzes Zögern, bevor er sagte: »Die Abstimmung im Gemeinderat.«

Es dauerte einen Moment, bis Insa begriff. Der Anlass für Benedikts Besuch waren nicht die unausgesprochenen Dinge zwischen ihnen, die ihm auf der Seele brannten. Es ging weder um sie noch um seine Gefühle zu ihr. Benedikt Kirchner war nur gekommen, um seinen erbärmlichen Abgang abzumildern. Sie war so unfassbar naiv gewesen. Schlagartig fühlte Insa sich ernüchtert.

»Du hast dich umsonst herbemüht«, sagte sie schroff. »Ich weiß, dass Steffen für deinen Kaffeetempel gestimmt hat. Im Gegensatz zu dir hat er genug Arsch in der Hose, seine Fehler vor mir einzugestehen. Noch etwas?«

Benedikt verzog keine Miene, und auch seine Stimme war ohne jede Emotion. »Nein.«

Mehr sagte er nicht. Nur das eine unterkühlte Wort. Benedikt unternahm nicht einmal den Hauch eines Versuchs, ihr zu widersprechen oder sich zu rechtfertigen. In ihrem Magen brannte es nun höllisch. Tränen schossen in ihre Augen. Insa blinzelte angestrengt, um sie zu wegzudrücken. Er sollte nicht sehen, wie sehr er sie verletzt hatte.

Benedikt Kirchner sollte denselben hässlichen Schmerz fühlen wie sie.

Mit der Hand schlug sie sich gegen die Stirn. »Oh, Gott, war ich blöd! Jetzt verstehe ich, wieso du hier bist. Du dachtest, da du schon geschäftlich auf der Insel weilst, könntest du bei der Gelegenheit wieder das Kuscheltier vom Schrank holen. Inzwischen dürfte ja genug Gras über deinen unrühmlichen Abgang gewachsen sein, und die närrische Insa würde dich sehnlichst mit offenen Armen empfangen.«

»Hör auf!«, flüsterte er heiser.

Insa beachtete es nicht. »Los! Keine Hemmungen, Benedikt. Ob Steffen und ich ein Paar sind, hat dich vor ein paar Wochen schließlich auch nicht gestört.« Provokativ nickte sie zum Sofa hinüber. »Nur Sex. Ohne Gefühle. Das beherrschst du doch so gut.«

Sie war zu weit gegangen. Insa wusste es, noch bevor sie den letzten Satz zu Ende gebracht hatte. In Benedikts eben noch ausdruckslosem Gesicht spiegelte sich ein Schmerz, den sie beinahe körperlich spüren konnte.

Fieberhaft suchte Insa nach einer Entschuldigung. »Es tut ...«

Benedikt legte den Zeigefinger auf ihre Lippen. Eine sanfte, kaum merkliche Berührung, die sie dennoch wie ein Stromstoß durchfuhr.

»Schon gut«, sagte er. »Ich bin mit Erwartungen gekommen, die du nicht erfüllen kannst. Es war mein Fehler.«

Eine Minute später hörte Insa das dumpfe Schlagen der Haustür. Wie in Trance schlich sie zum Kamin und legte einen Holzscheit nach. Anschließend ließ sie sich auf dem Sofa nieder, stierte ins Feuer und wartete auf das, was kommen würde.

Insa

»Wann genau trifft deine Freundin ein?«

Doris blickte ihre Nichte, die ihr eine Eierstiege reichte, fragend an. Die beiden Frauen waren viel zu spät dran mit den morgendlichen Vorbereitungen. In knapp einer Stunde öffnete das Café, und sie hatten bis dahin noch tausend Dinge zu erledigen.

»Irgendwann gegen Abend«, sagte Insa ausweichend, in der Hoffnung, Doris würde ihre Aufmerksamkeit wieder ganz der Zubereitung ihrer *Hiddenseer Welle* widmen. Sie konnte später über eine plausible Ausrede für das Fortbleiben der imaginären Freundin nachdenken.

Aber Doris ließ nicht locker. »Seit Montag gilt der neue Fährfahrplan. Hast du ihr das gesagt?«

»Jaaa ...«

Insa wandte sich ab und sortierte weiter die frischen Brötchen in die geflochtenen Körbe, die sie später auf dem Tresen für das Frühstück bereitstellen würde.

»Und wie lang will sie bleiben?«

»Drei Tage oder so.«

»Kennt ihr euch vom Studium?«

»Mmmh ...«

»Woher kommt sie?«

»... Hamburg.«

Insa fluchte innerlich. Ausgerechnet Hamburg. Hatte sie keinen besseren Ort parat? Berlin, München, von ihr aus auch Timbuktu. Doris erinnerte sich nun garantiert wieder an Benedikts unsägliche Vorstellung als Manager Krusendorf und würde eins und eins zusammenzählen.

»Ich schneide noch den übrig gebliebenen Hefezopf von der Feier des Kurdirektors auf. Wäre doch schade drum, nicht?«, startete Insa ein Ablenkungsmanöver und wickelte die Folie von der

Kuchenplatte. Dabei spürte sie deutlich den Blick ihrer Tante auf sich. Vermutlich war sie ihr längst auf die Schliche gekommen.

»Du warst spät zurück gestern«, hörte sie Doris hinter sich sagen.

Sie hatte also richtig getippt.

»Ist mir gar nicht aufgefallen.« Insa griff nach einem Messer und fing an, den Kuchen zu schneiden. »Tut mir leid, wenn ich dich geweckt habe. Die ganze Putzerei zog sich länger hin, als ich dachte.«

»Hattest du keine Hilfe?«

»I wo. Wie kommst du denn darauf?«, tat sie verwundert.

»Nun, heute Morgen beim Bäcker meinte Herr Drebekow, er hätte dich und Steffen gestern Abend vor dem Café gesehen.«

Insa schrie auf. Blut tropfte auf den Hefezopf. Die Messerspitze hatte ihren linken Daumen getroffen. Während sie mit dem Finger im Mund vor Schmerz durch die Küche hüpfte, eilte Doris zum Verbandskasten. Anschließend drückte sie ihre Nichte auf einen Stuhl und verband schweigend den blutenden Daumen. Als Doris fertig war, zog sie sich ebenfalls einen Stuhl heran, setzte sich und umschloss die Finger von Insas unverletzter Hand.

»Vielleicht erzählst du mir endlich, was wirklich hinter dieser hanebüchenen Geschichte mit der Freundin steckt.«

Mit schmerzverzerrtem Gesicht ließ Insa sich gegen die Lehne fallen. Nach einem tiefen Atemzug sagte sie: »Er ist hier ... Benedikt ist auf der Insel.«

In wenigen Sätzen fasste sie die Ereignisse der letzten Stunden für Doris zusammen. Von Steffens Kinnhaken über sein Geständnis der angeblichen Hochzeit bis zu ihrem Streit mit Benedikt im Ferienhaus. Seine Affäre behielt sie jedoch für sich. Als sie geendet hatte, streichelte Doris ihren Arm.

»Du bist gekränkt, weil er Steffen vorbehaltlos geglaubt hat. Das verstehe ich. Aber ich kann auch Benedikt verstehen.«

Insa riss verdutzt die Augen auf. Der Schmerz in ihrem Daumen war wie weggefegt.

Über Doris' faltiges Gesicht huschte ein amüsiertes Lächeln. »Bist du überrascht?«

»Irgendwie schon«, sagte sie in einem Tonfall leichter Empörung.

»Versetz dich doch mal in seine Situation, Insa!« Doris, nun wieder ernst, räumte Mullbinde und Pflaster zusammen. »Urplötzlich steht Steffen im Garten und eröffnet ihm, ihr hättet ein Haus gekauft und wolltet heiraten. Das alles hätte doch genauso gut stimmen können.«

»Das will ich gar nicht bestreiten. Steffen kann sehr überzeugend sein, wenn er sich im Recht glaubt.« Kopfschüttelnd richtete sich Insa auf. »Trotzdem begreife ich nicht, wieso Benedikt umgehend auf die nächste Fähre steigt, anstatt mit mir darüber zu reden.«

»Stellst du dir diese Frage wirklich?«

»Ja«, entgegnete Insa, die noch immer nicht verstand, warum ihre Tante Benedikt so vehement in Schutz nahm.

Doris schloss den Deckel des Verbandskastens, bedächtig, als würde sie darüber nachdenken, wie sie ihre nächsten Sätze formulieren sollte, ohne ihre Nichte vor den Kopf zu stoßen. Schließlich bedachte sie Insa mit einem durchdringenden Blick.

»Du hast Benedikt gegenüber nie ein Wort über deine Beziehung zu Steffen verloren, richtig?«

Insa konnte nur nicken.

»Woher sollte er dann wissen, wie gefestigt diese Liebe tatsächlich ist? Und als dein Freund bei ihm auftauchte, ist Benedikt wahrscheinlich bewusst geworden, dass du noch immer nicht reinen Tisch gemacht hattest. Was sollte er da anderes denken, als dass du Steffen noch nicht aufgeben wolltest?« Doris erhob sich und strich kurz mit dem Zeigefinger über ihre Wange. »Er war verletzt, Insa.«

Benedikt

Der kalte, lebhafte Ostseewind schnitt Benedikt hart ins Gesicht. Fröstelnd wickelte er den Schal enger um den Hals und zuckte zusammen, als seine klammen Finger das lädierte Kinn streiften. Ein stechender Schmerz jagte durch ihn hindurch. Benedikt fluchte gepresst. Er atmete einige Mal tief durch und zog erneut am Schal, nun aber bedeutend vorsichtiger. Am Dünenaufgang angekommen, schaute er ein letztes Mal auf die aufgewühlte Ostsee, über die sich ein dichter, bleigrauer Morgenhimmel spannte. Der trostlose Anblick war so deprimierend, wie er sich fühlte. Benedikt wandte sich ab, stapfte zwischen den Dünen hindurch und lief den angrenzenden Weg mit hängendem Kopf weiter.

Der gestrige Abend hatte in ihm eine seltsam bedrückende Leere hinterlassen. Wobei Benedikt nicht wusste, was ihm mehr zu schaffen machte. Der Punkt, Insa nicht allein angetroffen zu haben, nachdem er endlich seinen ganzen Mut zusammengenommen hatte, um sie um Verzeihung zu bitten. Oder die Tatsache, dass ausgerechnet dieser Facklam bei ihr gewesen war. Tief drinnen spürte er jedoch, dass Letzteres ihm dieses Missbehagen verschaffte. Es war weit nach zwanzig Uhr gewesen, und Insa hatte augenscheinlich gerade Feierabend gemacht. Welchen Grund sollte Facklam also gehabt haben, so spät am Abend am Hintereingang des Cafés zu stehen, außer den, seine Freundin nach Hause begleiten zu wollen?

Benedikt seufzte leise. In der Nacht, als er sich mit einem nassen, kalten Waschlappen auf dem Kinn schlaflos im Bett gewälzt hatte, war er noch wild entschlossen gewesen, Insa am nächsten Morgen erneut aufzusuchen. Egal, ob sie ihm womöglich Unflätigkeiten an den Kopf werfen oder ihn nach seiner gestammelten Entschuldigung wortlos aus ihrem Café weisen würde. Er hätte es immerhin verdient. Doch jetzt war Benedikt nicht mehr sicher, dass Insa ihm überhaupt Gehör schenken würde. Er hatte sich mit einer Lüge in ihr Herz geschlichen und dazu am Ende nicht einmal den Mumm gehabt, ihr die Wahrheit zu sagen. Es wäre vermutlich das Klügste, umgehend das Zimmer zu bezahlen, zum Fährhafen zu marschieren und den Ausflug als Schnapsidee zu verbuchen, bevor er sich auf dieser Insel noch zum Volldeppen machte.

In der Ferne tauchte zwischen hohen, windgebeugten Kiefern das verblichene Reetdach der Pension auf. Benedikt beschleunigte seinen Schritt. Die Unterkunft hatte ihm der Fährmann der *Blauen Anna* bei seiner Ankunft gestern Abend empfohlen. Da Benedikt noch der eisige Fahrtwind in den Gliedern gesteckt und ihm nicht der Sinn nach einer langen Hotelsuche gestanden hatte, hatte er den Tipp des Mannes dankbar angenommen. Unterwegs waren ihm allerdings erhebliche Zweifel gekommen, ob der Alte ihn vielleicht erkannt und absichtlich dorthin geschickt hatte, um ihm eins auszuwischen. Die Pension *Dünenrose* lag weit außerhalb des Dorfes und so versteckt, dass er mehrmals falsch abgebogen war. Erst nach einer gefühlten Ewigkeit war er dort angekommen. Beinahe hatte Benedikt schon befürchtet, vom Personal abgewiesen zu werden, sobald er seinen Namen in das Anmeldeformular eintrug. Doch der semmelblonde Kraftprotz hinter dem Empfang verzog keine Miene und reichte ihm mit einem knappen, aber freundlichen »Schönen Aufenthalt« den Zimmerschlüssel.

Benedikt war mittlerweile am Eingangstor der Pension angelangt und betrat kurz darauf die behaglich aufgeheizte Rezeption. Während er seinen Mantel aufknöpfte, drückte er die goldene Tischglocke auf dem Tresen, um sich bemerkbar zu machen. Nichts rührte sich. Auch nach wiederholtem Läuten und mehrmaligem Rufen blieb es still im Haus. Benedikt gab auf. Er war gerade im Begriff, die Treppe hinauf in sein Zimmer zu nehmen, als sein Blick den Raum zu seiner linken streifte. Eine Frau mit kupferroter Lockenmähne deckte in dem kleinen, aber lichtdurchfluteten Raum das Büfett für das Frühstück ein. Benedikt ging auf sie zu.

»Guten Morgen.«

Obwohl er direkt neben ihr stand und sein Gruß durchaus deutlich gewesen war, hantierte sie unbeirrt weiter. Er probierte es erneut.

»Entschuldigen Sie bitte? Ich hatte geläutet.«

Sie hielt in ihren Bewegungen inne. »War nicht zu überhören.«

Entweder war die Frau mit dem falschen Bein aufgestanden, oder sie hatte eine grottenschlechte Kinderstube genossen.

»Ich möchte gern das Zimmer bezahlen«, sagte Benedikt höflich, aber bestimmt.

Ihr Kopf ruckte herum, und der Blick in ihre funkelnden Augen verriet, dass sie im Gegensatz zu dem blonden Hünen sehr genau wusste, wer da gestern Abend bei ihnen eingecheckt hatte.

»Nur weil *Sie* etwas möchten, Herr Kirchner, springen wir Insulaner nicht sofort. Daran sollten Sie sich gewöhnen. Und gleich vorweg: Bei Ihrem nächsten Aufenthalt gibt es in meiner Pension kein Zimmer für Sie. Mein Freund war gestern ein wenig nachlässig.«

Benedikt ließ einige Sekunden verstreichen. Dann setzte er sein gewinnendstes Lächeln auf. »Was muss ich tun, damit ich mein schmutziges Geld bei Ihnen loswerden darf?«

Zu seiner Erleichterung verzogen sich ihre Mundwinkel zu einem kaum merklichen Grinsen. Sie deutete auf sein Kinn.

»Sie wissen, dass Sie das da verdient haben, oder?«

»Darf ich mein Zimmer bezahlen, wenn ich geständig bin?«

Die Frau grinste nun breit und wies zu einem kleinen Tisch am Fenster. »Die nächste Fähre geht in zwei Stunden. Sie haben also noch genügend Zeit für einen Kaffee.«

»Espresso wäre mir lieber.«

»Treiben Sie es nicht auf die Spitze«, warnte sie und verschwand durch eine Tür neben dem Büfett.

Benedikt zog einen Stuhl hervor und nahm Platz. Dabei fiel ihm auf, dass neben seinem nur ein weiterer Tisch eingedeckt war. Die Pension schien derzeit nicht viele Gäste zu beherbergen. Was Benedikt jedoch nicht weiter verwunderte. Er kannte die Analysen seiner Marketingleute. Der November zählte zu den besucherschwächsten Monaten auf Hiddensee. Bei dem Gedanken brodelte unwillkürlich der Groll auf Monique in seinem Bauch. Seit ihrem Streit gestern Morgen hatte er kein Wort mehr mit seiner Ex-Frau gewechselt, ihre Nachrichten, ob per Kurzmitteilung, E-Mail oder durch Swantje übermittelt, ignoriert. Früher oder später würde er aber mit Monique reden müssen. Eher früher. Nein, ganz sicher früher. Denn vorhin, während Benedikt den einsamen Strand entlanggelaufen war, hatte er eine folgenschwere Entscheidung getroffen. Sie bedeutete, dass er ein paar unangenehme Gespräche nicht länger aufschieben konnte. Und eigentlich auch nicht wollte. Im Grunde hatte er diese Entscheidung bereits gefällt, als er die von Swantje fehlgeleiteten Unterlagen des Hotels in den Händen gehalten hatte. Auch wenn sie zu dem Zeitpunkt noch abstrakt gewesen war.

»Vicky Wolff.«

Benedikt schreckte auf. Er hatte sie nicht kommen hören. Dankbar nahm er den Espresso entgegen, den sie ihm reichte.

»Mich brauche ich ja nicht mehr vorzustellen«, sagte er und bat sie mit einem Kopfnicken, sich zu ihm zu setzen.

Vicky Wolff folgte seiner Aufforderung und sah ihn voller Neugier an, während er die Tasse vorsichtig an die aufgeplatzte Unterlippe führte.

»Lassen Sie mich raten: Steffen Facklam?«

Benedikt erstarrte. »Woher wissen Sie …?«

»Ich bin Insas Verpächterin.«

»Ah …«

Während er einen Schluck Espresso nahm, grübelte er darüber nach, ob Insa und er inzwischen zum Inselgespräch geworden waren und jeder im Ort von seinem armseligen Verhalten Kenntnis hatte.

»Wobei ich Steffen das nicht zugetraut hätte«, meinte Vicky Wolff, nachdem er die Tasse wieder abgesetzt hatte.

Benedikt räusperte sich. »Man hätte ihm vermutlich so einiges nicht zugetraut.«

Sie nickte, ohne zu zögern. »Zugegeben, mit seiner Stimme für Ihren Coffeeshop hat Steffen Insa ein ziemlich dickes Ei ins Nest gelegt.«

»Und ein faules obendrein.«

»Wie meinen Sie das?«, horchte sie auf.

Obwohl Vicky Wolff ohnehin davon erfahren würde, beschloss Benedikt, die Angelegenheit besser nicht zur Sprache zu bringen. Erst wollte er Christian Brüsehaver informieren.

Benedikt schüttelte den Kopf. »Ist unwichtig.«

Vicky Wolff war anzumerken, dass sie ihm nicht glaubte, doch sie ließ die Sache auf sich beruhen. Fragend schaute sie ihn an. »Haben Sie beide sich ausgesprochen?«

»Facklam und ich?«

»So langsam verstehe ich, warum Insa an Ihnen Gefallen gefunden hat.« Schmunzelnd lehnte sie sich nach hinten. »Nur wie Sie es dermaßen vergeigen konnten, ist mir unbegreiflich.«

»Ganz ehrlich? Mir auch.«

»Nun, eventuell hätten Sie es einfach mit der Wahrheit probieren sollen.«

»Glauben Sie mir, wenn ich sage, das war immer meine Absicht?«

»Ob *ich* Ihnen glaube, ist ohne Bedeutung.«

»Es würde meine Entscheidungsfindung aber erheblich erleichtern.«

Erneut musterte sie ihn wissbegierig. »Wobei?«

»Ob es sich lohnt, einen zweiten Versuch zu starten.«

»Insa hat Sie also abblitzen lassen.«

Vicky Wolff nickte mehrmals mit leicht abwesendem Blick. Wie jemand, der sich die Szenerie gerade bildlich vorstellte. Da er mit Sicherheit ziemlich schlecht dabei wegkam, fragte er rasch:

»Und? Habe ich eine Chance?«

Augenblicklich hatte er wieder ihre volle Aufmerksamkeit. »Diese Frage kann Ihnen nur Insa beantworten, Herr Kirchner«, sagte sie emotionslos und deutete zur Rezeption. »Sollten Sie jedoch auf die Idee kommen, noch einmal den Schwanz einzuklemmen, haben Sie mit hundertprozentiger Sicherheit Ihren letzten Joker bei mir verspielt. So viel kann ich Ihnen versprechen.«

Benedikt musste grinsen. »Heißt: Ich muss bei meinem nächsten Aufenthalt mit Schlafsack und Isomatte am Strand nächtigen?«

»Sie wären nicht der Erste«, sagte Vicky Wolff todernst. Doch ihm war das leichte Zucken um ihre Mundwinkel nicht entgangen.

»Schatz?«

Benedikt, der mit dem Rücken zur Tür saß, blickte sich über die Schulter um. Im Flur der Rezeption stand der blonde Hüne von gestern Abend und gestikulierte aufgeregt mit den Händen. Der Freund der Pensionsbesitzerin, wie Benedikt soeben erfahren hatte.

Vicky Wolff sprang auf, wechselte einige leise Worte mit dem Mann und rief Benedikt anschließend ein »Bin-gleich-wieder-da« zu. Nachdem die Frau fort war, leerte er die Tasse und drehte sich zum Fenster, das den Blick auf einen kleinen Vorgarten und den dahinterliegenden Küstenwald freigab. Noch immer jagten schwarze Wolken am Himmel. So tief, dass sie beinahe die Baum-

wipfel berührten. Wie am Tag seiner überstürzten Abreise zeigte
sich die kleine Insel von ihrer unwirtlichen Seite.

Sein Handy vibrierte. Als Benedikt Moniques Namen auf dem
Display erblickte, wollte er sie zunächst wie üblich wegdrücken.
Doch dann entschied er, ihren Anruf anzunehmen. Sein Entschluss stand fest. Er brauchte keine weitere Bedenkzeit. Außerdem würde das Telefonat nicht lange dauern, und da weiter niemand im Frühstücksraum anwesend war, konnte er die Angelegenheit gleich hinter sich bringen. Benedikt drückte die grüne Taste.

»Guten Morgen, Monique!«

»Na, endlich«, begann sie ungehalten. »Es wurde auch höchste Zeit, dass du aufhörst, dich wegen dieser blöden Abstimmung so kindisch aufzuführen. Hör zu …«

»Nein.«

»Was, nein?«

»Du hörst mir jetzt zu, Monique!« Benedikt konnte deutlich spüren, dass ihr sein herrischer Tonfall nicht passte. Es war ihm egal. »Dein Verhalten beim Grundstückskauf ist absolut inakzeptabel. Mit der Bestechung von Steffen Facklam hast du eindeutig eine Grenze überschritten.«

»Bene…«

»Lass mich ausreden.« Er wechselte das Telefon ans andere Ohr. »Ich werde umgehend aus der Firma ausscheiden. Als Geschäftsführer und auch als Gesellschafter. Hinsichtlich der Abfindung werde ich dir großzügig entgegenkommen. Mein Vorschlag geht dir in den nächsten Tagen zu. Und wenn du clever bist, wirst du ihn uneingeschränkt akzeptieren.«

Ohne die Reaktion seiner Ex-Frau abzuwarten, legte Benedikt auf. Er lenkte den Blick wieder nach draußen, horchte in sich hinein, was seine Entscheidung in ihm auslöste, jetzt, da er sie laut ausgesprochen hatte. Zu seiner eigenen Überraschung fühlte er eine ungeheuere Erleichterung. Als hätte man ihn von einer zentnerschweren Last befreit. Dabei war es sein Traum gewesen, den er gerade begraben hatte.

Ein Räuspern ließ ihn zusammenschrecken. Benedikt wandte sich um. Vicky Wolff stand beim Büfett, ein schlafendes Baby im Arm.

»Tut mir leid. Aber ich kam nicht umhin, ihr Gespräch mitzuhören«, entschuldigte sie sich.

Benedikt winkte ab und schob seinen Stuhl zurück. »Kein Problem. Über kurz oder lang wird es der Inselfunk sowieso verbreiten.«

Er bedankte sich für den Espresso und verließ den Frühstücksraum. Auf der Türschwelle drehte Benedikt sich noch einmal um.

Vicky Wolff räumte gerade die leere Espressotasse ab, als sie seinen Blick bemerkte. Erwartungsvoll schaute sie ihm entgegen. »Kann ich noch etwas für Sie tun?«

Benedikt wagte einen letzten Vorstoß. »Was ist mit Facklam?«

»Sie meinen, ob Insa noch Gefühle für ihn hegt?«

»Ja.« Sein Herz verkrampfte sich.

Vicky Wolff betrachtete kurz das Baby in ihrem Arm, bevor sie ihn wieder anschaute. »Wissen Sie, was Bauchgefühl ist, Herr Kirchner?«

Er nickte langsam, und ein breites Lächeln stahl sich auf ihr Gesicht.

»Und warum hören Sie nicht darauf?«

Insa

Insa stellte den Kaffeeautomaten an und beäugte misstrauisch das Display. Als auch nach fünfzehn Sekunden keine Fehlermeldung aufblinkte, atmete sie erleichtert auf. Sie hatte sich noch immer nicht um einen Ersatzmonteur für Steffen gekümmert. Anschließend sortierte sie Gläser und Tassen ins Regal, breitete die Tageszeitungen fächerartig auf dem Tresen aus und faltete Servietten. Routinierte, aufeinander abgestimmte Handgriffe, die Insa mittlerweile in Fleisch und Blut übergegangen waren und wegen derer sie überhaupt imstande war, weiterzuarbeiten. Nicht wegen ihres verletzten Daumens. Den Schmerz nahm sie kaum wahr. Vielmehr war es ihr Gespräch mit Doris, das ihr unentwegt durch den Kopf geisterte. Insa fühlte sich, als hätte man ihr eine Glocke übergestülpt. Eine Schneekugel, in der ihre Gedanken wie die aufgeschüttelten Flocken wild durcheinanderwirbelten.

War sie Benedikt gegenüber doch zu hart gewesen? Zu vorschnell in ihrem Urteil über ihn? Schließlich hatte sie damals sehr wohl gespürt, dass er Bescheid wusste. Über sie und Steffen. Seine Blicke und Worte hatten es ihr mehr als deutlich verraten. Aber Insa hatte es weder fertiggebracht, Benedikt die Wahrheit noch Steffen Lebewohl zu sagen. Sie hatte die Dinge einfach laufen lassen, war viel zu beschäftigt mit ihren eigenen Emotionen gewesen, statt sich nur eine Sekunde in Benedikts Gefühlswelt hineinzuversetzen. Doris hatte vollkommen recht. Woher sollte Benedikt wissen, was sie wirklich noch für Steffen empfand, wenn sie nicht den Mund aufmachte?

Bist du glücklich? Ich meine mit Facklam?

Das hatte Benedikt sie gestern Abend gefragt, und wie schon sechs Wochen zuvor hatte sie ihn im Unklaren gelassen.

»Du hast nicht zurückgerufen.«

Insa schreckte zusammen. Die Serviette rutschte ihr aus den

Händen und segelte zu Boden. Sie hob den Kopf. Auf der anderen Seite des Tresens stand Vicky. Die kupferrote Lockenmähne war zu einem losen Zopf gebunden. Über dem grünen Strickkleid trug sie einen Trenchcoat. Ihre Augen blitzten vorwurfsvoll.

»Das hab ich völlig vergessen«, sagte Insa, die noch immer leicht durcheinander war, weil sie ihre Verpächterin nicht hatte kommen hören. Dazu wunderte es sie, dass Vicky so früh Zeit für einen Besuch erübrigen konnte. Wenngleich die *Dünenrose* in der Nebensaison weniger Gäste als üblich beherbergte, gab es um diese Uhrzeit trotzdem reichlich in der kleinen Frühstückspension zu tun. Außerdem vermisste sie Luise.

Insa blickte sich kurz um, konnte den Kinderwagen aber nirgends entdecken. »Ist etwas mit Luise?«

Zu ihrer Erleichterung schüttelte Vicky den Kopf. »Sie ist in der Küche bei Doris.«

Insa nickte und bückte sich nach der Serviette. »Was gab es denn so Dringendes?«

»Egal. Hat sich erledigt.«

Als sie sich wieder aufrichtete, grinste Vicky sie vieldeutig an.

»Was ist?«, lächelte Insa irritiert zurück.

»Ich hab von der Schlägerei gehört.«

Insa ahnte sofort, woher der Wind wehte. Herr Drebekow. Der Mann hatte heute Morgen vermutlich keine Minute verstreichen lassen, sein Wissen im Dorf unter die Leute zu bringen. Ausgeschmückt mit einer ordentlichen Dosis Fantasie.

»Du solltest Drebekow nicht alles glauben.«

»Das Schlabbermaul weiß schon Bescheid?«, entgegnete Vicky erstaunt, zuckte aber kurz darauf gleichmütig mit den Schultern. »Obwohl, wundern tut es mich nicht. Kirchners Veilchen ist nicht zu übersehen.«

Insas Herz schlug schneller. »Du hast Benedikt getroffen?«

Wieder dieses dünkelhafte Grinsen. »Ja.«

»Wann?«

»Heute Morgen beim Frühstück.«

»Wo denn?«

»In der *Dünenrose*.«

Insa starrte ihre Verpächterin an. »Benedikt hat in eurer Pension übernachtet?«

»Ich habe beim Blick auf das Anmeldeformular auch nicht schlecht gestaunt.« Vicky verzog den Mund. »Kirchner hat bei Tobias eingecheckt. Bei mir hätte er kein Asyl bekommen.«

»Und wieso sagst du mir das nicht?«

»Hallo?«, tat Vicky brüskiert. »Ich habe dir umgehend eine Nachricht geschickt. Du erinnerst dich?«

»Doch.«

»Aber?«

Insa hob machtlos die Hände. »Ich konnte nicht zurückrufen. Steffen war bei mir. Und dann ist in der nächsten Sekunde Benedikt aufgetaucht …«

»… und Steffen hat ihm eine reingehauen«, kam Vicky ihr zuvor.

»Alles ging so furchtbar schnell. Die beiden haben gleich aufeinander eingehackt. Bevor ich überhaupt realisieren konnte, was da vor sich geht, war es schon passiert.« Insa knüllte die Serviette zusammen und feuerte sie mit Nachdruck in den Mülleimer. »Steffen ist so ein Idiot. Er hat Benedikt damals weisgemacht, wir steckten mitten in unseren Hochzeitsvorbereitungen. Darum ist er sofort abgereist.«

Zu Insas Verwunderung wirkte Vicky über Steffens Dreistigkeit wenig schockiert. »Nun verstehe ich auch Kirchners merkwürdige Frage«, meinte sie bloß.

»Was für eine Frage?«

»Unwichtig.« Vicky machte eine wegwerfende Geste. »Wichtig ist nur, ob du Kirchner seinen unredlichen Auftritt als Herr Krusendorf verzeihen kannst.«

»Das habe ich längst. Das weißt du«, sagte Insa matt.

»Aber Kirchner scheint es nicht zu wissen. Der Mann sah heute früh aus wie ein begossener Pudel.«

Betreten senkte Insa den Blick auf ihren verbundenen Daumen. »Wir haben gestritten. Oder besser: Ich war es, die Streit gesucht hat. Ich war so entsetzlich wütend, weil er diesen Hochzeitsquatsch von Steffen einfach so geschluckt hat.«

»Nun, wenn du mich fragst, …«

»… war ich ungerecht. Das weiß ich inzwischen auch«, unterbrach Insa sie und sah auf.

»Dann sag es ihm!«

Insa verneinte kopfschüttelnd.

»Verrätst du mir auch, wieso?«, bohrte Vicky nach.

»Weil Benedikt nicht meinetwegen auf der Insel ist.« Insa nestelte am Pflaster ihres Verbandes. »Er wollte mir lediglich unter die Nase reiben, dass Steffen beim Grundstücksverkauf für ihn gestimmt hat.«

»Das hat Kirchner so gesagt?« Zweifelnd zog Vicky die Stirn in Falten.

Insa nickte bestimmt. »Er meinte, er wäre wegen der Abstimmung im Gemeinderat gekommen.«

»Aha!« Vicky begann leise vor sich hin zu lachen. »Lass mich raten! Deine Antwort war: Du wüsstest längst Bescheid und er solle sich zum Teufel scheren.«

»Schlimmer«, gab sie kleinmütig zu.

Vicky lachte noch immer. Ihre Reaktion irritierte Insa.

»Was hätte ich denn deiner Meinung nach tun sollen?«

»Kirchner ausreden lassen.«

»Um was zu erfahren?«

Ihre Verpächterin wurde wieder ernst und sagte nach einer langen Pause: »Dass Steffens Stimme gekauft war.«

Insa brauchte einige Sekunden, ehe sie die Worte verinnerlicht hatte. Bestürzt sah sie Vicky an.

»Steffen hat sich bestechen lassen?«

»Und vermutlich nicht zu knapp.« Ihre Verpächterin warf die rote Lockenmähne nach hinten. »Das Haus in Neuendorf dürfte eine ordentliche Stange Geld gekostet haben. Der Zuschuss von *Semaro* kam ihm sicher sehr gelegen.«

»Und mir hat er was von einer toten Tante vorgegaukelt.«

Insa konnte es nicht glauben. Als Steffen ihr gestern von der angeblichen Hochzeit erzählt hatte, dachte sie, dass er sie nicht noch mehr kränken könnte. Und ein paar Stunden später fragte Insa sich, wie sie sich nur dermaßen in einem Menschen hatte täuschen können. Dabei wusste sie nicht einmal, was sie mehr schockierte. Dass Steffen korrupt war oder er mit ihr hatte in ein Haus ziehen wollen, welches *Semaro* ihm finanziert hatte. Plötzlich durchzuckte sie ein Gedanke. So heftig, dass er sie beinahe lähmte.

»Hat Benedikt Steffen etwa bestochen?«

»Nein, Monique Kirchner.«

Insa atmete einige Male tief durch, während Vicky fortfuhr: »Jedenfalls ist dein Benedikt stinksauer auf seine Ex. Er will sich komplett aus *Semaro* zurückziehen.«

Langsam begann Insa sich wieder zu sammeln. »Woher weißt du eigentlich von der Bestechung?«

»Die beiden haben miteinander telefoniert.«

»Du hast Benedikt belauscht?«

»Ganz unfreiwillig.« Vicky hob die Hand zum Schwur. »Frag ihn, wenn du mir nicht glaubst!«

Insa überfiel ein Anflug von Traurigkeit. Abwesend kratzte sie an ihrem Verband.

»Was ist los?« Vicky trommelte mit den Fingern auf dem Tresen. »Bist du etwa weiterhin der Meinung, Benedikt Kirchner betreibe diesen ganzen Aufwand, nur um irgendetwas zu *beschönigen*?«

»Nein, das ist es nicht.«

»Was dann?«

»Das zwischen mir und Benedikt ...«, Insa ließ ihren Satz unvollendet und seufzte, »... ich hab es gründlich verbockt.«

»Hast du!«, sagte Vicky verschmitzt. »Aber nicht gründlich genug.«

Insa sah sie entgeistert an. »Wie meinst du das?«

»Dein Benedikt hat noch nicht ausgecheckt.«

Ihr Herz machte einen kleinen Sprung, aber schon mit dem nächsten Schlag trübte sich Insas Freude.

»Das muss nichts heißen, Vicky. Dafür kann es zig andere Gründe geben.«

»Der einzige Grund bist du«, sagte ihre Verpächterin. »Oder warum sonst wollte er so dringend von mir wissen, ob du für Steffen noch Gefühle hegst?«

Insa spürte den grässlichen Klumpen in ihrem Magen. »Was hast du Benedikt geantwortet?«

»Dass er auf sein Bauchgefühl hören soll.«

Als Insa nur stumm vor sich hin stierte, entfuhr Vicky ein Stöhnen. Sie lief in die Küche und kam mit Insas schwarzer Fleecejacke zurück.

»Gib Kirchner endlich eine Antwort, bevor er noch zum Dauerbewohner in der *Dünenrose* mutiert«, forderte Vicky sie augenzwinkernd auf. »Mit seiner trübsinnigen Miene vergrault der Mann uns die Gäste.«

»Jetzt?« Insas Blick glitt zur Uhr über dem Kaminofen. »Wir öffnen in zehn Minuten.«

»Wozu hat deine Verpächterin dieses Café jahrelang alleine geführt, hm? Doris und ich kriegen das schon gebacken.«

»Und deine Pension?«

»Dein Benedikt verspürt eh keinen Hunger, und mein anderer Gast ist ohne Frühstück abgereist.«

Vicky half ihr in die Jacke und bugsierte sie Richtung Hinterausgang.

Ehe Insa sichs versah, saß sie auf ihrem Hollandrad und fuhr den Kirchweg Richtung Ortsmitte hinunter. Nach wenigen Metern stieg sie jedoch wieder ab. Sie musste Zeit gewinnen, nachdenken, wie sie eigentlich beginnen wollte. Sich bei Benedikt entschuldigen? Ihm sagen, dass sie den doofen Manager Krusendorf irgendwie vermisste? Oder schweigen und darauf hoffen, dass er den Anfang machte? Doch Insa konnte sich nicht entscheiden, so sehr sie auch grübelte. Es war einfach zu viel passiert. Sie stöhnte resigniert auf und bog an der nächsten Gabelung ab. Nach wenigen Metern tauchte Steffens Fahrradverleih in ihrem Blickfeld auf. Insa stoppte. Der kürzeste Weg zu Vickys Pension führte unmittelbar daran vorbei, und wahrscheinlich war Steffen längst in der Werkstatt zugange. Da sie jedoch nicht das geringste Verlangen nach einer Begegnung mit ihm verspürte, würde sie wohl oder übel einen Umweg in Kauf nehmen müssen. Kurz entschlossen wendete Insa das Fahrrad.

Der stürmische Herbstwind blies unangenehm kalt unter dem Saum ihrer Fleecejacke hindurch. Sie ließ den Lenker mit einer Hand los und zog den Gummizug fester. Gerade als sie dachte, dass sie von Glück reden konnte, wegen des lausigen Wetters keinem bekannten Gesicht zu begegnen, trat prompt Kathi aus dem Geschäft zu ihrer Linken. *Das fehlte noch!* Insa stieß innerlich einen Fluch aus, weil sie auf ihrem eingeschlagenen Umweg zur *Dünenrose* nicht an die neue Boutique ihrer Schwägerin gedacht hatte. Sie wartete, während Kathi energisch auf sie zusteuerte. Ihr offener, himmelblauer Mantel flatterte im Wind, die Bluse darunter glänzte puderfarben. Die in engen, schwarzen Lederhosen gekleideten Beine endeten in hochhackigen Pumps.

Jedes Teil ein Designerstück aus ihrer eigenen Boutique.

»Bist du jetzt zufrieden?«, fauchte Kathi ohne Begrüßung drauflos.

Perplex sah Insa ihre Schwägerin an. »Zufrieden? Womit?«

»Ach, tu doch nicht so scheinheilig! Du weißt genau, was ich meine.«

»Nein, Katharina. Das weiß ich nicht«, erwiderte sie mit erhobener Stimme. Der spitze Tonfall ihrer Schwägerin ärgerte sie. »Du musst ein wenig deutlicher werden.«

Kathi funkelte sie an. »Gummistiefel? Friesennerze? Ist das deutlich genug für dich?«

»Ich verstehe nur Bahnhof.« Insa verdrehte leicht die Augen. »Kannst du mir bitte erklären, was eigentlich los ist?«

Doch Kathi schlug nur wütend den Mantel über der Brust zusammen und stakste auf ihren Pumps zurück zur Boutique. Im Gehen deutete sie mit dem Kinn den Weg hinunter.

»Frag ihn, er ist dafür verantwortlich!«

Insa, die mit dem Gesicht zum Laden stand, wandte sich um. Ihr Herz rutschte ihr in die Magengrube. In etwa zwanzig Metern Entfernung trat Benedikt auf den Weg. Er kam von jenem Grundstück, über dessen Verkauf der Gemeinderat sechs Wochen zuvor abgestimmt hatte. Und wie Insa von ihrem Bruder erfahren hatte, waren Benedikt und seine Ex-Frau inzwischen auch offiziell die Grundstückseigentümer. Der Notarvertrag war bereits kurz nach der Abstimmung unterzeichnet worden.

Die Ladentür der Boutique fiel scheppernd hinter Kathi ins Schloss. Insa zuckte zusammen. Auch Benedikt wurde von dem Geräusch aufgeschreckt. Er wandte sich um. Sein Blick traf den ihren. Nach einem Moment der Überraschung glaubte Insa, eine Spur Distanziertheit darin zu erkennen. Doch sie stand zu weit weg, um wirklich sicher zu sein. Sie setzte sich langsam in Bewegung, dabei bemerkte sie die Umhängetasche über Benedikts Schulter.

Unbehagen machte sich in ihr breit, automatisch spannte sie die Finger fester um den Lenker.

Als Insa ihr Rad am Wegrand aufständerte, stellte Benedikt die Tasche auf den Boden. Sie schauten einander in die Augen. Noch immer war sein Blick verschlossen.

Insa deutete auf den blauen Fleck am Kinn. »Tut es sehr weh?«

»Geht so«, sagte er tonlos.

Eine Pause entstand. Eine Pause, die sich immer weiter ausdehnte. *Herrgott!* Sie sollte endlich den Mund aufbekommen, bevor er sich umdrehte und für immer von der Insel verschwand. Und aus ihrem Leben.

»Ich war gerade auf dem Weg zu Vicky. Nein! ...«, Insa geriet ins Stocken, »... auf dem Weg in die Pension ... zu dir ... ich wollte ...«

Benedikt unterbrach ihr Stammeln mit einem Wink. »Du musst dich für gestern nicht entschuldigen.«

»Das hatte ich gar nicht vor«, erwiderte Insa und schüttelte gleich darauf den Kopf. »Natürlich möchte ich das auch, aber der eigentliche Grund ist ein anderer.«

»Nämlich?«

Benedikts Gesichtsausdruck wechselte von Reserviertheit in Erwartung. Und da lag noch etwas in seinem Blick. Insa konnte sich nicht des Eindrucks erwehren, dass er sich heimlich über ihr Stammeln amüsierte.

Sie sah ihm fest in die Augen. »Steffen.«

»Da war deine Verpächterin aber schnell.«

Insa brauchte zwei, drei Sekunden, ehe sie wusste, worauf er anspielte. »Ja, Vicky hat mir von der Schmiergeldzahlung deiner Ex-Frau an Steffen erzählt. Doch darum geht es nicht.«

»Worum dann?«

»Steffen und ich sind kein Paar. Nicht mehr jedenfalls.« Insa holte Luft. »Ich hätte dir damals sagen müssen, dass ich mit jemandem zusammen bin, Benedikt. Doch stattdessen habe ich mich entschieden, dir die Beziehung zu verschweigen. Ich habe mir eingeredet, es wäre ohne Bedeutung. Ich war mir schließlich absolut sicher, dass ich Steffen nicht liebte. Aber es war von Bedeutung. Für dich. Nur das habe ich zu spät begriffen. Genau genommen erst heute Morgen.«

Verzweifelt suchte sie nach einer Regung in seinem Gesicht. Einem bekräftigenden Nicken. Einem ermutigenden Blick. Aber nichts. Benedikts Miene war unergründlich. Sie lächelte hilflos.

»Ich bin und war nie glücklich mit Steffen. Ich wollte, dass du das weißt.«

Benedikt kam auf sie zu. So nahe, dass sie die schwarzen Sprenkel in den blaugrauen Augen erkannte.

»Dann sind wir uns also einig?«, fragte er eindringlich.

»Worüber?« Insa konnte nicht folgen.

»Dass Steffen Facklam eine Nebensächlichkeit war.«

»Eine Nebensä…« Mit einem Mal verstand sie. Ihr eben noch klägliches Lächeln wuchs zu seinem Strahlen. »Ja, Steffen Facklam war eine Nebensächlichkeit.«

Benedikt nahm ihr Gesicht in beide Hände und drückte seine lädierten Lippen auf ihren Mund. Auf Insas Haut breitete sich ein wohliges Kribbeln aus. Behutsam und gierig zugleich küssten sie sich. Erst als zwei Radfahrer an ihnen vorbeifuhren, ließen sie voneinander ab.

Benedikt schulterte die Tasche und streckte ihr seine Hand entgegen. »Komm. Ich will dir etwas zeigen.«

»Was denn?«, fragte Insa verdutzt.

»Was zukünftig von Bedeutung sein wird«, gab er zur Antwort, doch da hatte sie ihre Hand längst in seine gelegt.

Er ging voran und zog sie auf das zugewucherte Grundstück hinter ihnen. Eine leise Ahnung stieg in Insa hoch. Selbst wenn Vicky es richtig verstanden hatte und Benedikt tatsächlich als Geschäftsführer bei *Semaro* aussteigen wollte, würde hier in wenigen Monaten die neue Filiale stehen. Der Coffeeshop, der das Aus ihres Cafés bedeutete. Das Aus, das er mit seiner Unterschrift besiegelt hatte.

Insa hielt ihn zurück. »Warte!«

Benedikt schaute sie an.

»Ich weiß, was du mir beibringen willst.« Sie machte eine umfassende Geste. »Das Grundstück ist Eigentum von *Semaro*.«

»Exakt.«

»Und vermutlich wird auch Steffens korruptes Verhalten nichts daran ändern, richtig?«

»Richtig.« Benedikt nickte. »Facklam und Monique werden sich zwar für ihr Tun verantworten müssen, doch an den Eigentumsverhältnissen ändert sich nichts.«

Insa nickte verstehend, dann ergriff sie auch seine andere Hand.

»Der Bau des neuen Coffeeshops ist für Hiddensee eine Katastrophe«, sagte sie. »Dieser Ansicht bin ich nach wie vor. Doch für mein Café - *für mich* ist es bedeutungslos geworden. Das alles wurde lange vor uns entschieden, Benedikt. Lange bevor du den ersten Fuß auf meine Insel gesetzt hast. Weder du noch ich konnten voraussahnen, was passieren würde. Zwischen und mit uns.« Insa umschloss seine Hände fester und lächelte. »Doch ein kluger und ziemlich gut aussehender Manager aus Hamburg hat mir mal gesagt, dass diese Dinge keine Rolle spielen, wenn man sich sicher ist. Und da hat er verdammt recht. Denn ich war mir noch nie so sicher in meinem Leben wie mit dir.«

Benedikt zog sie an sich. Nach einem langen, innigen Kuss hielt er Insa auf Armeslänge von sich.

»Ich widerspreche deinem Herrn Manager nur sehr ungern, aber ich denke, dieses Grundstück wird auch zukünftig eine Rolle zwischen uns spielen.«

»Du willst dich doch nicht aus *Semaro* zurückziehen?«

»Woher weißt du, dass ich …?« Benedikt brach ab und grinste. »Deine Verpächterin ist eine kleine Plaudertasche.«

Lachend knuffte Insa ihn in den Arm. »Du solltest Vicky etwas mehr Respekt zollen. Immerhin hat sie dem meistgehassten Mann auf der Insel Unterschlupf gewährt.«

»Eigentlich ist es ihr Freund gewesen, aber ich will mal nicht so kleinlich sein.«

Benedikts Miene wurde wieder ernst. Sanft strich er Insa eine Haarsträhne aus dem Gesicht. »Aber es ist wahr. Ich werde umgehend bei *Semaro* aussteigen. Ich habe auch bereits deinen Bruder telefonisch über meine Entscheidung in Kenntnis gesetzt. Ebenso über die Dinge, die letztlich dazu geführt haben.«

Insa wollte nicht darüber nachdenken, was der Bestechungsskandal für die Freundschaft von Christian und Steffen bedeutete. Sehr wahrscheinlich saß die Enttäuschung bei Christian noch tiefer als bei ihr.

»Auf jeden Fall war dein Bruder aufgrund der Umstände nicht abgeneigt.«

»Abgeneigt? Gegenüber was?«, horchte sie auf.

»Monique wird mir eine Abfindung zahlen müssen, wenn ich als Gesellschafter bei *Semaro* aussteige. Ich werde ihr den Vorschlag unterbreiten, mir das Grundstück in Kloster zu überschreiben. Womit ich ihr mehr als großzügig entgegenkomme. Da ich meine Ex-Frau kenne, wird sie zustimmen. Zähneknirschend zwar, aber sie wird es tun.«

Insa konnte kaum glauben, was er da sagte. »Das heißt, es wird keinen neuen Coffeeshop geben?«

»Zumindest nicht auf Hiddensee.« Seine blaugrauen Augen funkelten spitzbübisch.

Insa schlang ihre Arme um seinen Hals und küsste ihn stürmisch, sodass er wegen der schmerzenden Unterlippe leise aufstöhnte. Plötzlich kam ihr ein Gedanke. Sie löste sich aus der Umarmung.

»Nun verstehe ich auch die Sache mit den Gummistiefeln und Friesennerzen.«

Auf Benedikts Stirn zeigte sich eine kleine Falte. »Friesennerze?«

Sie deutete hinter sich. »Meine Schwägerin Kathi hat mir gerade eine Szene gemacht. Sie muss mit Christian telefoniert und von dem geplatzten Coffeeshop-Projekt erfahren haben. Die Kollektionen in ihren Boutiquen dürften sich zukünftig in einem niedrigeren Preissegment bewegen.«

»Vermutlich.« Benedikt schmunzelte. »Ich muss gestehen, auf den Teil deiner Familie bin ich schon jetzt äußerst gespannt.«

»Kathi wird dich nicht enttäuschen.«

Insa trat einige Schritte von ihm weg und drehte sich lachend im Kreis. »Und? Was hast du mit dem Grundstück nun vor? Einen Baum pflanzen, ein Haus bauen, ein Kind zeugen?«

»Ich beschränke mich erst einmal auf den Mittelteil.«

Verdutzt schaute sie ihn an. »Du willst in Kloster sesshaft werden?«

»Es gibt weitaus schlimmere Orte.«

»Ja, natürlich. Nur, womit willst du von hier aus deinen Lebensunterhalt bestreiten?«

»Mit dem Einzigen, womit ich mich auskenne: Kaffee.«

»Kaffee?«, wiederholte sie ungläubig.

»Ich finde, wie dein Bruder im Übrigen auch, Hiddensee könnte eine kleine, aber feine private Kaffeerösterei vertragen. Das beste Café auf der Insel wird selbstverständlich bevorzugt beliefert.«

»Nicht die schlechteste Idee meines Bruders«, sagte Insa neckend.

Benedikt öffnete seine Umhängetasche und holte ein flaches Stück Treibholz hervor. »Und da ich mit meiner Frau irgendwo wohnen muss, wird es unter dem Dach der Kaffeerösterei ein paar hübsche Zimmer geben.«

Gespielt rümpfte Insa die Nase. »Mit deiner Frau?«

»In wilder Ehe und bis sie welk wie eine alte Kartoffel ist.« Benedikt kam auf sie zu. Er legte ihr das Holzstück in die Hände und vergrub zärtlich die Finger in ihren windzerzausten Haaren. »Wenn sie denn will.«

Eine Woge der Glückseligkeit überflutete Insa. »Sie will.«

Dann senkte sie den Blick auf das Holz und las die mit einem dicken schwarzen Filzstift unförmig geschriebenen Buchstaben:

»Haus Insa«